砚边艺絮

韩天衡 著

文汇出版社

图书在版编目（ＣＩＰ）数据

砚边艺絮 / 韩天衡著. —— 上海：文汇出版社，
2024.1
ISBN 978-7-5496-4108-6

Ⅰ.①砚… Ⅱ.①韩… Ⅲ.①随笔 – 作品集 – 中国 –
当代 Ⅳ.①I267.1

中国国家版本馆CIP数据核字(2023)第194251号

....

砚边艺絮

策　　划 / 吴东昆　鱼　丽
著　　者 / 韩天衡

责任编辑 / 鲍广丽
审读编辑 / 徐海清
封面装帧 / 观止堂_未泯
排版设计 / 王　翔
责任印制 / 周卫民

出 版 人 / 周伯军

出版发行 / 文匯出版社
　　　　　上海市威海路755号（邮政编码200041）
经　　销 / 全国新华书店
印刷装订 / 上海颛辉印刷厂有限公司
版　　次 / 2024年1月第一版
印　　次 / 2024年1月第一次印刷
开　　本 / 890×1240　1/32
字　　数 / 280千
印　　张 / 11.75（插页4）

ISBN 978-7-5496-4108-6
定　　价 / 88.00 元

韩天衡 《翠色寒声图》

韩天衡 《蕙兰图》

韩天衡 《朱竹鹦鸰图》

韩天衡　《梅花枝上春如海》

韩天衡　《海之旦》

韩天衡　《秋江游凫》

韩天衡　草篆吴均《山中杂诗》

吉祥如意

抓铁有痕

诲人不厌

四标点符号印（附边款）

韩天衡 篆印

逗号者，乃告诫自我，凡事当由始而终，坚忍不拔，决不驻足于半途。问号者，宜长存于心而践于行，它永远是悠长征程中不灭的动力和高标。感叹号者，无论悲喜祸福，它足以警示自己拨云见日，自省、自律、自励、自塑、自强。人生百年寿过期颐，总得画上句号。然贵在正大圆满，无愧一生，无愧于社会。右《四标点符号文》。辛丑寒露，忽发奇想作此印。八十二叟天衡并记。

序 /

壮心不已 健笔凌云

八十三岁的篆刻大师韩天衡，像一棵大树，把繁茂的枝丫、绿叶，从四面八方升向辽阔的天空。他宝刀不老，不时手起刀落，石屑四溅；不时在闪烁的刀光剑影下，有佳印奉献，满足我们鉴赏。《砚边艺絮》是天衡的最新奉献。砚边，自不待言，乃作者写字、刻印、画画"三余"之写作时空。艺絮，是关于艺术的"絮语"。絮语者，一是唠叨之语，一是连续不断地低声说话。然而，真理的声音，有价值的言说，哪怕轻如柳絮般的"絮语"，也会牵动读者的心，牵动整个春天。

韩天衡长我八岁，是学长，也是师长，近四十年我们亦师亦友相处。过从之间，我受益良多。我读过他的许多著述，从早期七十六页的《中国篆刻艺术》到后来的皇皇大著。天衡每有大著问世，总不忘馈赠我学习。承蒙错爱，我还有幸为他的新著作序。1989年，天衡远赴新加坡举办个人艺术大展，我曾受命为之作序。序文不但以"新古典主义"命名他的艺术，而且借郑板桥诗书画"三绝"，概括天衡的印、书、画"三绝"。天衡八十大寿，我再度为序，指出他于篆刻犹如齐白石于国画。今次为天衡新著《砚边艺絮》作序，也是我读书生涯中一大幸事！虽然其中有些佳作刊发时，我已拜读，但这次重读，依然有初读时的激动和澎湃。熟读三遍，其义自见。经典，读一遍是远远不够的。《砚边艺絮》中有许多必将在中国篆刻史和篆刻研究领域留下深刻印记的鸿篇巨制。篆刻和其他视觉艺术相比，性格有点古怪：作为印鉴，签名盖章，家常便饭，老少妇孺，几乎人手一枚。凡有文书要件序有证明，第一等事就是"敲图章"。如此普及的"大众艺术"，却又是一门真正的"小众艺术"！直到今天，我依然是篆刻艺术的"门外汉"，而且，我可以断言，大众基本都是这样的门外汉。为《砚边艺絮》（以下简称《艺絮》）作序，是我进一步了解篆刻、观艺求道的一次良机，也是我再次一步步走近、走进这位八旬篆刻大师艺术世界和精神世界的因缘际会。

《艺絮》全书分"怀师忆友""谈艺论道""豆庐课堂""品说收藏"四辑。古人论文，有"韩潮苏海"一说，谓韩愈文如大潮之汹涌，苏轼文如大海之博大。我观天衡篆刻和艺术，兼具潮的兀然独立和海的浩大气势。20世纪80年代，韩天衡如第一波潮汛，以其崭新、雄悍的风格，引动了中国篆刻界的"韩流滚滚"。几十年后，绚烂至极，归于平淡，他像风平浪静的大海，接纳了五百年篆刻大家流风遗韵而又进一层新的境界。全书四辑是我们"入海"的四个维度。

无百川则无大海。海纳百川，有容乃大。在"怀师忆友"一辑中，天衡以其对细节的强大记忆，再现了文化荒漠时代和微光初露时刻，一个年轻而痴迷的艺术爱好者，和一群而不是一位老艺术家交往的动人情境。这些情境，淡如水，浓如血。在那个时代，属于绝对边缘、毫无轰动效应的私人叙事。四五十年过去了，所有这一切，经过时间的发酵，具有了传奇的色彩。活在作者心中的李可染、启功、黄胄、谢稚柳、唐云、钱瘦铁、程十发、朱屺瞻、沙孟海……有哪一个不是照耀中国当代艺术史的熠熠巨星？

"怀师忆友"记录了许多艺术前辈的逸事趣闻，让我们仰之弥高，回味无穷。在艺术世界里，他们用一生向着艺术的理想境界攀登，从不懈怠。谢稚柳在黑云压城的年代，自己被批斗，家中书画收藏全被抄一空，他居然像地下工作者一般神秘地觅来一本张旭《古诗四帖》，像小学生那样，一笔一画地下功夫双钩廓填。程十发右手食指指甲左沿一年四季留着磨痕，哪怕高朋满座的应酬！一个个篆刻大师在印章的方寸世界投入毕生的光影，追求刀法的变化，布局的突破。尤其是动乱年代，天衡冒着风险，与他们交往，在当年没有影像的时代，字里行间留下了前辈艺术的雪泥鸿爪，今天读来弥足珍贵。"怀师忆友"还展现了这些前辈大师在艺术世界之外的人格风采、担当情怀。20世纪八九十年代之交，程十发先生担任上海中国画院院长，大大小小，一口气画了三十几张画，问天衡"看看有啥人要，换一笔铜钿，解决一下画院职工的住房困难"。卖了六十万元，买了十多套房。侠义心肠的唐云先生关怀、接济打成右派生活落难的钱瘦铁和邓散木去世后的家人。晚年赶上书画好时光，两三年，他辛辛苦苦画了一百多张画，全部捐献给慈善事业。画价昂贵的黄胄先生，筹备中国画研究院，出任常务副院长，为了疏通各种关系，送出不计其数的画作。《印苑巨匠钱瘦铁》记载："20世纪40年代，钱瘦铁供职日本，为护送郭沫若，被日方逮捕，审讯时拒不下跪，大义凛然。"就像天衡赞誉的那样——"一介文士显示的是名族魂、英雄胆"。

前辈大师的精神风范确实让我们仰慕倾倒！简直难以想象，在"文革"音讯皆断的时候，张大千竟然从巴西寄出两支牛耳毛斗笔，飞跃重洋关山，辗转中国香港，前后两年抵达谢稚柳手上，笔杆上还镌刻着"稚柳我弟"。作为一代大家，谢稚柳对张大千艺术发自内心地佩服。杜甫有诗"烽火连三月，家书抵万金"。这样的心心相印已非金可抵！也是那个年代，批斗程十发先生，朱屺瞻的发言竟然是"他有才，可惜了"。究竟是批判，还是赞美、惋惜？屺老的天真烂漫，着实令人感佩！

我们总是在研究必然性与偶然性，又有谁能说得清个中奥秘和滋味？一生遇到具体的单个人，有些偶然性；但遇到同样一类人，又有必然性！正是在偶然性和必然性的交点，在时代和个人的交点，天衡不幸中之大幸，拥有了我们羡慕却不可复制的那些与大师交往的宝贵岁月！

我特别注意到，"怀师忆友"记载他十五岁实际的启蒙老师郑竹友，这位出身于扬州的世家子弟，以秘藏竹篮的吴熙载的十二方石、二十面印，让他深入理解了吴熙载的艺术奥秘。但今天又有谁知晓这位令张大千膜拜，为米芾《苕溪帖》补损十一字的修补古书画的一代高人？1976年，郑竹友八十岁因心肌梗死去世，仅天衡主持十余人出席的追悼会。历史的烟尘曾湮没了多少英雄豪杰！大寂寞，大悲凉。如若不是天衡为这位老人一连写了三篇文章，以我的浅薄是无法向这位前辈致敬的。

我的老师，文艺评论家、《文学是"人学"》的作者钱谷融先生一生捧着一本《世说新语》，在我眼里，"怀师忆友"堪称一卷当代美术的《世说新语》。

天衡的成就和事业，取决于他多方面的修为。但我们可以认定，正是年轻时和这些大师巨匠的交往，交往中点点滴滴的感悟，奠定了韩天衡人生的底色。尤其是那些批评之言。二十三岁时方去疾先生给他一个"变"字，谢稚柳要他追求一个"文"字，程十发希望他一个"淡"字，宛若先生要他克服一个"露"字，其峰老希望他保持一个"生"字……天衡记得清清楚楚：一天"傍晚辞别时，可染老送我到门口，停下脚步，很郑重而缓慢地说：天衡啊，送你一句话，'天才不可仗恃'。"天衡自谓：六字赠言，四十年来，一直在拷问我，鞭策我，指引我，改变着我，成了我一生奉行的攻艺乃至做人的箴言。登泰山而小天下。会当凌绝顶，一览众山小。就我几十年从侧面看天衡的艺术生涯，除了天资、勤奋，正是这些，最终成就了他的艺术事业和艺术成就。

如果说，"怀师忆友"重在一个"情"字，那么，"谈艺论道"突出一个"理"字。篆刻有着很强的技术性和工艺性，但天衡不是一个局限于技术层面的印匠，而是一个始终保持着强大思考的艺术家。在印章的方寸天地，他不断研究布局、章法、字体、刀法、线条的各种丰富变化的可能性，接通了方寸之地与大千世界。由此，篆刻有了更艺术、更人性、更时代的突进。与此同时，他由"艺"入"史"，迷恋、遨游在篆刻史料的沧海中，悉心钩沉梳理了五百年文人篆刻流派的演变发展。天衡，不是现有史实的罗列堆积，冷静的平铺直叙，只是呈现篆刻史的知识地貌。我以为，天衡笔下的中国篆刻史有着鲜明的个人特色。首先自然是材料的收集，在篆刻史料的发现、占有上，天衡几十年如一日，收罗宏富，著书立说一百五十余种，其中不乏《历代印学论文选》《中国篆刻大辞典》《中国印学年表》这样的鸿篇巨制，几乎独步天下地填写了中国印学两千年留下的大片空白。一是犀利入微的眼光。他是一个杰出的有着丰富艺术实践的篆刻家，从篆与刻两个视角穿透篆刻史，使他能鞭辟入里地深入篆刻史的褶皱和肌理深处，不但印章布局开合，而且能从刀法细微具体的变化、印材质地的理解，揭示从何震到丁敬到吴昌硕到齐白石，从皖派到浙派到现代，个人与流派的审美的代际嬗变的关键。他称颂，吴让之出，才有了刻技"游太虚，若无其事"石破天惊的刀法创新。前人都忽视未被触及的刀法上探索开创的新理念，是刀法走向现代的觉醒和美妙的展现，也是吴让之对篆刻创新的大贡献，堪称"三百年来无此君"。这种建立在边实践边思考基础上的史论，绝非寻常史家的坐而论道而能完成。二是史从论出。天衡脱颖而出于20世纪七八十年代，他的艺术思想带着当年强烈鲜明的"在场感"，也就是思想解放、狂飙突起的深刻印记。他是中国篆刻界最力主创新的艺术家，可以说，创新是贯穿他全部篆刻史研究的主线，也是他篆刻美学思想的核心。书中他分别从篆刻艺术和篆刻巨匠的角度，两次论及"五百年篆刻流派的出新"。从巨匠大师最终凸现在艺术地平线的独特艺术风格中，强调艺术出新理念对篆刻发展所起的决定性作用。他戏言，传统万岁，有深刻传统根基，研究方法充满了灵动的机趣，避免对人对艺评价的绝对化和片面化。他在时间流动中让自己的美学思想保持发展的活力。他辩证地指出，当创新成为一种共识，人人都高呼创新的口号，有意无意忽视、否定传统时，要重新审视继承和创新的关系，防止数典忘祖的虚无倾向。由此，他戏言"传统万岁，出新是万岁加一岁"。可以说戏言背后的庄严，时至今日，依然如黄钟大吕，振聋发聩。多视点、多向度地聚焦同一对象，就会获得思维灵动的独特发现。如他对 20 世纪印坛重要且杰出印人钱瘦铁"何以知者寥寥"的解读——

　　钱氏是一位矢志于求变求新的印人，他的不守旧、不恋旧、不定型的四向探索，作为过程，不免会产生出四不像的印作，此其一；钱氏是一位豪情勃发的印人，天赋迸发的随意性，往往多于技法的陈式化操作，兴来之作，自有优劣之别，此其二；钱氏是典型的血性男子，攻艺的顽强执着与政治上的郁郁寡欢，这对矛盾的撞击，心绪的起落，硬性创作，势必在作品上产生大幅的落差，此其三。具体些说，他的印作豪阔中时羼粗陋之疵，道雄中时羼作字习气，浑朴中时羼俚俗之病。故其失水准的印作可视为初学者的习作，而其佳作，轩宇苍莽，神采焕发，足以令丁、邓、钱、吴敛衽避席，堪称千古绝唱。我们承认钱氏有部分失水准的作品，我们又必须承认这并不能动摇和降低其超级印人的艺术成就和历史地位。这里似乎可以套用一句民谚的意思：鹰有时飞得比鸡低，但它毕竟是目空八极、雄傲百鸟的鹰！

　　这颗汰尽污泥的硕大钻石，因天衡理性而科学的解读，"终于被重新放置到印苑的艺坛上"。其他如他对谢稚柳和张大千、钱瘦铁和齐白石艺术风格的对比，对程十发先生国画艺术的分析，都有许多极具艺术感觉，让人眼睛一亮的独到发现！而且，他不迷信，即使面对如雷贯耳的大师巨匠，他也能实事求是，坦陈自己作为艺术家，作为同行的全面评价。

天衡是一个了不起的艺术家，也是一个眼光犀利的收藏家。《艺絮》三、四辑的"豆庐课堂"和"品说收藏"，可以说，作者毫无保留地将毕生积累的艺术经验、心得体会，如此坦诚地倾囊而出——以服装与纽扣之关系比喻为书画大家治印，对弟子因材施教的反省——奉献给后辈学子和人民大众，是他对社会的赤诚回报。确实，在书中我看到了一个不断努力、不断思考、不断前行的大家的深深足迹。如八十二岁，四个标点符号印中他的人生感悟。又如，他三登泰山，由"一览众山小"到辩证地顿悟，到"登山小己"的自谦、自警、自勉的三变心志。

遵嘱为《艺絮》作序，让我学习、重温了许多。正所谓：活到老，学到老。孔子曰"学然后知不足"，信然！

就在前不久，天下第一名社，西泠印社一百二十周年华诞，韩天衡先生当选名誉社长，荣获西泠印社终身成就奖。天衡的艺术再次得到历史的庄重肯定。昔曹孟德《龟虽寿》有"老骥伏枥，志在千里；烈士暮年，壮心不已""盈缩之期，不但在天；养怡之福，可得永年"。谨以此奉赠，恭祝韩天衡先生延年益寿！

2023 年 12 月 1 日

目 录

目录

目录

怀师
忆友

教诲直到魂灵
——杂忆恩师谢稚柳

1997 年 6 月初，我自日本讲学归沪，放下行李，就直奔巨鹿路老师的府上，在他的灵堂前向已西去了三天的老师，三叩九拜。往事如昨，一晃，二十周年了。于艺术界，老师是一位难得的学者型大家；于我，老师是一位塑造艺、德、人生的恩公。

我自 1963 年拜识谢老，列其门墙，三十四年间，老师就像一位高明且严谨的雕塑家，认真地就我为艺为人的每一个块面、每一个细部进行精雕细琢，由表及里，由艺事及灵魂，力求让我能走向完善。

我自小好刻印弄文，恋栈于方寸咫尺之间，致使落下了严重的颈椎病。1975 年颈椎病发作时，头似有千斤重，到哪里都先把头往桌上一靠，方有所舒缓。老师关心地说："小韩啊，你不要一天到晚刻图章写文章，那样活动的范围太小。不妨站起来画画，这样人可以放松。"初涉绘画，又值"文革"，学习的范本奇缺。老师便取了自己画于乾隆宫里专用的玉牒纸上的重彩荷花册页十二张，让我拿去临摹，并经常为我示范技法。书法的资料也是同样。老师在"文革"时期被批斗，家里的书画资料乃至笔墨纸砚都被抄光，但他居然像地下工作者似的悄悄弄来一本张旭的《古诗四帖》，下大功夫双钩廓填，复制一本，惟妙惟肖，精气神俱佳。

谢稚柳赠作者山水、书法扇面（上、下）

这是老师平生唯一的自摹件，宝贵自不待言。老师复制的这个本子，"文革"后期，也慷慨地借给我几个月，供我借鉴学习。

在书画的学习路上，"临""摹"是起步，是对艺术世界的了解和初探；"读""悟"则是后续，是对艺术世界的内核做进一步的感知和把握。记得20世纪70年代，凡有机会，老师总想到让我多看、多读、多悟。有一次，和老师在杭州同住大华饭店。某日，杭州兼做字画生意的余先生和太太拿着一件古画来请老师鉴定。我从外面回到住处时，余先生夫妇刚好离开，老师对我说了一声"你回来啦"，便倏地以从未见到的小跑步向门外奔去。只听得老师在高喊着："嗨，回来！回来！"他急着叫回他俩时，即轻轻地跟我耳语："有张画，你好好看看。"余先生夫妇进屋后，又将画轴打开，是一张人物画，极为古苍高妙，但没有名款。送走客人后，老师跟我讲："这张画是南宋大画家马远的作品，了不得啊！"老师还对我说："此人是做生意的，我没点出这是谁的作品，只怕这张画流出去。得跟浙江方面讲一声，看看能不能公家收下来。"

谢老从上海博物馆退休后，依旧做研究写文章。一日，大雨，我去老师家，恰逢无外人，老师兴致颇高："小韩啊，今天给你看样好东西。"他就到隔壁书房里，拿了一件宋代大名家的书法手卷，锁上门，说："这件东西你好好看看！"让我静下心来仔细地读了一遍。在向我讲解作品的妙处后，他还喃喃地自语"什么时候启功到上海来的时候，让他在后面题一段"。

年轻的时候，老师还一直告诫我："小韩啊，要多读书！"后来我懂得了读书的紧要，读书是补本养心的妙药。搞艺术之人，能够让你取得真正成功的要素，不是技法，不是功力，也不仅仅是笔墨，真正的大马力孵化器是文化。

我这个人在艺术上素来好胡思乱想，而且经常带着一些学术疑难去请教老师。当初，少不更事，常因为对问题的看法不同与老师争执不休。有一次，在老师家，老师拍桌子："你尽管争好了，在学问面前没有老少之分！"知情的一位好友警告我："你以后跟谢老可不能再这样争论了，你看谢老跟你争的时候，脸憋得通红，脖子上的筋都爆出来了，老先生小中风过的，你当心闯祸啊！"后来，我便有所留意，只向老师请益，尽量不与老师争辩。老师是觉察到这种变化的。一次，我去看望他，他话里有话地说："王一平（时任上海市委书记）来过了。他问我，小韩好像眼睛里对其他人都不咋的，对你，他很敬重的。我跟王一平讲，小韩啊，他现在聪明了，不跟我争论了。"

艺术之外，老师对我的品行要求也很严。1979 年在杭州，一位何姓画家来请教老师。旁边人说："你既然请教谢老，这里笔墨纸张都有，你画两笔给谢老看看。"彼时何兄尚年轻，在谢老面前提笔挥毫，手一直在颤抖。边上一些人就扑哧扑哧地笑，我也跟着笑了。人散以后，老师关上门就严格地批评我："你这个态度是非常恶劣的！人家在我面前拘束，胆怯，手抖，他们可以笑，你怎么可以笑？有什么值得你去笑？"这严格的训斥直捣我的灵魂。老师对我的批评是经常而坦诚的，民谚曰"不挨骂，长不大"，这是确保为人为艺长进的"秘方"。谢老曾对我说过："徐悲鸿见到同行，总是一句'我是老子天下第二'。"人人都比他画得好，"老二"就变成了"老幺"，垫底了。我理解这满是傲气的口头禅，谦虚得很有智慧。这些教诲都让我牢记，搞艺术要懂得尊重他人，不能妄自尊大，更不能贬低同行。

老师关心扶持我，"文革"结束后，曾问我是否考虑去博物馆，从事书画鉴定工作。当时老师作为博物馆的顾问，为书画鉴定后继乏人而担心。我深感老师抬爱，却也只能婉拒。我清醒地思忖过：若要做一个合格的鉴定家，我还得面壁去啃大量典籍，少说也要十年光阴。那时我已是快半百的人了，况且我做篆刻书画创作研究，也半辈子了，若去从事鉴定工作，恐怕前功尽弃，而将来能否成为一个好的鉴定家还难说。对我的诉说，老师表示理解。当年，上海师大也传出风声，想邀我去他们的艺术系当主任。我征求老师的意见，他说："当主任杂务多，还是到画院好。"最终，也有老师的推荐帮助，我去了画院。（附带说一下，老师热心扶持过的后进远不止我一个。）

老师生前的最后一本著作《谢稚柳书集》要出版，他对出版社说："这篇序，叫小韩写。"给老师写文章很难，过去写过几篇，重复是没有意思的，我一时找不到合适的角度，也就无法动笔。后来，我与出版社的编辑闲聊，他说谢老在定书名时，把"谢稚柳书法集"中的"法"字圈掉了，叫"谢稚柳书集"。这对我着实是一个大启发。我们如今惯称的"书法"，在魏晋时称"书"，不叫书法，谢老将书法集的"法"字删去，应是注重书法所具有的文化、意境、格调等深层次的蕴含，而不停留于纯"技法"的范畴。于是我便从书法史上围绕着强调"技法"和"学识"之间的识见与博弈入手，引经据典地写了一文。那天，我和儿子骑了单车到瑞金医院看望老师，将文章呈上请他审阅。那时，老师的气色已差了许多，

谢稚柳画赠蒋碧薇仿老莲花鸟卷（局部）

躺坐在椅子上，说"你念给我听吧"。念完以后，老师难得地当面谬许。

对谢老艺术、学术上的评价，我以为远没有到应有的高度。有很多人认为谢老的画比较接近张大千，这当中不无因素。谢老的哥哥谢玉岑，与张大千是莫逆之交，情胜手足。谢玉岑三十八岁过世时，拜托张大千："弟弟就请你关照了。"彼时谢老才二十多岁。张大千一直拿谢老当自己的胞弟，因此他的很多学生到谢老这里来，都敬称谢老"师叔"。"文革"时，张大千寄了两支牛耳毛的斗笔，从巴西、中国香港辗转了两年多才到谢老手里，笔上题刻"稚柳我弟"，寄托了兄弟间无限的相思。谢老曾作过一首长诗，讲述张大千送笔之事，书写成长卷并赠赠于我。

我曾问过老师，当代画家中，您认为谁画得最好。"张大千，"老师说，"张大千是真的厉害！在敦煌时，临摹寻丈的大画，他爬上梯子，将上方的一根根线条拉下来，画到一半，人从梯子上下来，再将一根根线条由下而上对接上去。上下线条衔接，可以做到针尖对麦芒，了无接痕。他有这个本事！"

对大千和老师的绘画艺术，我做过一些研求。谢老和张大千都崇尚宋元，给人感觉，两个人风格好像近似。实际上，老师和张大千的风貌与情趣是小同而大异的。大千是身在江湖里，心也在江湖里，老师是身在江湖里，心在江湖外，此其一。由于学问、性格乃至笔性的差别，张大千的画美中寓媚，而谢老的画气格美中寓清；在笔墨的挥运方面，谢老的线条写为主，张大千的线条则是划为重。如一样画彩荷，张大千的荷花若杨贵妃丽中寓俏，妖艳华贵，有邀宠于人的脂粉气，而谢老的荷花则如李清照清妍淡雅，有不取悦于人的素净心。两人的山水亦类此意趣，老师味醇，大千味鲜，自有巧克力与奶油糖的不同味感。此外，在鉴定、诗文、书法诸方面，谢老更是公认的博学通才。当然，现代人所讲的艺术价值，事实上是掺杂、搅和了太多的其他因素。

这里，还想谈谈老师为人之大气淡泊。他对钱财名利一直看得很轻。20 世纪 80 年代，国务院对全国所有博物馆的古字画要做一次普查，成立书画鉴定组，老师任组长，组内有启功、徐邦达、刘九庵、杨仁恺诸先生，是我熟稔的长辈，也都是全国最有影响的鉴定家。为了完成这一项系统的鉴定任务，老师花去了整整八年时间，而这八年正是书画家赚钱的黄金时代。若这八年时间老师拿来创作，至少创作超过千件书画作品。然而担当在心，责任在肩，八年里，老师不分寒暑，不顾年迈体衰，走南北，闯东西，兢兢业业，从无微词。别人说他"亏了"时，他总是坦荡荡地说"值得啊值得"。而对自己的作品，老师向来慷慨，赠予友朋、学生从不在意。有个警官喜欢字画，尤敬佩谢老，老师先后有几十件书画送给他，后来此人出事，公安局就把一大堆的画轴、手卷拿来还给谢老。老师一看，说："画给人家的东西就是人家的！怎么可以还给我呢，这不可以。"坚持拒收。结果，公安局只能把东西全部捧回去。

给老师筹办八十岁祝寿的画展时，为更加全面地展现他的绘画体系，我四处搜寻他早年的作品。有位老先生，藏有老师二十七岁时候画的四条屏，我询问能否借我去给老师看一下，如果能用作展览，可用现在的画对换。老先生同意了。结果谢老一看，说画得不成熟。后老先生说："我还有一张，画的工笔《萱花图》。"打开一看，甚精。我跟老先生讲："让老师画幅山水给你换好哦？"老先生自然高兴。后来，老师将手卷留了下来。没几天，他讲："山水画好了，你送去给他。"我正在击节称赏时，老师将《萱花图》塞到了我的手里："喏，手卷给你了。"我愣了半晌。谁知道忙了多时，居然不是为了老师，却成全了自己，我此时除了愧疚，唯有感恩。

学富五车的老师是极有趣的人，喜欢听朋友和我谈些南北艺坛的趣事，也谈自己的许多趣事。他对我说过多次："唐云这个人好耍赖！"我不解，他说："唐云讲我的肚子大。我说他的大！大家就把皮带拉下来量。我规规矩矩量肚脐，唐云却量在肚子上方。明明他肚子比我大，还讲我肚子大，耍赖哦？"真正的艺术家大都有其直率而童真的一面。20世纪八九十年代，老先生们常在一起聚餐，朱屺老、唐云、徐子鹤、宋文治、程十发等先生，嗜好相同，都是吃肉朋友。饭桌上，一只大蹄膀上来，大家都会相互告诫："这可是胆固醇很高的，上了年纪的不能吃！"但往往第一个讲这话的人，拿筷子夹了一大块皮，就进了嘴里。人人都讲胆固醇高不能吃，但一张蹄膀皮转眼就没了去向。在这个场合，我这个食肉者是没有吃"皮"的份的，但看着师辈情趣满满的场景，却比自己吃着更多滋味。

老师已经远行二十年了，这些年里，每想起他，就仿佛又听到他用沙哑的常州沪语呼唤我"小韩"，这一声叫到我五十七岁才终止的"小韩"竟是那样亲切而隽永。

（原载《文汇报 笔会》2017 年 5 月 31 日）

药翁三五事

唐云先生，字侠尘，后更号药翁。"侠"也好"药"也好，在他生活的那漫漫岁月里，这"侠"与"药"里所蕴蓄的消息和深意，笨拙如我是无力深究细探了。

唐云先生是杭州人，淡妆浓抹总相宜的西子湖在他的身上留下了深深的烙印，毕生乡音不改，画作上多以"杭人唐云"为落款，托付着沉郁的乡思。

我和唐先生是 1963 年认识的，那年我到上海来参加部队的书画展览会，方介堪老师对我说："你带一刀温州皮纸，去送给唐云先生，我写封信，也介绍你认识一下。"那时候的温州皮纸做得真好，像绸缎一样，故有蠲纸之称，唐先生特别喜欢用。我一个海军的水兵，夹着皮纸去了唐先生居住的江苏路中一村。那年唐先生五十四岁，长得高大魁梧，神采照人，宽阔的脸庞上，透着些许方外之人才有的禅意。

第一次拜谒，唐先生忒给面子，取出一张扇箑，夹在扇板上，画将起来：劲爽的风竹，坚实的顽石，戴着领带般的有个性的山雀……然后，居然题了我的上款。药翁作画，用笔峻秀，敷色明洁，落笔风生，泼墨水起，意趣清新，气局博大。我总认为看他画张画，比读一本绘画教科书要紧要、实惠十倍。初次登门，送去的是白纸，得来的是佳作，收获满满，真的喜不自胜。

1964 年，部队把我调到上海，此后，我经常去唐云先生处请安求教，也经常直冲三楼的画室。

画室不大，书籍与杂物狼藉地堆在一旁，占去不小面积。画桌上堆了诸多别致、珍稀的文房雅具，中间留下能供画画的桌面大不过一张《文汇报》，乍看倒像是陈列古玩的摊位。画桌边上有张小床，是唐先生的卧榻。画画时，他就挪一些文玩放在床上，晚上要睡觉了，再将它们轻悄悄、慢悠悠地一件件移回画桌，像转移着一支队伍似的有条不紊而情趣怡然。他的画室只放两只凳子，一只是先生画画时偶尔小坐的方凳，另一只是明代黄花梨的官帽椅，放在画桌对面的南窗侧，是小憩时喝茶坐的。外人来了，不分贵贱，都站着，只有唐先生往凳子上一坐，用金贵的曼生壶泡茶，来客都是站着喝，我胆子大，在没他人时，就往往坐到方凳上品茗。

曼生壶，为清代著名书法家、篆刻家陈鸿寿（字曼生），与制壶名工杨彭年合作制作的紫砂壶，在壶上镌刻诗文书画，文化品位极高，在中国紫砂壶史上有着开拓性的地位。曼生壶在当时就很稀罕，人家都是供着看的，而唐先生先后收藏的八把曼生壶，却收非为藏，是拿来用的，他旷达、轻财的个性由此可见。他还叫我刻过"八壶精舍"的巨印。有一次，帮工阿姨在洗壶时失手敲碎了一把，他心疼得两天不言不语不吃饭。他二公子逸览兄弦外有音地跟我说："嘿，幸亏是阿姨敲的，若是屋里人，早给他骂死了。"足见此公的宽待外人。

那时，上海博物馆有个怪老头，有一手修瓷的绝技，花了半年时间

唐云所藏合欢壶

帮他把这壶修好了，修旧如旧，光彩如故，且能如常使用，绝技噢。唐先生煞是开心，很认真地画了张画送给了他。这老头怎么怪呢？博物馆要分套三房一厅的房子给他，条件是让他收一个徒弟，传授绝技。他不肯，宁愿窝在城隍庙那边一个灰暗逼仄的小阁楼里，条件差得一塌糊涂，但就是固执地坚守手艺不传外人的祖训。这壶摔得也真是时候，壶修好没多久，这老头就去世了，这门绝技也就此同归于尽。

　　一次，舟山的朋友给我送来一条很大的新鲜海鱼，在凭票供应鱼肉的那时，鱼拎在路上走，回头率极高。我没空，就请我那教授老哥帮忙送去给唐先生。晚上我回家后，哥对我大发脾气，说："这老先生啥意思啊？我送鱼去，不是去要债的，他一句客气话都没有，还眉头一皱，冷冰冰地说：'不要送的。'我说是天衡叫我送来的，他就说，'哦，放着吧'，连一点笑脸都不给。"我说："哥呀，你不知道，唐先生就是这个性格，外冷内热，像保温杯。"

实际上，唐先生对朋友是热心而侠义的，他非常喜交朋友，而且对朋友慷慨、厚道，有困难他都会雪中送炭帮助人家。比如钱瘦铁被打成右派后生活很艰苦，唐先生就经常接济他。又比如邓散木去世后，唐先生也始终关怀接济他的家人，施德于人而不记不言，人缘当然好。他晚年正赶上了书画家千年未遇的好时光，稿费多且高，生活无虞了，他默默而辛勤地花了两三年时间画了一百多张画，包括几张丈二的巨制，全捐给国家去做了慈善事业。

他是性情中人，是我接触的所有的艺术家里面，最会享受生活的，即使在"文革"的苦难岁月中，揭发、批斗也威慑不了他的乐天本性。他依旧淡定自若，苦中找乐，作画、咏诗、会友、饮酒、品茶、集藏，依旧风雅而有尊严，举得起，放得下，想得开，睡得着。很多人说唐先生是"四海"，也有人誉他为当代名士，确实如此。

唐先生的趣事多多，反映出他洒脱、自如、豁达的人格魅力。比如，上海当时的自来水水质不行，有异味，他会在下雪天将屋顶上的白雪收集起来烹茶；他喜欢吃螃蟹，但有个怪癖，只吃脚爪，不吃精华部分——中间的蟹肚。机巧的都喜欢挤在他边上，就等着吃"精华"；老小朋友请他吃饭喝酒，他只要有空都去，而且自己会带两瓶绍兴黄酒，一个胳肢窝下夹一瓶。酒过三巡，菜过五味，微醺之际，唐先生会画兴大发，叫找笔找纸找墨来，如果没有的话，会把小孩写字的笔也拿来画两张。但事后拿这些画去让他盖图章，唐先生皱着眉头会说："这娃儿娃（唐先生说杭州话，画与娃同音）得不好滴。"顺手就给撕得粉碎，吓得知

唐云为作者题字

唐云赠作者画

情者以后都不敢拿去叫他盖章,是呀,有总比没好嘛。

先生对我一直厚爱有加,他弟子屠传法写过一本书,里面也记录了唐先生对我的诸多谬许。记得我一次拿了自刻的印谱请其指教,他居然在扉页上题了"铁木之外,别有一天"八个大字。"铁"是指苦铁吴昌硕,"木"是指木居士齐白石,抬举得令我汗颜。

有一次去拜望他,他说:"天衡啊,正好人家送来一块印章,就在这里帮我刻了。"

"我今天没带刀啊。"

"就用我的刀。"(唐先生其实是刻印老手,而且韵味十足。)

"刻什么字呢?"

"药翁。"

我几分钟刻好了,他一钤印:

"哦,蛮好的。"接着,他说,"好久没给你娃娃(画)儿了吧?"

我说:"唐先生,您也忙我也忙,勿要了。"

"你勿要我偏要娃给你,你要,我倒不娃给你。"

我说:"真的勿要了。"因为那时候已经恢复润格了,我等晚辈识相的都不好意思张口向他求画。

谁知他忽地放大喉咙,冲着亭子间喊话:"逸览,拿张四尺整张的宣纸来。"对我说:"今天就是要娃给你。"

我说:"一定要画,那么您就画张四尺六开的册页吧。"

"啊?为什么要画那么小的?"

我说:"我有一本册页,其中有谢稚柳、陆俨少、宋文治等先生的

唐云赠作者画

作品，所以就请您画张小的，我装裱在一起。"

我将纸裁成四尺六开，他又嘟囔了一句："画那么小的？"然后他就开始画两株鸢尾花外添一双蝴蝶，从十点多开始画到十二点。到饭点了，唐先生说："今天就在这里吃饭了，今天有肉。"他知道我喜欢吃肉，但他又不无遗憾地说："天衡你这个人没劲，不会喝老酒的。"

一顿饭吃了一个半小时，我说我要走了。"不不不，娃儿娃好再走。"唐先生说。一直画到下午三点，一张小册页画了三四个小时，很精妙的——他平时画四尺整张的竹子都是十来分钟就完成了——刚为他刻的印也就钤上了。

记得有一次他取出块好的青田封门冻石，让我刻"敝帚"两字。我蛮用心地刻成古玺式样的。他很喜欢，此后他在画得满意的画作上都会钤上这方椭圆的"敝帚"章。后来逸览兄对我说："你不是帮他刻了'敝帚'吗？把我忙煞了，又要叫我拿锉刀、砂纸，又要叫我拿刻刀、锥子，伺候了两天，他在上面雕了个钮。你看他精神好哦？"

我曾经把他画的竹子刻在一个红木端砚盖上，拿去给他过目，那天正好刻竹专家徐孝穆也在。先生直冲着他说："你看看，这种金石气你刻不出来吧？"知道他率真的朋友，是从不计较他真假相杂、褒贬由己的话语的。

和唐先生太稔熟了，说话也就随便了，但随便也会出事的。20世纪80年代初有一次到他那里去，看到画室里挂了一张八大山人的小幅山水，上面还有张廷济的一段题跋，昨天刚买来的，他正陶醉其中。我走近一看，脱口说："这张东西是假的。"老先生像点着了爆竹似的火气直冲，雷霆大发，说："你懂什么，胡说八道……"声色俱厉，一顿臭骂，至少刻把钟。我走也不是，留也不是，尴尬极了。等他脾气发完了，消了点气，我说："您大人不计小人过，我胡说八道，您别当真。"边说边退出了他的画室，活像个败兵逃离了满是硝烟的战场。

当时我已经调到上海中国画院了，唐先生是代院长，不经常上班，基本是两个礼拜来一次。他来上班，正好在花园门口碰到，他一把抓住我的左手，说："天衡啊，你什么时候学会看画的？那张娃儿……"

"唐先生啊，不要讲了，这件事对不起您，惹您生气，是我胡说八道。"

"不！你讲得对滴！"他说，"你走了以后，我找了些朋友研究了，发现这张画是有问题的。你看得对的，眼光不错的。"嗨，给我"平反"了，这慰藉的话，至今犹清明如昨。这也可见唐先生那别人难以企及的胸襟。

自此唐先生对我鉴画比较信任。那时候，正处在改革开放、拨乱反正初期，有许多"文革"期间被抄家的字画要返还，唐先生就经常叫我去，鉴定些返还字画的真伪。有一次，他让我看一张倪元璐的字，我说是假的。第二天他就去找管理抄家物资的邱受成："小邱来一次，这张东西不对的，去给我换。"老邱忙前忙后地折腾过多次，他当然不知道，我是"始作俑"者。

后来唐先生在虹桥钻石楼那里买了房子，比较远，见面也少了。有次逸览兄对我说："我父亲说你怎么好久不去看他了？"我说："不谈了，我去过两次，你的儿子，门一开就说不接待，我爷爷中午要睡觉，砰地把门就关上了。和你爸爸讲，我去过两次都吃了闭门羹，不去了。"他说："有这个事情啊？"过了两天，逸览说："这个事情抱歉抱歉，我儿子不懂事，我爸爸叫你明天去看他。"

第二天我就带了瓶 XO 洋酒去看他。我知道他暮年喜欢喝 XO，据说有时候他会拿 XO 吞药吃。他就是这么个人，只要觉得人生愉快，兴之所至就好。

那天去了，唐先生很开心，他说我拿样东西给你看看，一边叫："逸览，去把傅山的那本册页拿来。"他说："这本册页是我解放前花两块银洋钿买的，几十年了。这个印章是傅山的，但下面这个签名我一直识不出来，你看看是啥字。"这个字像弹簧一样绕了几个圈，我说："这个我回去考考看。"我爷儿俩欢谈了一个多小时，云淡风轻，天南地北，享受久别的愉悦。这时有客来看望唐先生,我就告辞了,说下次再来看您。

但就在那天晚上,唐先生突发中风,家人急送医院。到医院后直到逝世,一个星期,唐先生就再也没有醒来过。

1993年10月7日清晨,逸览兄急电说唐先生可能不行了,我马上骑单车直赶华东医院。医生让逸览去买根大的野山参来,借以与死神做最后一搏。那时候,买人参得先到医药公司去审批,关卡重重,特别麻烦,足足花了大半天。等到逸览回来,老先生已经撒手人寰了,悲哉。

按医院的规定,遗体要马上送太平间。唐先生体重两百多斤,五六个人把他抬到担架床上,由于人胖,肚子大,两只手就挂在床的两沿,无法推出门。我急中生智,叫护士去找根带子来,将唐先生的两只手臂安放在高耸的腹部上,绳子扎紧,才推向太平间。一星期前拜会的喜悦,一星期后告别的悲痛,人生如寄,信乎!

唐先生嘱咐我考证的字,我回家就考证出来了,是眉毛的"眉"字的草写,这部册页其实是傅山之子傅眉所书。后来我还专门写过一篇文章——《我还欠药翁一个字》,唉,云泥相隔,隔得那么彻底,居然连一个字,只一个字,也就此不能相告于先生,多遗憾的无奈。

要说论做人、论艺术、论人生,唐先生可书可写的艺事、逸事、趣事、好事,是可车载船装的。他老人家一生喜画虬枝老梅,其人也一如吐芳的老梅,我草草地记下三五事,也仅是聊折一枝而已。

（原载《文汇报·笔会》2017年2月24日）

幽默　仁心　才情
——缅怀程十发先生

程十发（髪）先生，原名程潼，20 世纪 40 年代在上海美专读书时，老师李仲乾为其取字"十发"。今人取名常常都往伟大里叫，过去人取名则谦抑得多。"十发"的"发"，并非"发财"之"发"，而是"头发"的"发"，在计量单位里面"一程十发"，"发"是一个眯眯小的计量单位。

我 70 年代即呼程十发为"发老"。"发"字在上海话里的发音与"弗"相合，"发老"即为"弗老"，永远不老。后来，敬重他的晚辈、后人，也都称呼他"发老"了。

自 1972 年相识，直至 2007 年发老过世，三十五年间，我们有着不寻常的情谊。1984 年，发老出任中国画院院长，我任副院长，彼此之间接触更多。尤其在他晚年，我经常赴程宅汇报工作，听他的指示，彼此更见坦诚、信任和亲近。

我始终认为程十发先生是一个天才式的艺术家，在艺术上的成就世所公认；而在生活中，发老的幽默知者无多，却让亲历者很难忘怀。

发老的幽默，是与生俱来的。即使在"文革"前及"文革"中犯了"错误"，以至于被开除了党籍，削减了工资甚至遭到密集批斗，他依旧有着乐观心态。全家五六口人仅靠他一份工资维持日常开销，除去房租三十多元，每个月能家用的也就四十元，生活之清贫与艰苦可想而知。问他："发老，今天吃点啥啊？"他总是调侃地说："我家里吃得好！四川菜、广东汤。"所谓"四川菜"，上海话谐音为"水氽菜"，即过水氽一下的蔬菜；而"广东汤"，上海话谐音为"晃荡汤"，即似清水般的汤，喝下后在肚中晃荡晃荡响。记得有一次我去探望他，他刚从医院回来。因为胆囊萎缩，做检查时，医生问他："你怎么胆没有了？"发老回答："我的胆，'文化大革命'的时候就没了。"医生给出建议："发老，你还是要做个手术，拿掉比较好。"发老说："这可是父母给我的，是原装货，不能调包。"那么多年里，他一直用幽默消解着种种不幸和厄运。

发老的幽默，是信手拈来的。1987 年，由发老带队，整个画院的中青年画师，前往苏州西山为市总工会疗养院画公益性布置画。当时没

程十发赠作者《泽畔行吟图》画作

有高铁，也没有高速，在上海租了一辆大客车，开到苏州约莫四个小时。发老从来不端架子，与年轻人在一起，更是谈笑风生。当时的行车路线经过苏州北，刚进城里，沿路有个塔——"北寺塔"，苏州话的发音为"不是塔"，发老便向车上的年轻人编了个笑话："过去清代有个官员，是北方人，上任到苏州当知府。前来恭迎他的下属是苏州人，知府的轿子进了苏州，问此人'这是什么塔'，此人说'不是塔'。知府说：'明明是个塔，你怎么讲它不是塔？'当差的说：'老爷，是"不是塔"。'知府听罢，对当面说'谎'的当差气不打一处来，就叫差役将此人拖下去狠打三十大板，再听候发落。"这是巧用方言编排的故事。车子开出没多远，偶遇一个化肥厂，高耸的烟囱喷着黑烟，像一条乌龙直冲云霄。发老道："那么多黑烟浪费可惜了。如果我有权，就把上海墨厂搬到它边上来，正好化一害为两利。"苏州的沧浪亭是非常有名的一座古园林，当时旅游业刚兴起，本来非常低廉的门票随之飙升。园内亭上挂着一副老对联，"清风明月本无价，近水远山皆有情"。发老一瞥，讲："这个对联换一个字就有趣了，叫'清风明月本有价，近水远山皆无情。'"机敏而深刻。半天的时光，撒满旅途的一连串诙谐谈吐，对发老而言只是顺流而下的江河中的几朵浪花。也正缘于此，一些著名的主持人、滑稽演员，几十年常围着发老转，不单是想吃"开心果"，还想从发老处汲取各类有意思的语言艺术的材料。

发老的幽默，无处不在。一次，我与发老及其公子多多应邀在老正兴饭馆作画。可画完后，才发现多多兄没带图章，碰巧压画的镇纸是青田石，发老说："天衡啊，这个对你来讲是囊中探物，当场撬一方吧。"

当时没有刻刀，我便叫经理找根大的铁钉——我曾用大铁钉刻过印。经理说："饭店哪有这玩意儿，剪刀倒是有的。"随即从厨房里拿来一把锋利的大剪刀。剪刀刻图章，我还从未尝试过。剪刀两面利刃，一面刃口刻章，另一面的刃口就对着手指，发力非常困难，稍不当心，就会肉绽血淌。好在还挺顺当，用了三分钟，刻成"程多多"的名章。刻章过程中，多多兄还拍了照片。后来，照片给我时，发老在背后写了六个字："天下第一撬客"。

很多平凡的事情到发老那里就横生情趣。五十多岁时，我遥想起儿时，因出生多日不睁眼，在相士的开示下，母亲曾带我去城隍庙拜"将军剑菩萨"做干爹。后因"文革"除四旧，"干爹"被砸烂，找不着了。于是我恳请发老给我画个干爹。他问："侬那个干爹我弗认得的，长什么样子呢？"我说："我这个'干爹'是三只眼睛的，但不是二郎神杨戬，是三只眼的菩萨。"后来过了两个星期，发老讲："你干爹画好了。"一看，可真是神似啊。发老还为此题跋："甲戌元日，阴阳怪气生为豆庐主人祈福，急急如令，勅。"另一侧又落"十发"款。我总算和菩萨干爹可以朝日相见了。

我的斋号"豆庐"，是在发老的及时提醒下改换的。他和我之间从不设防，侃世道、论艺事，两心相知。70年代初，我希望在书法篆刻方面能摸索前行，且对当时的"文革"路线产生了疑惑，要投石问路，就给自己起了个斋号"投路室"，为此还刻了章。发老见了，真挚地告诫我："你好大的胆子！我是吃过苦头的。有革命路线在，你还去投路？你投什么路？如果是我取这斋号，肯定要被斗死了啊！我劝你，不要用这个斋号。"随后发老脱口而出，叫"豆庐"吧，上海话谐音正是"投路"。意思还在，但又不会给别人揪辫子。这个斋号我一直沿用到现在。

说起"豆庐"，不得不提《豆庐山房图》。1980年大年初一，我收到了一封挂号信，写的是延庆路141号张寄，字是发老的笔迹。打开，里面是一张山水画，画上发老有题句，大意是：天衡一家三代五口，住十平方米的房子，我也没有能力给他解决，就学古人文徵明，书斋筑造在宣纸上，赠此《豆庐山房图》，聊表心意。此作构思精巧，色彩、笔墨都别具匠心。这是我一生中最不能忘怀的春节。可惜，我与此图终究是缘浅。1994年，发老要开画展，我将《豆庐山房图》等佳作借展。然，天有不测风云，在展览的第二天，小偷由美术馆的天窗上进入展厅。蹊跷的是，小偷居然能避开监控探头，卸下镜框，窃走了《豆庐山房图》。

发老一贯慈爱为怀，胸襟博大。一次，他家来了一位外地老干部的女儿，拿出一张发老前次送给她爸的画："我爸说这张画是假的。"对此，发老不愠不恼，还和颜悦色地讲："好好好，今天这样，我当场画一张。照相机带了没有？好。我当场画，你当场拍。回去也好给你父亲交代，这张绝对是真的。"发老边画，她边拍照片。画还没干，来人就拿两张报纸将画一卷，道了声谢谢，走人。有回在香港，一位朋友拿了张署名发老的画给他鉴定。画是假的。发老还没开口，朋友说："这张画是某某看中了我的名牌照相机，拿来换的。"那个以画换照相机的也是发老的朋友，若讲这张画是假，定会闹出风波。于是发老说："这张画蛮好蛮好。"这位朋友随即跟进："既然蛮好，我也确实喜欢，请您在上面再给题几句。"发老一双手拉好两个朋友，宁可不打假甚至认假为真，只为了不伤害朋友之间的感情。

发老对后辈素来提携和奖掖。1986 年，我办个人画展，发老为此写过一篇文章《前浪与后浪》刊于《文汇报》上。文中，他写了四个不及我——用功不及我、见识不及我、处世不及我、虚心不及我。这似乎幽默得有些"黑"，但最后，发老也谈到我年轻，在作品上还可以去掉一点火气。谦逊的自贬和对晚辈的拔高，全在催我奋进。这也是发老为年轻人写的不多的一篇文章。

发老也是一位心里揣着大爱的有情有义的艺术家。他担任画院院长期间，为职工的住房改善问题是费尽心思，不惜卖画换房。当时画院困难户至少有十几家。画院作为文化局下属单位，当时房源也确实紧张，僧多粥少，分到画院至多一套，也解决不了几十号职工的房荒。当时发老居家也不宽敞，但他还是默默地画了大大小小三十张画，包括丈二匹的作品，都是精心之作。他跟我讲："天衡啊，我画了三十张画，看看有啥人要，换一笔铜钿，解决一下画院职工的住房困难。"80 年代后期、90 年代初期，画的价位还没有飞涨，一位海外的藏家出了六十万元就将这些画买了去。发老拿这六十万元，叫画院的办公室人员去买了十来套房子，对住房困难户采取置换调整的方法，解决了画院十多户家庭的住房困难。而发老"施德与人不记"，对此事一直不事张扬。

对于艺术，发老始终有着顽强的探索求新精神，是一位通才艺术家。

程师母张金绮，是发老在上海美专的同学，同为王个簃的学生。在学校时，程师母是王先生最喜欢的弟子，叫她学吴昌硕，她绝对不越雷池半步。与此相反，程十发先生却一直挨批评，他向来指东向西，无拘无束，我行我素。看看发老历来的画，哪有一丝吴昌硕、王个簃的影子？艺术，就形式而言，往往是"顺古者亡，逆古者昌"。发老生来就有一种独立之精神、自由之思想、个性之飚发，他不是把创新当口号叫，而是始终走在一条自讨苦吃、自得其乐、推陈出新的崎岖路上。其实，他对前贤的传统十分重视，且相当深入。20 世纪 60 年代初，拍过一部任伯年的纪录片，具体示范的代笔人就是发老。如果对任伯年的绘画没有那么到位地研究，是无法在摄影机前自如逼真地再现任伯年的画技的。

程十发先生经常讲："谁不学王羲之，我就投他一票。"这并不是否定王羲之，而是认为王羲之不能没有，但只有一个，重现就是复制，复制必无价值。在 70 年代初中期，程十发先生叫我刻过一方印："古今中外法"，即是心志的表白。他的绘画，不是一味地流连于一家一派，而是吸收、消化古今中外的先进理念、表现手法，以丰富自己。所以程十发先生的绘画不是沉溺在古人的笔墨、技法里讨生活，而是将之化为自己的精气神，有很多的自创。例如，发老画人物，或面部或身段，往往不是按传统的常规先用线条勾轮廓再敷色，他的很多人物画，脸部是不勾轮廓线的。画花卉，也是打破线与面的疆界，迷蒙混沌——现实生活中，活体人物哪来凝固不变的轮廓线呢？这不过是光与目交合的影像。中国画的先贤们提炼出多变善化的人物十八描，正是一种中国式的智慧和发明。而发老一定是悟到此理而反向为之的，不能不说是超凡的突破性创举。他在画的用色上与其他画家也很不一样。发老跟我说过，他绘画色彩的斑斓，是受唐三彩启发。唐三彩釉色经过窑变，展现出来的丰富、奇幻、不可言喻的色彩为发老所借鉴，这也是别具匠心的画外求画。

发老是敬畏传统的，收藏了大量的历代名迹（后都捐给了国家）；但他矢志求新，食古化今，笔下显示的是崭新、深邃、成熟的程派风格。

中国画创新，对一个艺术家来说，是极复杂的一揽子工程。若笔墨、若造型、若用水、若敷色、若谋篇……都得赋以大别于古人、他人、外人的独门功夫。即举笔墨一项为例，发老的笔墨粗细之变化，浓淡之离合，枯湿之调接，起伏之跌宕……那种由毛笔的颖、腰、根的巧妙提按与转换兼施，水与线、墨乃至块面的无痕交融，令其强烈搏击，又令其亲和拥抱，尺水兴波又静水流深，心源与造化的主客体的契化，做人真挚与调皮攻艺辩证为用……这种恣肆、诡谲、自在、清新的艺术表现力，依笔者的愚见，千载下，不二人，当是南宋巨匠梁楷后一人。有人说，赏作品如吃蛋，是不屑去看鸡生蛋的。而发老作画时的流程，则极具可看性、艺术性，是不看会心生遗憾和懊恼的那种。他作画十八般武艺并用，充满示范性、偶发性、戏剧性。发老作画如玩令人惊艳的"杂技"，好艺的有心人看他完整地画一张画直至最后落款、钤印、收拾，会远比读一本美术教科书实惠管用得多。

发老的作品具有画不惊人死不休的奇诡跌宕特性，"文革"时期"四人帮"发起批"黑画"，他因此被当作黑、野、乱、怪的典型代表，成为批判重点。1974 年，在南京路上的美术馆举办声讨"黑画"的展览，其中数发老的"黑画"最多，至少四十张。说实话，当时我去看"黑画"，是带着欣赏的心去学习、领悟绘画之道的。展品中有发老一张用工笔却以写意笔墨表现的《芭蕉锦鸡图》，此作气势之宏大、格局之壮伟、笔墨之炫幻，令我越看越喜，暗暗赞叹不已。走出"黑画展"，顶着酷日，我便去了发老家，开门见山说："发老，我今天去看'黑画展'了，您的那张《芭蕉锦鸡图》让我感动。真是神来之笔！我在这张画前足足享受了十分钟。"发老听后，惊愕不已，说："人家都在批判我，你还这样讲，不怕惹祸啊。"然后会心一笑。几十年里，神侃艺术，臧否绘事，我应算是他后生里的知音。

一个星期后，发老来封短信，让我有空去他家里。隔日，我去了。发老借租的一栋三层小楼里，住了好几户人家，都是美术系的"革命群众"，只有发老一人是墨墨黑的"黑画家"。夏天，因为要通风，门窗都开着，发老十分谨慎，踱到这扇门外张一张，又去那扇门外望一望，确定没人，便迅疾地从床席子下面拿出一封信，说："这里面就是你那天'黑画展'上看到的，按那意思画的。你回去再打开看。"回到家里，我便迫不及待地打开观赏。画得真好，但总是没有"黑画展"上那张画彰显的肆无忌惮、目空一切的雄浑奇气。过了几天，我到发老家去："发老，谢谢您啊，那张画画得非常好，但我总感觉'黑画展'里的那张更好。"发老说："这张你先拿着，将来如果有一天，云开日出，那张画能发还给我的话，我还送给你。"1978 年，发老终于得到平反，恢复了党籍，当时那批被批判的"黑画"也统统发还给他。发老毫不犹豫地将那些画作捐给了画院，唯独将那四尺整张的《芭蕉锦鸡图》赠予了我。这前后两张《芭蕉锦鸡图》可是要"子子孙孙永宝之"的。

程十发先生做人胆小，攻艺胆壮，画画构思快、下笔快，落笔生春，常常有出人意表的独造。他的画特多那个时期的画家很少有的随心驰意，灵气逸发，富于浪漫气息。"文革"中，我曾请发老画过一张"世人皆

程十发赠作者《芭蕉锦鸡图》 程十发参加画展的《芭蕉锦鸡图》

醉我独醒"的《屈原》。国画不同于电视等动态表演，要以一个静态的画面表现时代背景、人物情绪、心理演绎，具有很大的挑战性。而他构思的屈原面朝向左，左边留白逼近宣纸边缘，有碰壁感。画上屈原立于一片崖石尽头，身后铺排的是渺茫空间，下方则是倒流的汨罗江水，巧妙地营造出屈原走投无路，准备用自己的生命来证明自身的清白和对国家的忠贞。其实，发老处理屈原的站位，就已将其报国无门的苦楚、悲凉、愤慨、绝望、殉国的心境表达得一览无遗，深刻啊深刻。我想这某种意义上何尝不是发老的自况，唯一不同的是，他是始终相信光明在前的程十发。

1993年程师母病逝，其后，又失爱女。这些对发老打击极大。从1994年开始，发老的画风发生了明显的改变，渐渐地"英雄迟暮"了。

程十发先生是一个为艺术而生的艺术家。对于吃、穿、住、行，他都不讲究。日常生活中，发老刮胡子，总有一寸多长稀稀拉拉的几根留在那里。哪怕是外出应酬的场合，他右手食指指甲的左沿总是留有墨痕。这些细节可以看到发老艺心纯粹。享乐也好，着装也好，打扮也好，表面的东西对他来讲都是无关紧要的，而追逐艺术，形成独特的个人风格，报效时代，则是一切的一切。

程十发先生以其孜孜不倦、不断进取的大跨度创新精神和风格，使自己成为20世纪里天纵其才的国画家，论理念、思维、境界及笔下的山水、花鸟、人物、连环画，乃至书法、篆刻、论文、诗作，都具备排古排他的自我。程十发先生是20世纪的艺术史乃至整个中国绘画史上，不可或缺、风貌独标、光芒万丈的一位，谈到海派绘画艺术，更是绕不过这位巨擘。历史这杆秤，有其永恒的精准、诚实和公正，相信随着时间的推移、审美的提高，出自"一程十发"的这个名字，必将显示出与其意思相反的伟大和高尚。

2017年8月12日改定于华山医院

（原载《文汇报·笔会》2017年9月1日）

仁者屺老

"相见亦无事，不来忽忆君。"这不，近几天老是念叨到大前辈屺老了。

一

屺老是人们对朱屺瞻先生的尊称。我初识屺老是 1962 年，屺老一行人从雁荡山写生转道温州返沪。方介堪老师对我说："上海来了中国画院的老朋友，是你的老乡，一起去见见吧。"画家们住在当时松台山麓下最洋气、高级的华侨饭店。初次见到屺老，就让我很惊艳，只见七十一岁的他，鹤发童颜，身材不高，但腰背硬朗，虽然执着手杖，身板却挺直。他精神矍铄，头戴一顶乌黑的平顶帽，面部白里泛红，下额是精整一刷的"V"形短银须，那脸庞宛如端砚、宣纸和玉筒笔的绝配组合，令我想起王维那"前身应画师"的妙句。屺老说一口太仓沪语，对站在他面前穿一身海军士兵装的我，缓慢而温馨地嘘寒问暖，恬静慈祥，活像在我贫困童年里，时常给我粽子糖吃的邻家阿爷。

有缘总能再相会。十八年后，再见屺老，我已是小他近五十岁的画院"同事"，时有问候，春节也必趋他府上拜年小坐。一次，他从橱里取出了一张黑白照片，说："帽子上有小辫子的阿是侬？"这可是当初在温州时的合影，我还是头一次见到。端详再三，心头惊喜。"小辫子"指的是海军士兵帽后边缀着的两根飘带，屺老的幽默表述，令我印象深刻。

1984年，上级领导"点秋香"，要我任副院长，我坚辞。领导拍了桌子，说："共产党员为党做点事不应该？"我说："搞创作也是为党工作。"一番僵持后，我要求三条：一、还是创作员身份；二、不管行政任务，不签字；三、要保证有半天的创作时间。领导居然同意了。就此，我的身份在"同事"上，又添了个"公仆"。也许是当兵出身，急性子，风风火火讲痛快。所以，画院的老画师们，乃至于师母们，那些行政上不归我管的事情也都喜欢找我。记得上任之初，就是要解决几位老画师的住房问题，落实党的知识分子政策。如屺老当时已年近九旬，"文革"前独门独户，后来楼下被占，单上下走动就非易事。隔三差五，我硬着头皮找市政府秘书长万学远，他很理解支持我，历经艰辛，屺老终于重新拥有了休憩和会客的小厅，有了静心作画的画室。

屺老和师母对我很信任，但也很少有事主动来打扰我。20世纪80年代中期，王个簃先生光荣入党，成了上海滩一时的新闻。我时值去问候屺老，我觉得师母有话要讲，但欲言又止。我问师母，有啥困难，尽管吩咐。师母说："侬晓得哦，有报纸登了消息，说是老先生入党了，有些朋友都打电话来祝贺。这如何是好？"我没见到这篇新闻报道，但看来是"王"冠"朱"戴了。怎么办？我也就单刀直入，问屺老："侬阿有入党的意愿？"屺老像早有思考地回答我："有咯。"回到画院，我立即向书记汇报了这件事，并转达了屺老的心愿。之后，德艺双馨的屺老，以百岁高龄，光荣地加入了共产党，被社会上传为美谈。

岂老宅心仁厚，爱国正直。在抗日战争取得胜利之际，他期待中华民族能摆脱内战，国富民强，为明其心志，以沪语谐音，取了一个名号"起哉"。这"起哉"两字，确实有着太多的寄托和期待。

二

岂老仁慈，却是有原则讲风骨的人。"文革"中屡遭批斗，却从未揭批诬陷别人。记得我在整理要销毁的材料时，读到过一本批斗程十发先生的会议记录册。岂老发言被记录下来的文字是："他有才，可惜了。"在压力大时，他不随波逐流说的这六个字，实事求是，绵软平淡中自有千钧的力量和柔而不折的人格，虽于事无补，但至今还让我感动、敬重。

岂老为人厚道，总记住别人对他的好。你给他一分，他必回报你十分。记得在20世纪80年代，整个上海滩水果不多，大于碗钵的石榴更是罕见之物。一次，中秋时分，学生自山东送了我几枚，红艳夺目，我也觉得稀奇可爱，就给岂老送了去。岂老及师母也啧啧称奇，说是难得一见，讨人喜欢。谁知，在之后去问候岂老时，师母取出了一张岂老精心绘制的石榴图送给我。三个不值钱的石榴，"换"来了可买一车石榴的珍贵图画，喜出望外啊。温良谦让，是岂老一贯的美德，他对名利地位很淡泊，更不会计较。记得1984年，为举办画展，在姓名排列顺序上颇费思量。按姓氏笔画顺序，似有不公；按名声大小，更易滋生事端。我提出了以长幼为序的方案，通过了。然而，个别征求了些意见，有些不同的声音。

又倾听屺老的态度，素来与世无争的屺老说，把自己排第二"蛮好，蛮好"。

1994 年的寒冬，上海市政协为屺老举办了盛大的百岁画展。出席了上午画展的屺老真是了得，"年老身健不肯做神仙"，晚上还出席政协举办的百岁贺宴。那天正是寒潮来袭，夜晚我单个在政协高楼的门外，静候着屺老、师母的到来。那高墙刮下来的朔风，像冰刀一样地打脸刺骨，这可是平时很少品尝过的滋味。屺老车到，我迅捷地挽护着他，登台阶，巡展。从下车到进入室内，虽只两三分钟，想来屺老也领教到了那天冰地冻的寒意。晚宴宾客满堂，一片温馨，我还特意将一方预先刻好的"九十年代百岁老人"的大印送到了屺老的手上。忙完晚宴的事，我踩着自行车回家，进屋不久，电话铃响。拿起话筒，对面传来的居然是屺老的声音，很缓慢而亲切地说了几句谢我的话。其实这原话，当时就没听清楚，至少没记住。我记住的是：我好幸运，居然接到了一位百岁寿翁打来的电话。自忖，天下几人有这等的机遇和福分呢，我遇上了，我拥有过。

三

屺老仁者寿。一次，几位老前辈聚在一起，话题转到了养生健体上。大家都羡慕屺老，谢稚柳老师说："其他都好'狠'，就是这身体，可不是'狠'得起来的。"程十发先生的夫人问朱师母："阿有啥诀窍？"朱师母说："老先生就好在听话，叫他吃两块饼干，他就吃两块；叫他吃一块饼干，他就吃一块。"我忍不住开口："关键是朱师母照顾得好，又年轻，能服侍周到。"此话一出，程师母朝我就翻了下白眼，说："侬

1986 年与朱屺瞻先生

迭个啥闲话！"我才知道失言了，因为程师母比程先生还大一岁呢。据
我所知，屺老并无特别的养生秘方，心态平和地研墨泼彩，挥写丹青，
应是他散步之外，日复一日的最好养生方式。屺老曾留学扶桑，学习西画，
衰年则专攻国画，尤善山水，他那万岁枯藤般的运笔，七彩纷呈的敷色，
奇正相生的构图，营造出濯古来新、生面别开的独特风貌。那浑然天成
的绚烂斑斓、率真烂漫的大写意手段，画如其人、境由心造，无不与他
的品格是相表里的。而今，屺老的假画充斥市场，然而，那些作品与屺
老之作有"热闹"与"门道"的云泥之别，后者透过"大写意"的表象，
那雄恣自由到不衫不履的背后，有着恬淡、润穆、厚朴、深沉的内质。
屺老有句口头禅，每听到表彰他画得好，他总是以"瞎搨搨"三个字自谦。
而那些伪作，才真是属于"瞎搨搨"的无知无趣的涂抹。

如果说做人，屺老仁厚平和。而一旦画笔在握，有时却像蓦然换了个人似的激越亢奋。80年代末，画院二十多位画师在衡山宾馆举行公益笔会，屺老年长，老画师们都恭请屺老开笔。谦让不得，屺老搁下手杖，握起画笔，只见他倏地后退两步，以冲刺的速度、电闪的气势，冲向画桌，那如椽大笔宛如利剑似的在丈二匹的宣纸上逆锋前冲，这一超敏捷的动作，竟让在桌边观摩的应野平先生"哇"地大叫了一声，并开玩笑说是"被吓着了"。画笔在握，豪气如虹，黄忠不老，青壮难及，着实令观者惊叹。

屺老画自具特立独行的个性。他的书法之妙，却被画名所掩。其实，他的书法功力深厚，如东坡的自在浑朴，而又散淡中见沉雄，书有画趣，别具神采。他先后送过好几件墨宝给我。记得1993年，也就是他一百零二岁的那年，知我搬了新居，以榜书写了一件"豆庐"的匾额赠我，字写得精气神十足，一派遒劲壮伟气象，深得我心。而匾的落款是"天衡仁兄正，屺瞻一百零二岁"。我永远难忘屺老对我的深恩。

四

古往今来，屺老应该是一流书画家里最长寿的一位，也是上海乃至时代之幸。一次，香港名医到屺老府上拜谒他，还随身带了体检的设备。检查后医生惊讶地说："奇迹啊奇迹，百岁老人的心脏，居然跟四十岁健康人的一样。"屺老达观，作画对他来说是一种享受、快乐，一辈子沉浸在其中。我总觉得他的"心理年龄"出奇地年轻。记得在他一百零三岁时，虹口区为他创建"朱屺瞻艺术馆"。他捐献了自己的佳作一百

朱屺瞻题"豆庐"

朱屺瞻赠作者画

件。在整理作品时，找出了一沓宝贵的丈二匹旧宣纸。有人说："这么好的旧纸，屺老你应该抓紧画掉它。"他笃定而风趣地回答："不急，让我画得好点了再用。"

一百零四岁的秋天，屺老病了。我和司机立即将他送进了华东医院。在医院里，治疗之余，他不时叫师母给他钢笔和白纸，过过画瘾。我曾拜读过他病榻上的作品。我也会常常去探望他，从师母和医师处了解到屺老病况逐渐好转，情形令人兴奋。屺老在医院里待了九个月。1996年的4月19日，师母电话里高兴地告诉我："老先生病好了，院方说，明天可以出院了。"我随即安排了司机接送。可是在翌日的凌晨，我被电话铃声惊醒，是师母打来的，说"老先生走了"。我脸也没洗，就踩着自行车赶往医院，一路上我老嘀咕：讲好今天出院的好事，怎么就风云骤变，成了丧事了呢？

屺老安详若睡地平躺在床上。我对师母说，要去找医生交涉。师母说："就不必了。"事已如此，悲哀事宜速战速决，我就呼来了平板推车，神情肃穆地将屺老抱起，我万万没有想到，手臂上的屺老，体重不超过五十斤。我不由得浮想起，三年前，也在这所医院，唐云先生谢世时，是我叫来两个护工，才将他二百三十来斤的身躯，移到相同的平板推车上。身重如药翁，体轻若屺老，画坛巨匠在告别人世的时候，也给人以不寻常的印象。我拉着平板推车，向屺老做最后的告慰：体轻若仙，驾鹤西去，在天堂里一切安好！

（原载《文汇报·笔会》2019年1月5日）

印苑巨匠钱瘦铁

　　在近代印人里，钱瘦铁是一位极具传奇色彩的人物，曾浪迹吴门在刻碑铺当学徒，并通过师长的提携、自身的奋搏，仅以数年时间，即叩开艺坛的大门，跻身辉煌的殿堂。在清末民国初长幼有序、等级森严的氛围中，他能以后辈的身份而与乃师缶庐（苦铁）、老辈王大炘（冰铁）并称为"江南三铁"，足见其天赋、实力及影响。20世纪40年代瘦铁供职日本，为护送郭沫若，被日方逮捕，审讯时拒不下跪，大义凛然，震惊朝野，一介文士显示的是民族魂、英雄胆。于印艺中年变法，由缶翁入而自秦汉唐宋出，洗心革面，自运机杼，褒者谓其高古绝伦，贬者谓其不谙印艺，是近世最具争议的一位印人。

　　然而石钻与水钻自有质的不同，时间是鉴定真伪的检验仪。今天，有识之士多已超越了当初流派的偏见和对新事物逆反的抵制心态。因此，这也为我研讨瘦铁氏的印艺提供了一个公允公正、合情合理的基础。

　　我是一贯对钱氏的印艺敬佩有加的，即使是在他的否定派面前，我也是坚定地唱着赞歌。从宏观上说，我们对以往的印史，知道的比失落的要贫乏得多，所以实在是有必要耐心、虚心地对优秀的传统去开挖探究，细嚼慢咽，有机吸收，去获得奠基性的原动力。然而，印学这门艺术，未来又远比以往的更漫长、更深秘、更新奇。后出的印人有责任把探索新知视为第一要务和生命的全部价值。把握以往贵在理解，把握未来重在实践，目标是推陈出新。屈大夫早有箴言："路漫漫其修远兮，吾将上下而求索。"求索于上下、前后、向背、表里。故而陈中须推，推陈方能出新。推陈不可囿陈，推陈旨在温故，温故要在出新，如此而已，别无他途。钱氏顽强的艺术践行，正顺应了这条轨迹，显示出这条创作的规律，所以，他的印风的别开生面，从理论支撑与艺术实践上都是无可辩驳的，是站得住脚的。

从微观上看，钱氏自创一格、元气淋漓的印风，大致可以用豪、遒、浑三字归纳之。其实这也正是钱氏对自创一格的理想定位。

一、雄恣排闼，纵横生势，这是"豪"字的典型体现。钱氏治印，善于把握大局，讲总体的安排，把握了黑白关系而"知白当黑""计白当黑"。从全局的章法出发，从而去安置一印中的每一个字，乃至某个笔画，打通了黑白对比和互利的通衢，字里风生，行间雷动，故而读他的印，气贯势发，搏击有声，视觉艺术里渗入了听觉的效果，给人以超常的、立体的震撼力与共鸣性。

钱氏所营造的这种强越的豪气，使其所作小印也有勒碑的气势，小中见大，即使放大百倍，也一无孱弱纤巧的弊病。他刻巨印，大刀阔斧，干净利落而举重若轻，态度从容，全无弱者手颤力竭的窘迫。印面宛如展开的海面，波伏浪涌，无止无尽，充满了内力与张力。他的这一独特成功，想必跟他少年时贫穷到以砖替石的长期刻印经历有关，更是受益于他精于刻碑的超乎一般印人的特强的肘力、腕力与指力。他的这类佳作，是古来无人可以匹敌的。

近世印人，善于造势而生发豪情者有二：一白石，一瘦铁。白石妙在横冲直撞、一无阻拦、眼底无物；瘦铁妙在底气过人、刀笔合一、无往不利。细察两家差别，白石猛利，悍有余而近于霸，豪情偏于外露；瘦铁强蛮，劲有余而化为雄，豪情好在内蓄，故钱氏之印较之齐氏为耐看，为上乘。

钱氏的豪趣，虽发韧于昌硕，而又不为乃师所缚，这除却个人的学养和气质，尚有传统导源之别。缶公之豪，得力于古籀，辅之以瓦甓泥封；钱氏之豪，得力于汉篆，辅之以高碑大额。因此，吴昌硕的豪趣，内方而外圆，刀刃上是退尽了火气的；钱瘦铁的豪趣，是内圆而外方，刀刃上是烨满了激情的。豪情不禁，解衣盘礴，一泻无余，这也许正是钱氏的豪趣更具有现今时代的特征吧！

二、运刀善勒，峻厚生趣。这是钱氏"道"字的典型体现。钱氏用刀之妙，是五百年明清流派印史上罕有的。特别是他对刀刃、刀背作用的敏颖理解和挥运，使他刀下的线条有笔的八面用锋，又有刀的刻勒的韵味。朱简氏总结的"使刀如笔"的理论，钱氏当是杰出的践行者。笔者以为明季至乾隆之季，基本上是用刀的探索期，对在石材上治印的用刀表现都缺乏十分的理解和成熟的表现。自邓石如出，始有新的飞跃，而以吴熙载、钱松、吴昌硕为个中翘楚。瘦铁是足以与此数家比肩的。而细审情趣，瘦铁更近于让翁、叔盖。瘦铁用刀，一如用笔，不修不做，一任天成，纯是"清水货"。若论三家之同异，让翁用刀爽多于涩，作八二开。叔盖用刀涩多于爽，作二八开。瘦铁则爽涩兼运，作五五开。运刀是钱瘦铁得天独厚的优势，是先天多于后天的趣味的自然流泻，对别人千金不办、千求不得，对其来说是轻而易举，无须斟酌。故其刻印的线条，无论朱白、粗细，无论刀之单双，皆能达到运之有物，内涵丰赡，粗而强壮，拒臃肿，有神韵；细而强劲，拒纤巧，有风骨。善用爽，拒光滑，如劲风扫薄云；善用涩，拒呆滞，如飞舟渡逆水。时用并笔，增以朦胧而条理益显，线条间断而脉理益贯。钱氏以其过人的腕力与得之天赋的刀感，所作线条峻厚险辣，演化为力度、厚度加韧度的优化组合，表现为一派奇峭、鲜灵、凝重、浑厚、潇洒的非凡气度。这完全是古来印坛上用刀技法的新创造、新发展。古人以"使刀如笔"为极旨，而钱氏非但使刀如笔，且能刀笔相辉，双美兼备，获得用刀上的新成就，这是值得大书一笔的。

以用刀论，近代陈巨来与钱氏是极具对比的两家。巨来用刀儒雅细腻，呈俊俏华贵气象，与钱瘦铁适成反比。以香茗论，巨来为东山碧螺春，瘦铁为安溪铁观音；以糖品论，巨来为奶油糖，瘦铁为巧克力；以气质论，巨来为江南文士，瘦铁为关西大汉；前者味在清、妍、甜，后者味在苍、醇、涩。

三、用拙于巧，朴茂生韵。这是钱氏"浑"字的典型体现。钱氏攻艺的时期，正是碑学风行而帖学有所冷落的阶段。"拙"成了印人竞相追求的目标。可是，缺乏清醒的印人，以为只有百分之百地从形式到内理都排斥，甚至铲除掉"巧"，才能获得"拙"。这是非常盲目而偏颇的见识。艺术的辩证法告诫我们，事物的两极是相克又相生互为转化的。巧拙之为用，有侧重，有形质，而不能一存一亡、一生一灭。如果绝对到这地步，本质的失误，势必导致形式的失败。攻艺千辛万苦，而最终一无所获，当是始料之中的。所以以拙生巧，寓巧于拙，两端互用则艺术生；以巧生巧，以拙生拙，尽取一端则艺术亡。钱氏似乎深谙此道，试举一例，唐宋官印个头硕大而情调枯乏，病在文字缭绕屈曲，失拙失巧，一无艺心，故古来不为印人取法。钱氏则独具慧眼，大加改造，取硕大而去其枯乏，取缭绕而去其屈曲，取饱满而去其闷塞，取小篆而去其九叠，千锤百炼，去芜存菁，巧拙并使，居然开创出完白、扨叔外的又一流派。

钱瘦铁是一位才思过人而神志清晰的印人，他力图求"拙"，又善于拨弄"巧"的机组。如在章法求拙，大局在握，但字的间距、行气都有巧妙的一反常规的调度，如在配篆上求拙，大大咧咧，但在字的偏旁、笔道上自有展蹙、离合、起伏、松紧的巧妙搭配；如在用刀上求拙，大刀挥运，但在用刀的操作上，富有轻重、粗细、顺逆、刚柔、断续的巧妙组合……总之，瘦铁擅于全局用拙，局部用巧，大处用拙，小处用巧，实地用拙，虚处用巧，从而形成了他以拙为本，拙巧互用，形式用拙，内理寓巧，乍看粗枝大叶，细读可人醉人的独特风格。

当代印人得"拙"字真谛的，岭南尚有丁衍庸，然丁之拙，妙在生，可惜取法唯古玺之一类，稍觉单调。钱之拙，妙在涩，好古敏求，取法多方，堂奥更见宽敞，故成绩及影响也益斐然。

综上所述，我们可以说，钱瘦铁是 20 世纪印坛中一位重要且杰出的篆刻家，他的独往特立印风，有着重大的研究和借鉴价值。那么，这样一位印人，何以知者寥寥？我想，这主要是在他出成果的黄金阶段，正是他被扣上了"右派"帽子的背运时期。好在钻石总会发光，当今盛世，钱氏恰如是汰尽污泥的一颗硕大的钻石，终于被重新放置到印苑的艺坛上。

诚然，钱瘦铁的印艺确有水平不稳定的缺憾。究其缘由，钱氏是一位矢志于求变求新的印人，他的不守旧、不恋旧、不定型的四向探索，作为过程，不免会产生出四不像的印作，此其一；钱氏是一位豪情勃发的印人，天赋迸发的随意性，往往多于技法的陈式化操作，兴来之作，自有优劣之别，此其二；钱氏是典型的血性男子，攻艺的顽强执着与政治上的郁郁寡欢，这对矛盾的撞击，心绪的起落，硬性创作，势必在作品上产生大幅的落差，此其三。具体些说，他的印作豪阔中时羼粗陋之疵，遒雄中时羼作字习气，浑朴中时羼俚俗之病。故其失水准的印作可视为初学者的习作，而其佳作，轩宇苍莽，神采焕发，足以令丁、邓、钱、吴敛衽避席，堪称千古绝唱。我们承认钱氏有部分失水准的作品，我们又必须承认这并不能动摇和降低其超级印人的艺术成就和历史地位。这里似乎可以套用一句民谚的意思：鹰有时飞得比鸡低，但它毕竟是目空八极、雄傲百鸟的鹰！

（原载《书法》1996 年第三期）

慈爱莫过维钊师

如果说其他老师待我像严父，陆维钊老师则更像是慈母。

我与陆维钊老师结缘是在 1963 年，那一年，西泠印社在停歇活动十四年之后，恢复雅集，并迎来了建社六十周年的华诞。

这年，方介堪老师去杭州时，捎了我的一个印屏去参展。那时也很奇怪，不是西泠印社的社员也能参展。方先生回来后非常兴奋激扬地对我说："我的那些老朋友对你的篆刻非常欣赏，给予了你很高的评价，说你是未来的希望。"1984 年，篆刻大家唐醉石先生的公子唐达康写信给我说："当时我父亲在你的印屏前站了很长时间，并说了一句话：'二十年后，此人当是印坛巨子。'我父亲平时很少表扬人的，所以我特地记下了你的名字，如今果然被我父亲说中了。"我与唐先生素无交往，去年我去武汉办个展，见到了这件五十多年前的印屏居然就在唐公后人处。这是我最早的参加展览的印屏，是 1963 年 3 月的，我现在捐给美术馆的，是 1963 年 12 月份粘贴的。

1963 年的夏季，我突然收到了陆维钊先生的来信，陆先生当时是浙江美术学院即现在的中国美院的教授。信中说："我在西泠印社看到你的印，从你的作品里面我们看到了希望。现在有些日本书家印人盛气凌人，非常狂妄，说我们中国的书法篆刻艺术已经落在他们日本人后面了。现在看到在我们的年轻人中，而且是从部队出来的年轻人中，出了你这么一个人才，令我欣慰。今后你凡是有什么问题，尽管找我，我会尽量帮助你。"信中还附了一张他的像小邮票般的肖像照片。当时的照片一般都是那样的尺寸，印大点的相片是很奢侈的事噢。

此后，我就一直和陆老师保持通信联系，开始了函授式的交流。过一段时间，就把我写的字、刻的图章寄去。陆先生回信对我作品的优缺点都有具体而微的批改和评点。有一次给我回信，其中提道："所惠印样似未有胜于前，其故有二。其一，旧刻功夫深了，有一框子套住，不能脱却；其二，创新实践不足，未曾定型，显得写法、刀法皆有些心中无数。是以尚需多从实践中摸索出路来，不能求急于成就。"他还拿我的字和图章与老朋友一起探讨。有一次他跟我说，余任天先生看了我的字和图章，认为我写篆书将来未必有什么大成就，但写草书会有大成就。他将余老的意见转告给我，说供我参考。从中可见陆老师提携我的良苦用心，把我的未来当成他自己的希望，一如母亲对孩子的期望，殷切得很。

陆老师体态魁梧，而性情平和，说话慢条斯理，令我如沐春风，心绪松弛。但他对艺术的要求是严格的，很少当面表扬我。有一次他对我说："天衡啊，全国各地都有人将刻的印章寄来叫我评价，我认为好的就留下，差的都扔进废纸篓。现在我翻了一下，你留下来的最多。"这算是对我唯一的一次褒奖。可是，他在朋友面前，透露出对我的特别情感。20世纪80年代，浙江博物馆的徐润芝先生就对我说，陆先生常对人说："天衡是我的学生。"他还在20世纪60年代末给别人的手札中这样写道："韩君天衡治印极勤，每有所作，必以寄予，异日能自树立，可无疑也。"

1964 年，我被上调到了上海东海舰队。有一天，营房来人对我说："你外公来看你了。"我很纳闷哪里来的外公，因为我出生前外公他老人家就仙逝了。我赶紧迎出去，原来是陆老师，他说："我想起你来了，就来看看你。"那时候打电话也不方便，他当时已经六十多岁了，但是冒着酷暑，走了一长段田埂路找到了我的军营，想想都不可思议。战友们谈起此事，我浑身满是幸福。

在与陆老师交往的十八年里，我也常去杭州拜见他，因为路不熟，多是朱关田兄带我去他住的韶华巷。老师谈艺问道，兼及家常，非常开心，而且必定请我上馆子。即使后来他卧床不便行动，他也都是把钱交关田兄，让他陪我去饭店。我记得有一次是去杭州华侨饭店拜访他，那是因为 1972 年尼克松访华后，宾馆里都重新开始布置书画。那时候被请到宾馆里去画画，有空调吹，有抽水马桶，有大餐吃，这可是远胜过乾隆老官的生活啊。他边评点我的作品，边打电话给他的同学胡士莹教授——现在知道他的人不多，是写小楷的高手。胡教授来了后，陆先生说："天衡啊，宾馆里的饭不好吃，我们上馆子吃去。"陆先生特地换上中式的绸缎衫，两个老先生每人手里摇着一把折扇，居然陪着一个后辈到"楼外楼"打牙祭去了。

我曾看到份资料，说当年潘天寿先生请陆先生到浙江美院当书法系教授，陆先生说："我是二流的水平，请我去似有不妥。"潘先生说："二流的水平也很好了。"这是陆维钊先生的谦词，实际上他的书法、绘画、诗词、文章、印章，都达到了非常高的水平，他绝对是一流的，而且是精擅历史、地理、哲学、戏曲和医学的通才。有一次和我聊天，他倏地

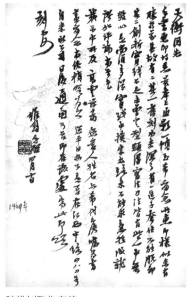

陆维钊致作者信

陆维钊书赠作者"有得忌轻出，微瑕
须细评"对联

将自己和赵之谦比较起来，说："字他不一定比我好，印我不及他，学问我不输他，画我也能画。"不比今人，较量古贤，让我们看到一个严肃的艺术家、一个严肃的学者，总是在找历史上的高人作为较量的目标，这给我以很好的启迪。

陆先生为人相当谦逊，对学生如我也如此。有一次，单刀直入问我对他蝶扁体篆书的看法："你看我这个字还有什么问题？"我说："老师您的篆书是创造了自己的风格，只此一家，而且也已经写得炉火纯青了。"他说："你好的不要讲，你讲讲你对我的字有什么看法，或者还有什么可以改进的地方。"我感觉到了陆先生深深的诚意，于是说："老师，如果您硬要叫我发表看法的话，我觉得您的蝶扁篆书在结构的安排上还可以再自在些，有时候因过分强调疏密关系，显得有些'做'的感觉。"话刚出口，我马上后悔于自己的胆大妄为，此时只担心自己的口无遮拦，开罪了老师。可是老先生若有所思，深沉地点点头，还拍拍我的肩膀，看得出他一无愠色地进入了自省的状态，我提到嗓子眼的心终于放了下来。

陆老师没有给我们留下什么大著作，其实是有原因的。因为按照老一辈的传统，老师培养学生，学生的研究成果，都是以老师的名义发表的。他有很长时间做叶恭绰先生的助手，叶先生的许多著作，实际上大都由陆先生具体编纂的，署名的是叶恭绰先生。像这样的事例很多，比如方介堪先生花了十多年的精力编纂的《玺印文综》，最早稿本的署名是赵叔孺先生。又比如高二适和章士钊，章士钊的《柳文指要》里面有不少文字是高二适先生撰写的。所以高二适有一封给我的信谈道："毛、周已辞，行严老也已故去，《柳文指要》我补撰增加了一百多条，我想自谋出版。"尊师重义，也是往日的老例和古风。

所以陆维钊没有留下大本头学术著作，这也反映出陆维钊先生的为人，是个非常传统、正派、厚道而淡于名利的学者。

记得1978年，浙江美院要招收书法研究生，年龄截至四十岁以下，当时我三十八岁。我就和妻子商量，我这辈子就是喜欢艺术，当年我在国棉六厂六十元的工资不拿，去当兵，每月拿六元钱的津贴。舍者有得，当兵十年确实给我向艺术转轨的机遇，从某种意义上说实现着我的艺术大梦。退伍后原来想进专业单位的，但当时正处"文革"期间，被分配到自来水公司当秘书，不免心中耿耿，所以，想趁此招生机会去读陆师的研究生，以求深造。

于是，我就到杭州，找到了负责招生的陆维钊老师。听完我的来意，他很惊讶地说："你来读研究生？你来读什么？不必了，你就这样继续搞下去就可以了。"

多年以后，我明白了先生的苦心，就像傅抱石、吴作人都是徐悲鸿先生发掘出来的人才并加以培养，徐悲鸿是识才、爱才的智者；而当年黄胄要去中央美院读书，徐先生却不赞成，说你已经形成自己的风格了，来了也许反而会被学院派的东西给束缚住。这就是大师的智慧和独到的眼光。陆老师也一样，我想，老师心里想的是：你身上充满着野性，是不适宜于"圈养"的。他不吸收你进校，让你放养，同样也是伯乐，一切都是为了让学生有更适宜的天地和土壤，得到更好的滋养和发展。

陆老师带研究生后不久，得了前列腺癌。有一次我去看他，他说："我现在身体不好了，人又在杭州，能够帮助、指导你的机会不多了。所以我最近在考虑，托上海的老友郭绍虞先生来指导你。明天上午你来，我写封信交给你。"第二天我到了他家，老先生躺在床上，从枕边抽出封信说："这封信你看一下，回上海后拿去交给郭先生，他和我是几十年的朋友了，他会帮助你的。"那信封里装着用非常精妙工整的行楷毛笔字写的四页信笺，一是介绍我的艺和人，后面谈到自己的身体，说指导天衡的机会不多了，特地拜托老友在各方面给予指导，还谈到天衡不单单是个刻印的人才，还是可以多方面培养的。其中有一句让我最感动的话，就是请郭先生能接受嘱托，"能帮助天衡的话，我感同身受"。"感同身受"这四个字，让我感受到了陆先生亲如骨肉般的关怀与情感，当时捧着这封信，如同捧着陆老师一颗滚烫的舐犊之心。三十八年前那铭刻肺腑的一幕，至今历历在目啊！

后来得知陆先生癌细胞扩散了，住进了当时还属于郊外的偏僻的浙江医院。1980年1月的一天，我到了杭州，向郁重今先生借了辆自行车，去浙江医院看望他。当时买了几斤苹果，装在报纸粘的袋子里，自行车上也没有网兜，我就像演杂技一样，一只手握着车把，一只手托着几斤苹果。骑到洪春桥上桥时车子颠簸，包苹果的纸袋破开，苹果全掉在地上摔坏了。此时天色已晚，又是郊外，哀叹于无助和无奈，只能从地上捡起一个还算完整的苹果。到了陆老师的病房里，见他躺在床上，吃力地睁大两眼，满是期待地看着我。我说："老师我来看望您。"但陆老师此时已经谈吐艰难，只见他眼眶里含着泪水，慢慢地朝我竖了下大拇指。此时无声胜有声，我理解了老师的心思，我说："老师您放心，我不会辜负您那么多年对我的教育和栽培，我会努力的。"自以为坚强的我不禁也泪洒衣衫。

陆老师是德艺兼具的艺术大家，与现在某些唯利是图、脑子里只想到钱的老师，有云泥之别。只要他觉得这个学生有才能，值得培养，就会不计报酬，呕心沥血地培养他。陆先生为我付出了近二十年的心血，我没给过陆先生一分钱。所以，我这辈子收学生不收费，也正是缘于对老师们无私栽培的一种回报。

陆老师一直关心我指导我，但我也有不听话的时候。1962年方去疾先生看了我的印，对我说："你可以变了。"这个"变"字如黄钟大吕，始终在我心中余音缭绕，对我的影响极大。我嘴上说我基本功还不够，但在心里始终回荡着这个"变"字。此后，我除了学习传统，便是思考探索如何去变，到70年代中期逐渐形成了自己的面貌。陆维钊先生写信给我说："你刻的汉玉印，放在汉代的玉印中完全可以乱真，你为什么还要去变呢？"老师是好心，是爱护，怕我前路崎岖坠入歧途，我没有和他争辩。不久，我在一方印边上刻了四句话："秦印姓秦，汉印姓汉，或问余印，理当姓韩。"也算是对不保守、敢创新的老师的一个回复吧！

所以在继承优秀传统的基础上，创新的这条路还是一定要去走的。不是虚无主义地抛弃传统，蔑视传统，恰恰是要敬畏传统，吸吮沉淀而富有营养的乳汁，在认真借鉴传统的基础上，争取走出前人没有迈出的半步到一步。

科学技术和艺术不一样，科学技术可以像孙悟空一样一个跟斗十万八千里，所谓一飞冲天。艺术上没有一个人，乃至一个时期内敢豪迈地佐证：一个跟斗真正地翻出十万八千里。艺术这条历史长河，就是靠了一代又一代的艺术家，一浪推一浪，开拓绵延积累推进的。所以文化的创新较之于科学的创新来讲，一个是喷气式登天，一个是龟式爬行，各具规律，不能攀比，不必攀比。我始终感到，我们这些搞艺术的后来人，虔诚地、认真地敬畏、借鉴传统，在传统万岁的基础上推陈出新，你能够加上新的一天，或者讲得大一点加个一岁，可谓幸甚至哉。我们应该放怀仰望九天，但更须脚踏实地循序践行！

2017 年 1 月 9 日改定于海上豆庐

（原载《文汇报·笔会》2017 年 1 月 20 日）

沐恩说沙翁

　　孟海社长仙逝有年，作为受其恩德的晚辈，一直想写纪念文章，但却举笔不能，因对他的敬佩和热爱，使我不知如何地措辞。再说，文字上的表达总不若思维上的驰骋、缅怀来得真挚、直接、自由且亲切。还有，沙老一直对我褒奖有加，如今作文纪念，恐有自诩不谦之嫌。然而，把沙老对我的教诲和关怀写下来，不是从又一个侧面又一个例子透视和说明他的崇高人格吗！思念至此，我也就释然无忌地起笔了。

　　沙老在 20 世纪 70 年代，已是客观存在的书刻界的领袖人物。我常从陆维钊、方介堪老师处耳闻他的艺格与人品，内心很崇敬他，但并不相识。结缘的机遇是十分偶然的：1974 年，周昌谷大兄嘱我治印十余钮。事后，昌谷兄将这些印作送请沙老批评，借以提高我的印艺。不日，昌谷兄就收到了沙老复他的短札，称："关田兄转来上海韩天衡同志近刻印稿，根底深厚，刀法精熟，加上刻意创造，变幻多姿，为现代印学开辟一新境界，反复玩赏，赞仰无已！"这出乎意料的评语，使昌谷兄兴奋且惊讶。他飞书沪上，并附沙老原信。我捧读沙老手泽，激动莫名。这对当时正立志于印风变革的我，无异于获得金杯大奖，又好比在彷徨的孤独或摸黑的开垦中，意外地获得了期待的曙光，其力量，其意义，对于挣扎苦斗的我是怎样地评估都不为过分的。它强有力地指导和影响着我今后的一生。

我急切地想拜谒沙老，但迟至一年多以后，我才有机会到杭州叩见他。沙老那长者的风范，方正、直率、慈祥、诚恳的态度，都给我以深刻的印象。那次，沙老讲了很多，其中谈道："赵之谦以后，还没有一个印人的作品像你有这样多的面孔。"他希望我，"不要急于定型，可以再探索下去，过十年再定型也不晚"。沙老还谦逊地说："过去以为一个印人，要么求其平正，要么追求奇倔，是难以兼得的。从你的印作里，我认为两端是可以兼得的。"沙老的教诲，给我以极大的鼓励和信心。

"文革"时候，朱关田兄曾告诉我，沙老步步为营，尽量少讲话，甚至不讲话，尽量少写文字，至多书录一些毛主席、鲁迅的语录。而当我恳切地请求他为我的印谱作一序文时，他却慨然应诺。不久，这篇序由关田兄及时地送到了我手里，后来发表在我第一本出版的《韩天衡印选》里。

西泠印社八十周年大庆时，在沙老主持下，举行了论文研讨会，会后编纂了一部印学论文集。当时，我写了一篇《明代流派印章初考》的长文。赴会时，沙老一见到我，就欣喜地说："天衡同志，我们是'英雄所见略同'。"我一时还不解其意，沙老接着说："你的文章我读过了，好极！我这次本来不写文章的，可社里说，你不能不写一篇的。我现在写的就是你文章里谈到的第二方面的问题。"后来祝遂之兄告诉我，沙老看了我的论文，很兴奋，并且要遂之兄也看看。这知遇之恩，真使我诚惶诚恐。也正是这爱护所产生的压力，促使我多做印学研究，认为只有这样，才对得起沙老托付给后辈的历史责任。

自从1975年拜谒沙老后，我每年去杭州，总要去拜望他。沙老不论是在病中，乃至重病期间，都接见我，并勉力为我解疑释难，不顾缠病之身，无私地给我以帮助。

我把每次对沙老的拜谒，都看成是神圣的活动。在与沙老的请益中，偶尔谈及当代的同人，他总是诚挚地肯定别人的长处，客观地理解别人的个性，不小看别人，不看大自己。对人对事持宽容、淡泊、恭让、平和的态度。在我的印象中，他在艺坛里没有对头，都是好友，至少是朋友。这使我学到了书本上难以学得到的品德：艺术创作和艺术研究，多是个人劳动，与同行难免产生一些隔膜、误会和矛盾。沙老以他的言行教导我们，天下的本事是无穷尽的，再有本事的力士，也只能举起万壑千山中的一块巨石；天下的本事又是繁不胜繁的，再有本事的艺术家，也只能在满天的星斗里摘得一线光亮。承认别人，理解别人，尊重别人，支持别人，爱护别人，是艺术家的最高境界，亦是艺术界齐心合力，攀登艺术新高峰的力量所在。沙老的艺术所达到的高度，世人皆知，中外首肯。沙老的人格所达到的高度，与其艺术是可以等量齐观的。正是这人格的高度，方始产生其艺术的高度。这种人格、艺术的统一，具有神圣的永恒的魅力，将受到人们千秋万代的敬仰和爱戴。

记得在西泠印社八十五周年大会上，沙老抱病自医院出席闭幕式，并讲了话，其中有几句是说我的："我们要感谢韩天衡先生，他为我们撰写了一部大书《中国印学年表》。"我听了坐立不安，汗颜之余又感到荣耀。两年之后的1991年重阳节的理事会上，沙老执意从医院告假出来，与理事们聚晤、合影。沙老明显地老了，行动与谈吐都显得迟缓。据说他已很少捉笔。我怀着不安的心情，请求他为我增补再版的《中国印学年表》一书题签，他竟爽快地应允了。我回沪不久，即收到了沙老的题签，且附短信，信称："会上匆匆晤接，未获倾谈为憾。尊著《印学年表》，不朽之杰作，佩仰之至。承命署检，率题附奉，敬祈郢政。"沙老对我的再三鼓励，使我清醒而深刻地感到，这不只是出于对一人、一文、一书的私阿，而是高瞻远瞩地期望全体西泠印社中人，乃至所有书刻界的同人，能利用当今这历史上少有的大好机遇，积极地、执着地从事创作与研究工作，使西泠印人既无愧于告慰先贤，又无愧于启迪来者。

按世俗之论，人去了，什么也没有了。沙老仙逝后，带走的只是常人都得带走的东西，留下的却是许多许多的财富，他的学识，他的艺术，他的品格，他的精神，和他为之培育的广袤的后生群……这些都是无法估量的物质的、精神的浩瀚财富。像沙老这样的巨匠，能出现在我们这个时代，不能不说是时代的骄傲。

诚如本文起头所及，作为沙老真诚地帮教扶持过的晚辈，我写下以上这点（囿于主题，所写并非与沙老交往的全部）文字，非自诩也，乃自律、自励也。他教诲我要像他那样地摒弃门户之见，团结同道，爱社敬友，为了书刻艺术的振兴，既要潜心攻艺，精益求精，又要乐于奖掖后生、帮助后生。如果我个人以沙老为榜样去行事，就可以起到一点儿作用，倘使大家都能以沙老为楷模，那么，这作用就是巨大而无穷的，其成果则是辉煌而空前的。我想，沙老有知，当称我言之不谬。

1993 年 3 月 13 日下午草于上海轮，时船正过台湾海峡也

（原载《西泠印社九十年》1993 年 10 月版）

方介堪师的几件逸事

方介堪先生已经仙逝八个年头，我曾先后写过几篇文章，这里我仅谈谈他的几件逸事。

介堪先生自幼对篆刻有着特具的禀赋，少时家贫寒，十三四岁就在温州街头鬻印以养家。其时他的印风是多取法于吴让之、徐三庚，也涉及赵次闲辈，路数颇杂却饶有气质。少儿捉刀卖篆，不免令人刮目相看。时学者张宗祥先生（后任西泠印社第三任社长）游瓯海，观其治印，有板有眼，视为可选之才，加以资助扶植，并辅以学业，从而使方介堪先生摆脱窘境，走上了一条艺学并进的康庄正途。

二十岁后，介堪先生来上海，他的印艺得到了黄宾虹、赵叔孺、张大千诸家的佳评，由友人引荐入赵叔孺室为弟子。刘海粟诚聘其任上海美专教授，讲授篆刻之学，先生操一口瓯语，非沪人能消化，故上课必先发教材，教材皆自撰，论古道今，条分缕析，图文结合，言之有物。在当时纯属是具有创意结构的表达，有学生孔某，做有心人，对方先生散发的讲义勤加汇辑，又请益先生为其提供秦汉乃至明清印家之印蜕。先生视孔氏为好学，热心无私指授，直至孔氏以己名出版《篆刻入门》一书，先生方知被蒙被欺，然也不加追究。由此可见先生老实豁达之胸襟。

先生治印，此时已脱出清人及时人窠臼，直攀上古，醉心于汉人切玉法，故名玉篆楼，所治玉印足以置于古谱而乱真。先生对周秦小玺也悉心研求，他研求的方法是用心地摹写所有小玺文字，辨其差别，晓其规律，成竹于胸，演为新声。对古印他博览强记，万数以上的古印出自何家何谱，及其来龙去脉到了如数家珍的程度。这恐怕也是常人所不可及的。他的仿小玺印，精严浑穆，自成一格。记得他的启蒙老师谢光（磊明）先生在刻小玺印时也特意署款称"介堪在沪上卖篆，作小玺有此一格"。由此可见影响的一斑。先生在编纂《古玉印汇》一书时，对周秦两汉的花体篆字——鸟虫篆，发生了浓郁的兴趣，探幽索微，畦径别开，从此篆刻鸟虫印也就成了先生开拓性的强项。先生尝有诗曰："戈头矛角殳书体，柳叶游丝鸟篆文。我欲探微通画理，恍如腕底起风云。"谢稚柳师告我，其时先生治鸟虫篆，尚不擅繁加纹饰，谢师以画人之识见，参与意见，遂使先生之鸟虫印，更具丰赡玄奥的美感，成为这一领域里承前启后的枢纽人物。先生治印用推刀，故线条的表达稳练、精确，用刀如笔，不事修饰，是其过人处。先生素来浸淫传统，胸中自有古印万钮，故先生治印，往往不起墨稿，视印面为纸楮，任意挥运，自在轻松而水准上乘。时先生印名大隆，求印者不绝，一天治印五十方是寻常事。诚然，过多的应酬，加之先生的推刀技法，难免有压抑豪气、抵消激情的作用。因此，他部分的印作，似有四平八稳的倾向。先生治印至晚岁均不借手于人，且勤勉如中壮。我曾估计，先生一生治印在三万钮以上。这个数字，或许不是同时代的任何印人所能企及的。值得一提的是，先生家近青田，所刻印多取青田石，古来印材多不取长，故乏品相，青田印材之拔长可观，这全是先生提倡所致。

20 世纪 30 年代，先生在勤于治石之际，即明智地勤于治学，他曾对许多彼时不能识别的古文字做了合理的解读。又曾与夫人王舜英手摹旧谱印章数万方。豪发不爽的手摹，决不同于今日的照相与复印的简捷轻松，是考验学力、眼力、毅力的艰辛工程。先生积十余年之功，成《玺印文综》十四卷。皇皇巨著耗费了先生半生的心力，欲谋出版，恰逢抗战，携稿避乱，又痛失第十四卷一册，直至先生下世，门人张如元、林剑丹和我等多方努力，补遗失之一册，增新见之文字，终究于 1989 年使此书出版问世，让先生的一大印学成果嘉惠印林、流布天下。

新中国成立初，作为大篆刻家的先生由沪渎老返温州，颇为政府重用，委以文管会主任、博物馆馆长重任。先生一心效劳新中国的文博事业，年迈六十犹跋涉荒野，有时一天步行六十里考察、征集文物，不以为苦。在如今温州博物馆的收藏中，足以看出先生三十余年如一日的付出的辛劳汗水和取得的丰硕成果。

新中国成立后，先生的生活同样是清苦的，特别是在三年困难时期，营养不良而得了肝肿大。那时，我在温州海军服役，常去古籍书店买书读书，一位年迈体弱的老职工就跟我谈起过，先生把朋友送他的黄鱼肚干硬是赠送给他这个普通人补充营养，说到感动处，老职工都眼含泪水，这泪水至今还晶亮晶亮地时常在我的心田里浮现出来。

1962 年，先生患黄胆肝炎住院，我请假去探视，先生硬是不让我与他见面。他叫护士传话给我，说："你是时刻要保卫海防的解放军战士，我得的是传染病，如果见了面传染给了你，怎么得了。"这事虽小，却让我感受到先生纯正的高尚德行。

"文革"十年中，先生成了温州文化界的头号大黑线人物，特别是1949年前蒋介石、艾逊豪威尔、马歇尔等人的求其治印，更成了他致命的罪状。先生毕竟是手握铁笔、心通古今的，心地的光明磊落终究挺过了劫难。他以致残之身，犹热衷于文博工作，热衷于诗书画印的创作，老残之身而有鸿鹄之志，历经磨难而存报效之心，不艾不怨，一如既往，在瓯海被传为一时佳话。

比我们长整整一辈的师长们，他们的苦难和境遇，往往是我们中的许多人所不能体会的。"文革"十年的坎坷，以使他们的艺术得不到应有的宣传，也使我们在今天不能科学地、平等地了解他们，而以"今是而昨非"轻率地否定他们，这种非历史、非客观的品评倾向，应有必要注意和纠正的。十年前，我在为先生编选的《方介堪印选》跋里，曾这样说过："方介堪先生矢志于篆刻艺术的20世纪初叶，正是吴昌硕、黄牧甫两位巨擘以各自强劲的雄风左右和统帅印坛的时期。如果说，天上耀眼的巨星会使贴近于它的四周的星辰减色。那么彼时这两位巨星的升腾，也确实遮盖了一些人的光芒。少年的方介堪，许是天公作美，许是自身的早慧，他在学印伊始却没有去追随这两位印坛大师，而是避近求远、避同求异，迈步于秦玺汉印的广袤世界里，从而使他得以放射出自我的光亮，成为一位有其自身特色的重要的印学家、篆刻家。"至今，我认为当时对他的评价依旧是公正而切实的。

（原载《书与画》1995 年第二期）

六字赠言抵万金
——与李可染先生的交往

老来缅怀师尊，往事如朝花夕拾，有些记忆虽已遥远，但自有一种历久弥新的芬芳，还兼有一层裹挟着古苍包浆的亮丽。

我与李可染先生最早的"接触"始自一篇笔记。1964 年，东海舰队的一位战友，是一位画家，曾到中央美院进修，听过李可染先生讲课并做有笔记。我就向他借来阅读。笔记的内容是谈绘画，其中记有李可染先生的两句话——其实是两个比喻——给我留下深刻印象。第一个比喻是，搞艺术的人对待艺术，一定要像"狮子搏象"，让我懂得，对每个从事艺术的人而言，艺术都是穷其一生努力的大事业，投身艺术就是进入"与虎谋皮"的搏斗场。第二个比喻是，搞艺术不能"撇油花"，一锅大汤，油花浮在表面，真材实料往往都沉淀在下面，所以不能只是以撇点表面的油花而满足。前者是说一个人要有以弱搏强、向死求生的顽强刚烈的拼搏精神，才能有所成就，赢得战果；后者告诫我们不管学什么，不能浅尝辄止，浮于表象，要知道最美的景色都在白云生处，在蓝海幽处，务必沉潜，再沉潜。战友记下的李可染先生的这篇课堂笔记给予我太多启发，对我一生都有非常大的影响。当时我还恭敬地抄录了一份，如今，抄件不知去向，而要义却一直镌刻在我的心里。

我跟李可染先生初识是在 1978 年。当时我的老师谢稚柳以及陆俨

李可染致作者函

少先生、可染老都应邀在外交部的台基厂招待所作画，那是北京中心城区一个非常高雅、静谧的场所。这是我与可染老的第一次见面，长我三十三岁的可染老给我的印象是体格魁梧、壮伟、敦实，一如其画。而他的谈吐平和且温馨，全无"大师"的威严和世故。作为后生的我，与他的交谈也就少了仰视和顾忌。寒暄以后，李可染先生就提出让我为他刻印，印石没有当场给我，而是后来托人捎来上海的，都是青田石，石质也蛮好的，刻起来得心应手。我给可染老前后刻过四五批的印章，有二十多方。在每一枚要刻的印章的边侧，他都用宣纸裁成小方块，然后端正地以毛笔小楷写上要刻的印文，粘在印石上，以防石头搞错、文字刻错，很郑重其事。见微知著，知道了他是一位非常严谨、处事缜密、一丝不苟的艺术家。若干年后，我在抽屉里还搜找出一些豆腐干大小的方块小纸墨迹，我把它们粘在一张大宣纸上，写上题记，送给了儿子，这也是一件很有趣的记录。

我给可染老刻的第一批印，其中有他自撰的名句"可贵者胆""所要者魂"等。随即就收到了他写来的信，是寄到上海中国画院的。可染老亲笔的信封，信是用蝇头小字写的。信中称："寄印章钤样三方，极佳。圆厚生动，结构不凡，将为拙画增加胜色，实不胜欣喜，感谢之至""我因见此佳作，另生无餍要求，拟请再赐刻三印。"对可染老的肯定，我深感有知遇之恩。他前后写过三封蝇头小字的信给我，你想，这要耗费他多少宝贵的时间和精力？我曾看过他女儿写的一篇文章，提到她父亲是不给别人写信的。看了那篇文章后，我更加感到李可染先生写给我的这三封小字的信是何等珍贵。

因为可染老对我印的赏识，每次到北京和他见面都感到非常亲切，处于一种没有距离、隔膜和代沟的忘年交状态。他对我这个后生不端长辈的架子，而我对他在敬重之余，更是谈吐随性、毫无拘束。记得有一次去北京看望可染老，他拿出三方印石对我讲："天衡啊，有三方印要请你刻。""别带回去，就在这里刻好了。"我那时候年轻，三十多岁，我的刻刀——"三寸铁"是随身走天涯的。想来非常有趣的是，那时候坐飞机坐火车都没有安检，刻刀放在口袋里也没人查。其实，规矩是人定的，是因社会环境而设置的。我曾经听老辈讲，在 20 世纪三四十年代，坐飞机者还获送一柄瑞士小刀。现在我们都知道乘飞机要禁烟，而在六七十年代，每个飞机乘客都可以分发到一包"中华"牌香烟。所谓此一时彼一时，时代在变，规章也在变。我那把刻刀不离身，不为防身，是为了就地"服务"。不论跑到哪里，经常有师友对我说："啊呀天衡，刻方印！"有些时候缺椅少凳，就站着刻，对方立等可取。我年轻的时候刻印，构思、创作不写稿子，印石涂墨拿起刀就刻，就如在纸上写字一般，无非是把篆字反刻而已。可染老可能听别人说起过，所以跟我讲别带回去刻了，于是我有幸在可染老的画案上，刻了两方白文"可染"和一方朱文"李"，我注意到可染先生晚年的画上多钤用这两方"可染"。三方印刻完也就大约十分钟。可染老和师母都饶有兴致地看着我奏刀。刻毕，师母惊讶地说："天衡，你刻印这样快的呀！"此时不知深浅的我，对着师母说："师母，别看我刻得那么快，我刻印的时候，刀端始终有阻力在，既要爽，又要涩，有阻力的线条才能有张力、有厚度。"那时候少不更事，话多，加之蒙可染老一贯的宽容和厚爱，所以说话少

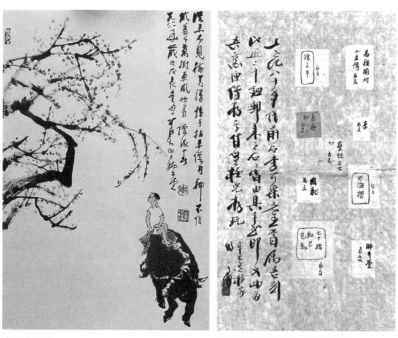

李可染画作

李可染小楷书印文，作者题记

了分寸。我又转而对着可染老讲："打个比方，把一根缆绳搁在球场上，它只是一根没生命无活力的线条。但当两支队伍拔河，相反的两股力量都在拉这根缆绳的时候，这根线条就倏地充满了一种对垒搏击的神奇力量。刻印就需要这样的线条。"年轻气躁、学不会笨的我又接着胡侃："再比如我们爬山，远观山间有一条长长的瀑布，如果水流直贯而下，中间一无阻碍，看上去就好似一条天际间飘浮的白练。如果瀑布中间有几块嶙峋凸出的岩石，倾泻而下的水流撞击到岩石就会高高跃起，继而奔涌急下，就更能给人一种震撼的力感。阻力往往赋予线条以鲜活、激越的生命。"说完这些，我立马后悔，这不是在关公面前要大刀吗？就在我自责浅薄幼稚的当口，可染先生却说："天衡啊，你说得好，我们俩可是'英雄所见略同'啊！"这句话让我忐忑的心绪一下子平缓了下来，同时有些惊讶于他脱口而出的"英雄所见略同"。就我所知，可染老一生唯与艺术对弈争胜，而为人处世始终低调谦逊。在他的言语词典里，似乎是找不到这稍显自诩的表白的呀。

在师辈的国画家里，一辈子创作量最少的当数李可染先生。据统计，他一生所作就一千多幅，或有繁有简，那点画都是九九金的成色。可见他对待艺术的虔诚，在创作上绝不应酬，绝不草率。记得陆俨少先生和许多画家在台基厂为外交部搞创作时，陆先生画了一张《两寺松桧图》手卷留赠给我。"两寺"是指潭柘寺和戒台寺，潭柘寺有近两千年的历史，谚称："先有潭柘寺，后有北京城。"它也是乾隆帝的一座皇家寺院，乾隆每年都会去礼佛。我把画拿给李可染先生过目，称赞陆俨少先生这幅《两寺松桧图》是精品，可染老也说："画得好极了！"我就恳请他为我书写引首。过了几天，我再去拜见可染老，他取出写好的两张，要我自己挑一张喜欢的。我把挑好的一张拿去给陆俨少先生看了，陆先生说："这字写得好，厚重遒劲，力能扛鼎。"他听说我是从两张里挑的一张，就去向可染老要来了另一张引首，又画了一幅《两寺松桧图》自存。去年，我在一个大拍卖行出的图录里，看到了第三张李可染先生写的"两寺松桧图"五字真迹，说明我请李可染先生写的引首，他至少写了三张。可染老这样的大家，对自己的作品却还这样挑剔严苛，实在是罕见的。

有些年，每次有认识的人去北京，我都拜托人家把刻好的三四方印章带给可染老；如果自己去北京，就送上门去，可染老都非常开心，拿着石头反复盘看，还总会讲一些鼓励我的话。因为李可染先生平素少接待人，可说是当代版的"闭门即是深山"，所以我去他寓所，从没见过访客，爷儿俩可以很淡定地闲聊，但总又感到相处时间短促，时间过得飞快。记得1980年去看望可染先生，闲聊时他问我："天衡啊，你对齐（白石）老师的作品怎么看？"我说："对齐老师的画，我佩服得五体投地，字也写得极好。他画上的诗，特别是画上的跋语，多有一种无古无今、出自肺腑的别致和清新，我也很喜欢。"并举了些例子加以说明，"但是对齐老师的印章，我有几点批评。"听了我这句话，可染老师颇有些惊讶。是的，1949年后，齐白石在艺坛的地位可以说像个圣人。"文革"后，1978年、1979年那两年强调解放思想，当时我写过一篇近万字的文章《不可无一，不可有二——论五百年篆刻流派艺术的出新》，剖析品评了流派印章从明清到民国的几十位颇有建树的篆刻家。其中对齐白石先生的印章，在肯定他风格创新、自成一家的同时，也提出了三点批评。可染

"师牛堂"（作者刻制）

"李可染"（作者为李可染先生刻制）

老听了以后，睁大眼睛看了我蛮久，我心里有些紧张。宋人陆放翁尝言，"微瑕须细评"，但我却有些孟浪，忘了另一句"有得忌轻出"。我暗暗想，也许这次要为自己的狂狷浅浮"埋单"了。然而，出乎意料，可染老却依然宽厚地自语："哎，齐老师还是了不起。齐老师画画写字非常严谨，不知道的人以为齐老的画是随意涂几笔，实际上并不是。"又说，"现在大家都在讲写意、大写意，应该在写意前面加两个字——'精心'，要叫'精心写意'。齐老师天分高，他有一种别人所缺乏的特殊的绘画感。"接着他向我揭示了一个我此前闻所未闻的秘密，齐老师画画写字的精心到了不可思议的程度。可染老说："齐老师写字，旁边都放着一杆木尺。比如写一张幅条，如一行六七个字，他写两三个字就要停下来，拿木尺量量距离，思考完后，往下继续写两个字，再量一量……"我听了感到很新奇。这正印证了可染先生讲的，写意前面要加两个字——"精心"。可染先生讲的写意，不是一般人所谓的蘸点味道就够了，而是要真正把形而上的意念、意趣、意境凸显出来，让人感受、体验到。

也就是在这次傍晚辞别时，可染老送我到门口，停下脚步，很郑重而缓慢地说："天衡啊，送你一句话，'天才不可仗恃'。"辞别"师牛堂"，一路上我大脑里想着的尽是这沉甸甸的六个字。我思忖：自己是一个在艺术上力求独立思考、敢想敢闯敢质疑的人，但有时也自省，知道自己是个有点小聪明而无大智慧的庸人。宽厚的可染老说"天才"，显然是贬义作褒义的委婉表述，犹如递我一剂苦而涩的猛药、良药，而外裹了一层糖衣，让你不觉得苦涩，咽得下去而已。"不可仗恃"，才是赠言的要义，老人家殷切地告诫我，在盛年要戒骄戒躁，戒除虚荣和浅浮，不"撇油花"，应如"狮子搏象"般地踏实勇猛，倾全力健康地在今后攻艺的长路上行进。我感受到可染老的舐犊之情和良苦用心。这六字赠言，四十年来，一直在拷问我，鞭策我，指引我，改变着我，成了我一生奉行的攻艺乃至做人的箴言。可染老书画创作时善用"金刚手段"，和在告诫我时衷恳的"菩萨心肠"，显示出了长者的风范。对于幼稚的我而言，无论是攻艺还是做人，他都是我终身受益和敬仰的良师、诤师。

可染老画画写字，他的线条一定是积点成线的，就像颜鲁公的"屋漏痕"，顿挫有力，浑厚涩重，入木三分。他用这千锤百炼的线条写字作画，所以，他的山水画有前无古人的凝重体积感，诚是铜浇铁铸的江山。我记得有一次陆俨少先生考我："我与李老的画，你怎么看？"我跟陆先生打了个比方："陆先生，你是重量级的世界摔跤冠军，李可染先生则是重量级的世界举重冠军，两位的画都厚重，都有力量，都有威势，但是你的力量多体现在流动之际，而李先生的力量多体现在凝固之中，各得其妙。"陆先生听了居然首肯。

记得有一次我去拜谒李可染先生，他从柜子里拿出八张山水画，都是四尺三裁的。因为画室小，就铺在地上，每张画都一样的雄道，却有别样的情趣。我一张一张地谈了自己的读画心得，也得到了可染老的认可。读完以后，我就主动从地上把那八张画整理好，交给可染老，他又放回到橱柜里去。我回到上海，应野平先生问我，这次在北京碰到谁了，我告诉他去拜见了可染老，他拿了八张山水画让我欣赏，笔笔精妙，惊心动魄。应先生说："哎呀，天衡呀，他从不会主动拿画给别人看的，他是要让你挑一张的！"我这才恍然大悟，是我没能体会到可染老的一番美意呀！其实，我跟可染老交往十多年，在艺术、精神层面他给我的赏赐很多很多。能得到可染老一幅画，于我固然是一份纪念，但他在精神上赋予我的财富，特别是他对我谆谆告诫的六字赠言，何止是赠一幅画的价值。说遗憾吗？不，这件事对我而言是遗而无憾的。

在和可染老的交往中，还有件事给我留下了特别深刻的印象。1987年盛夏去北京，电话打不通。我于是顶着炎炎烈日，汗流浃背地到他三里河的寓所。敲门过后，阿姨出来一挥手，说可染老不在家。我就请阿姨帮我递一张名片，说是送印章来的。过了片刻，可染老亲自来开门，他拉着我的手一路到他的画室。那天他家里没开空调，他老人家就一直双手握着我的右手说："天衡啊，惦记你啊，这几年看到你很有成绩，我都为你高兴！"又大声地喊着师母："佩珠啊，天衡来了！赶快开西瓜！"其间依旧紧紧握着我的手，手掌里满是汗，汗的交融、手的交融，诚是心的交融！从可染老不经意的动作中，我深深感受到他作为一个淳朴的师辈对我的真挚深情。我问起可染老家里的电话怎么打不通，他抱歉地说："天衡啊，对不起，忘了告诉你了，每天的电话干扰太多，都接得烦了，所以我就请电话局把电话更换了一个号码。"说着就把新号码抄到了我小小的通讯录上。

1986年可染先生在中国美术馆开个展，他用一个大而考究的中式信封，特地托人将请柬送到上海中国画院的传达室。林曦明画师正巧看到，取来递给我："天衡啊，可染老在北京开画展，特别写了一个请柬邀请你，信封上用毛笔字写了你的大名，这信封珍贵啊，你要收好了！"

可染老就是这么一个真诚质朴的人。三年后，可染老不幸仙逝。后来，邹佩珠师母来我画院，对我说："可染生前一直很器重你，他走了以后，现在要成立李可染艺术基金会，天衡啊，想请你来当基金会的理事。"师母的盛情相邀，让我觉得是意外地被赏赐了一枚勋章。

2020 年中秋改稿于嫪城豆庐

（原载《文汇报·笔会》2020 年 11 月 16 日）

坚净翁

——启功先生杂忆

一个甲子前的 20 世纪 60 年代，堪称是"万宝全书缺只角"的文坛、艺坛、鉴坛通才学者，启功先生还不是尽人皆知、如雷贯耳的名家，但作为他的莫逆之交，我的老师谢稚柳先生时而会与我谈到他，从身世、人品到学问、趣闻，有一次稚柳师说启先生填写一份个人履历，履历中有"专长"一栏，启先生未加思索，就信笔填了"杂家"两字，这给我留下了不寻常的印象。

（一）

我初次去拜谒启先生是在 1978 年初春，稚柳师为我写了引见信。当时启先生居住在北京小乘巷的一间陋室里，他看过稚柳师的翰札后，如同老熟人一般满面笑容地和我亲切聊开了。启先生有着一副弥勒佛的面相，嘴角上的笑容，以及一口抑扬顿挫、仿佛说相声般的"京片子"，瞬间化解了我的紧张情绪，心情放松下来。我从布包里取出刚撰写完的《书法艺术》电影脚本，递到他手里，请他提些意见，他浏览了一下，话题由此移到书法上。我那时少不更事，听他说到王羲之的《兰亭序》

在北京钓鱼台与启功先生晤谈

便脱口而出："启老，你在兰亭论辩中，怎么也会说它是假的呢？"话说出口，我才意识到这是小辈有失分寸的讲话的口气，也不是应有的切入角度，一定会触犯他的尊严，我暗暗自责"嘴上揩油"，信口雌黄要闯祸了，况且这又是由老师引见的初次拜谒。不过出乎我的意料，启先生仅是脸色略微严肃，流露出一丝无奈的笑意，而不在乎我的唐突，说："天衡啊，没办法，郭老（沫若）写了条子，叫人捎给我，要我写文章表态支持他，我头上还有顶'右派'的帽子，能不写吗？"启先生诚挚而稍带歉疚的答话，使我对他的品格有了更为深入的认知。

不一会儿他转身打开墙边的木橱，取出薄薄一本线装书让我打开看，我小心地一页页翻读起来，原来是他悼念前年仙去的夫人章宝琛的诗册，每页上都是他清雅的小楷，每页上都是他真挚的情感，字里、诗里写尽人世间天人永隔、心曲不通的悲切，及对夫人刻骨铭心的怀念。

或许由于启先生与稚柳师的深厚情意和相互钦慕，爱屋及乌，那天他的兴致极好，与我谈天说地、道古论今，化艰涩为平白，化学问为趣谈，使原本冷寂而四壁空落的陋室，宛若活色生香的温馨园。在我眼里，启先生是位开朗、透明、厚道、实诚的长者，像深广而舒缓的大海，像巍峨而敦实的高山，有一种拒绝都难的亲和力，冥冥中与他生发了虽非师生而胜于师生近三十年的情缘。

（二）

1979年是西泠印社建社七十五周年的大喜日子，西泠印社在"停摆"了十五年之后，隆重举行了首次大型庆祝活动，启先生应邀来到了杭州。由于他迟到一天，见面后，他先把我拉到一边"摸底"前一天的议程及动态，使我知道整天哈哈的他，毕竟是身历百战之人，处事还是非常审慎和周全的。说来有幸，主办方竟然将我安排与他同居一室，无疑那七个夜晚是我一生中最可咀可嚼、最不能忘怀的。因为每次入睡前，关上灯，我俩就海阔天空地神侃起来，有时我乘机发问，请教书画上的疑难，有时闲扯艺坛的一些逸事，而启先生通常晚上的谈兴较浓，不到下半夜两点是绝没有睡意的，我自然不能错过这样滋补的机会，打起精神，聆听他一堂堂别样又精彩的"西泠夜课"。如某天晚上，启先生问起我篆刻上浙派、皖派及齐白石等问题，好似老师考验学生，但启先生的本意是出于了解，这从他后来的谈话中是能明显感受到的。黑灯可壮胆，我居然不知深浅地在孔夫子面前读圣经，减少了我的窘迫和紧张。我从丁敬的浙派评点到邓石如的皖派，乃至赵之谦、吴昌硕，那些见解都得到了他的认同。

又有一个夜晚，他绘声绘色（虽然关了灯，但从声调上能感受得到）跟我谈他与齐白石交往中的趣闻逸事。或许是皇族身份、文化渊源及审美等原因，启先生谈起白石老人没有丝毫顶礼膜拜的成分，他说自己当年二十出头，在一位老辈的推介下前去拜见齐白石，谁知一进宅门就被吓了一大跳，因为他看到的是一口威武硕大且阴森的棺材，毫无精神准备的启先生被吓得不轻。其实，这是齐白石把家乡的习俗带到了皇城北京，以丧祈喜，多福多财。虽然事情过去了三十多年，我依然在他的言语间感受到他当年见到大棺材时的心有余悸和不可思议的神情，我则不禁捂着被子窃喜。这类通天地、连鬼神，生发于民俗低层的诡异而神神道道的江湖法术，乃至于白石老到的瞒天过海添寿术，对于做学问的启先生来说当然是无解和迷蒙的，好在，瞬间后的拜会，让他与白石翁结下了延续二十多年的艺缘，成为悔乌堂里唯一一位满腹学问的入室弟子。

齐白石有一回对启先生赞许："金冬心的词写得好。"启先生却搜不出一阕金冬心写的好词，遂问齐白石："何以见得？"白石翁答："他词写得不好，乾隆爷怎会赐他'博学鸿词'呢？"启先生心里明白"博学鸿词"与写词并无一毛的关系，足见启先生对白石翁的文化修为是颇有微词的。

记得有一晚上，启先生问我齐白石的印章到底刻得如何。我如实做了几点具体剖析：他有自己强烈的个人风格，开创"暴力"篆刻审美的先河，在印史上占有一席之地，然其不足处在于"简单"，简而单、单而薄则少内涵。启先生要我说得具体些，我说："主要缺点有三，一则单刀直入，而弃用双刀，少了丰赡浑朴的变化；二则在篆法用字上舍圆就方，便少了方圆相参、刚柔相济的多元妙趣；三则布局章法多采用虚实的斜角对称，而章法之妙往往妙在有法无法，变幻莫测，区别于西方惯用的左右等长等重的'天平秤'，而一如中国式的单杆吊秤，往往只须变动前端的头钮或后钮，则小小秤砣的挪移，就能力压千钧，这才是真实不虚而近于魔法的奇幻表现。""嘿，天衡，你说得好。齐白石去世后在他靠墙的桌子后面就拣出了一本赵之谦的印谱，他其实骨子里是学赵之谦的。"启先生随后怂恿我说，"你应该把刚才对他印章的看法写成文章。一定很有意义。"新中国成立后，齐白石的地位至高无上，他的艺术被推崇备至、完美无缺，即使篆刻也是如此，既缺乏应有的一分为二，更不能说三道四，是那个时段认知上常犯的通病。因为有启先生的"撑腰"，且事关学术，无关恩怨，我之后斗胆撰写了《不可无一，不可有二——论五百年篆刻流派印章出新》的论文，其中有一段即是批评剖析齐氏篆刻的得失，这或许是新中国成立后第一篇公开刊发"炮轰"齐氏的文章。1981 年发表后，得到了学术界尤其是篆刻界的重视，同时也收到了不少齐派膜拜者的信函指责。1983 年，我与启老再次相聚西泠，我跟启老说起这篇文章时跟他打趣："齐白石的文章我写了，不过害得我被人骂了，启老您可是难脱干系的幕后策划呀！"他听了我的"抱怨"，竟吐出舌头，朝我笑着做了一个罕见的"鬼脸"。嘿，我彼时真是醉了，这表情怎能出现在这样的大学者身上，可是千金难买、世间难得的呀！

1984 年启功先生用鸡毫笔所书作品

1984 年西泠印社春季雅集，启先生也来了，他特意捎来一支罕见的鸡毫笔赠我，这类笔其实作为品种犹可，书写起来却极难驾驭。我得寸进尺地戏言："谢谢礼物，但我更想求您一幅用这笔书写的墨宝。"启先生竟抽纸蘸墨，立马挥毫写了自撰的"三代吉金谁见夏物，削去一横庶得其实"句赠我。不可思议的是，这笔在他的腕底居然运用得得心应手，较之平时更见苍莽率性，谚曰"好将不挑枪"，信然。

这次雅集，稚柳师也来到杭州，两老相见分外热闹，我有幸晨起或暮间陪他俩漫步湖畔。西湖的初春，天青如洗，湖水潋滟，岸侧柳丝依依，远处空蒙的山色则青黛含翠，面对如此美景，两老走着走着即兴吟起古人的诗句来。启先生吟"水光潋滟晴方好"，稚柳师则答"山色空蒙雨亦奇"。启先生吟"乱花渐欲迷人眼"，稚柳师则答"浅草才能没马蹄"。漫步间稚柳师又吟了欧阳修《采桑子》中的"天容水色西湖好，云物俱鲜"，启先生不假思索地接上"鸥鹭闲眠，应惯寻常听管弦"。两老就这样走了一路，撒落了一路的画意诗情。斯文、闲适、高迈，呈现的是一派古高士的倜傥风流。这虽是四十年前情景，仿佛犹在眼前，今天看来或许已成为空谷绝响了。

（三）

1988 年中国书协改选，大家都已知道启先生将担任书协主席。改选那天我到得比较早，就找了会场最后排的角落坐下，突然肩头被人拍了一下，我回头一看，竟然是启先生，赶紧热情地向他表示祝贺，没想他把我向里推了一推，坐下后环顾近处无人，遂将手掌支到我的耳边，与我咬起了耳朵。他非常冷峻、掏心掏肺地说了些话，直白、沉重且犀利，直击当时书坛的弊病。后来我想，或许启先生知道，在既往那动乱荒唐的十年中，我从未检举、揭发、批斗过一位艺坛的同道和偌多的师长，且混迹其间"丧失阶级立场"，所以他深信我不会将他的话传布扩散，而他的话几十年来也始终埋藏在我的心底。沉默不是忘却，无言不是淡释，时至今日，再来回顾那段"耳边风"，咀嚼他的那番话，启先生能不设防、无顾忌地与我一吐真言，足见他的刚贞清澈的学者本色，乃至我一直自作多情地感恩启先生对我的信赖。

我与启先生南北相望，离多聚少，但疏而不远，隔膜全无，启先生的真性情、真心话、真感情是不受冷热亲疏和时空影响的。在1986年，启先生赐题《天衡印存》诗一首："铁笔丹毫写太虚，纵横肯綮隙无余。周金汉玉寻常见，谁识仙人石上书？"可见一个长者对后辈深情的鼓励。不过有一次他来上海，我拿了习作请他指导，他看了我的习作后又谛视着我，笑眯眯地说了三个字"拿破仑"。我听得云里雾里，可惜当时来了访客，未及释解，至今成谜，憾甚。

时光匆匆，启先生仙去十八年了，带走了他的音容笑貌、他的学问智慧，和他有趣而高贵的灵魂，令我悲痛。他的离开，却留下了他举世瞩目的成就和品格，这是不朽的。

启先生，一个时代知行合一的大学问家；启先生，一个为大众不遗余力弘扬传播经典艺文、饶有社会性好口碑的师长。古往今来，要把这两端合二而一是那么难能，启先生脚踏实地地做到了。他在晚年，以著书立说的石砚上有旧铭"一拳之石取其坚，一勺之水取其净"，颜其居为"坚净斋"，也自号坚净翁。启先生九十多年的人生，早中岁历经坎坷，而能坚韧不摧，晚年享大名，多利益之诱，而能洁净不污，与启先生凝为一体的这寻常"坚""净"两字，自此生发出了一字万钧的分量。

2023 年 8 月于华山医院

说说黄胄先生

老来多梦。最近居然梦到把黄胄先生从手术台上拉了出来，一起举步如飞地游览长城。梦就是这般超越时空的自由驰骋，美妙浪漫。

与黄胄先生相识是在 1963 年。当时海军部队开画展，由于我有参展作品，便到了北京。当时海军有两位首长跟黄胄先生的关系非常好，有时候黄胄先生到首长家里来，有时候是首长带着我去黄胄先生家里，就这样开始了我们之间的交往。彼时我才二十出头，黄胄大我十五岁，也就三十六七岁的样子。

当时黄胄先生还是中国人民革命军事博物馆的创作员。由于不用坐班，白天我便经常去他家里学习。他的家在羊坊店，极普通的公房，印象中是二楼。进门的墙上挂着陈伯达书写的丈二匹的四个大字"道法自然"，把这堵墙塞得满满的。以后，他换上了自己画的《风雪巡逻》大作。

一位出色的画家，天赋与勤奋缺一不可。黄胄先生对我影响最大的就是他的勤奋。我曾开玩笑说，他除了睡觉之外，手里永远离不开竹子，吃饭时是一双筷子，其余的时间是抓着一支毛笔。手不离笔，是他日常的状态。无论什么朋友来看望他，甚至是他的长辈画家、领导来看望他，他都只顾画画，头也不抬，只是说："你好啊！来啦！"从不放下画笔，更不起身倒茶。1955 年，二十出头的黄胄先生从新疆调到了北京，向

黄胄赠作者画

时任中央美院院长的徐悲鸿先生提出了去美院学习的想法。然而，徐悲鸿先生敏锐地看到了黄胄超人的天分，对这个画坛晚辈已经形成的风格暗自欣赏，而学院派的条条框框或许会限制了他的艺术创作，便善意地婉拒了他。我以为，悲鸿先生邀齐白石到中央美院当教授，他是伯乐；拒绝黄胄先生入院学习的请求，同样，也是伯乐。

　　黄胄先生画毛驴堪称一绝。一个大的清水笔洗，一支干净的大羊毫笔，就这么在水里蘸几下，饱含清水以后，濡一点淡墨，然后或轻或重，或急或缓，或大或小地一个块面一个块面地往宣纸上垛。这个过程，黄胄先生熟练到不需要看画面，可以随心地和你相视聊天。而宣纸的特点使每一块面间按下之后会产生水痕，当那些大大小小的块面堆垛得差不多了的时候，他才把目光移回纸上，根据画面上种种形态的浅墨块面，用焦墨点上驴眼，驴嘴上牵的绳子，再将驴蹄一勾，简单几笔，匹匹生动的毛驴跃然纸上，站着的、躺着的、跪着的，一群栩栩如生的毛驴就呈现了出来。画毛驴，他像个魔术师，实在是神奇得很！还记得有一次，一位首长拿着一本吴昌硕的册页来找黄胄先生。册页经装裱后反面是空白的，首长有意让先生在空白之处作画，他也欣然应允。12 张的册页，黄胄先生用了半个小时就完成了，且张张精彩非凡。现在想来，就是这特异的禀赋和勤奋，才造就了这样一位画坛天才！

20 世纪 60 年代初，黄胄先生已成为中国画坛最有影响力的人物。在"文革"之前的较长时间里，中国画是式微的，甚至于很多画家都去画连环画小人书，画供出口的不值一提的檀香扇工艺品。然而，黄胄先生是个例外。他是一位出色的人物画家，完全可以用如椽之笔表现新中国的重大政治题材，无论是画新疆的风土人情，画草原欣欣向荣的动人风貌，画节庆举国欢腾的热闹场景，都契合当时时政题材需要。记得他堂哥梁斌撰写小说《红旗谱》，曾邀请他为其绘插图，女主人公春兰美俏聪慧的形象，感动过整个社会。当时在北京荣宝斋出售的在世画家的作品中，没有一位的作品价格可以与他的比肩，齐白石先生的扇面五元一张，溥雪斋先生的大册页五角一张，李可染先生的山水画六十元一张，而黄胄先生的人物画则标价在六十元至九十元，且人见人爱，需求旺盛。

即便当时在画坛有如此地位和声誉，黄胄先生依旧不自负、不自矜，没有一点儿架子，对我这个晚辈也是尽心指导和提携。每每跟先生去到荣宝斋，他总会让荣宝斋经理将收藏的名家印章尽数拿出，给我观摩。我拿个放大镜，一方一方地仔细研究，做好笔记。有这样的机会能看到吴昌硕、齐白石等大家的印章和比拳头还大的田黄石对章，在当时，实属福从天降，难得！但我往往得寸进尺，询问能不能让我打一套印蜕，以供我日后研究，黄胄先生一句话就使我如愿以偿，现在想起依旧铭感肺腑。黄胄先生还常带我去故宫，忘情而真挚地为我讲解书画馆里陈列的历代书画精品，我如小民暴富，倏地提升、领悟了对高妙书画艺术的认知，足我一生受用。

画，是画家精神世界的一种外溢。黄胄先生的画风，大气、豪迈、激情，笔墨好，色彩好，造型也好，这其实都是他人格的反映。黄胄先生长相朴实，皮肤黝黑，身板宽厚，也不注重修饰，两条宽宽的眉毛似两锭乾隆墨贴在眼睛上方，使眼睛更加炯炯有神，像个打铁匠。一次从故宫读画出来，黄胄先生拉我到北京西单的一家饭馆，是夫妻老婆店，店堂很简陋，我们找了个长板凳坐下吃饺子。这时，老板娘扯着嗓子喊："门口的大板车是谁的，挪个位置，好让人家的车拉走。"黄胄先生便接口道："我的，等我吃完饺子再说。"那女店主信以为真，又拉又扯地要黄胄帮个忙。黄胄先生是个朴实且幽默的人，他的平易为人不会让人感到和他有距离，对上对下、对权贵对小民都一视同仁、言行合一。这种天生的质朴，这种不染缁尘的平民气质是很少有人学得到、做得到的。

黄胄先生的绘画创作除了对传统的吸收借鉴以外，很大部分来自他

黄胄画作

黄胄赠作者画

对生活的热爱。黄胄先生是一个热爱生活、忠于生活的画家，生活于他确如水之与鱼，无论走到哪里，无论看到什么，他的感觉都是新鲜的、有滋有味的。黄胄先生留下的那么多写生画册，对于人物、情景的捕捉，都细腻无比，将人物的性格，美好生活的本质描绘得细密入神，而又雄迈得气势如虹。黄胄先生是真正懂得生活意义的人，生活是他艺术生命中的空气、阳光和水，生活与艺术，在他身上是融汇为一的。所以他能那么强烈精准地提炼出那个时代的精神。生活与画、画与生活，生机勃勃、活力四溢，古往今来，能有几家？

"文革"是那个年代艺术家的噩梦。他是第一位被揪出来的画坛人物。1966 年 7 月 28 日，《解放军报》大半版刊登《彻底揭露"三家村"黑画家黄胄的反革命嘴脸》的文章。这十年间，黄胄先生遭受到的身体及精神上的折磨无法想象。我可能是外地唯一因他被打倒而受到牵连的年轻人。那时我还在东海舰队服役，部队要求我揭发先生，我便交代，黄胄从来不与我讲政治。领导说，这不算揭发，于是就要我与他划清界限，方式就是将先生赠予我的画作等全数上交。这些东西也就此黄鹤一去不复返了。

随着"文革"的结束，黄胄先生也重获新生。但由于"文革"期间受到无情摧残，苦难的生活使其情绪低落，加上先生嗜酒，到后期，他的十个手指关节僵硬，已经不能正常地握着毛笔作画。还记得 1973 年，我去北京看望他，他住在友谊医院治疗，病榻上的他咬紧牙关，将每个手指向后倒掰，痛得头上冒出豆大的汗。然后，用手指关节夹起画笔，看到旁边《人民画报》上有好的图片，就像写真一样画起来，依旧是当年那个手不离笔的黄胄。对绘画的热爱，黄胄先生是深入骨髓的，画可说是他与生俱来的唯一。

后来，黄胄先生筹建中国画研究院，并出任常务副院长，为此，他付出了极大的心血。在筹备过程中，为了解决各种各样的难题，他送出了不计其数的画作。80年代初期，黄胄先生来到上海中国画院，我正在楼窗上爬上爬下擦玻璃，他一进画院就高喊："小韩，小韩，干啥呢？"告诉我来上海要办什么事情、解决什么问题，而这些，都是为了中国画研究院的建设。但也可能因为先生是个纯粹的画家，艺术气息浓重的他始终不能游刃有余于政治，他于中国画研究院，不过是一时的过客。而对于艺术及艺术品的情有独钟，使黄胄先生始终将传承文化视为己任，最终创办了中国第一座大型民办艺术馆——炎黄艺术馆。

黄胄先生一生惊险跌宕，像坐过山车一般，但他始终怀有一颗乡土气十足的朴质之心。曾听朋友讲过一个故事，说有个陌生人来找他，进门就跪下，说：请您无论如何帮帮忙，家里老人死了，买不起棺材。先生二话不说，便拿给对方两幅画："到荣宝斋去换钱吧。"

如此可爱、可敬的艺术家，无论他对于这个时代的意义如何，他留给我的都是无比丰饶的精神财富，让我知道，做人要真诚，搞艺术要勤奋！先生过世近二十年，但他始终是我学习的典范，是我不能忘怀的一位恩师！

（原载《文汇报·笔会》2016年6月21日）

"近代绝才"郑竹友杂忆

郑竹友（1896–1976）先生，名笙，祖籍皖南，于清中期举家迁居扬州。

先生早年以修补古书画之绝艺，客寓上海，往来皆海上及外埠之收藏大家，每有价值连城而残蚀不全，乃至满身疮痍的书画，皆付先生修补接笔，修复后的作品，整古如古，丝毫无借手之痕迹，知者无不叹为观止。记得当代书画鉴定权威徐邦达先生，曾有专文述其高技大艺，文章的标题即是"当代绝才郑竹友"。当然这个修补的润笔亦当是以金条计的。

我与郑先生的结缘亦很有戏剧性。笔者生性好艺事，少时持性弄翰，纵横狂放，不知天高地厚，同学相索，也居然敢慨然贻之。郑先生一次偶走邻里，在我同学的家里见到一张写在"八都纸"上的书法（姑且妄称书法），听说是孩子写的，感到有趣，说是想要见见这个孩子。同学很兴奋地告诉我这个好消息，并约了时间去郑先生府上见面。郑先生个子不高、长脸高额凤眼，扁舟似的嘴上总映着和蔼的笑，举止不温不火，慢条斯理。当时给我的感觉极像戏台上诸葛亮的模样。郑先生对我说："侬喜欢写字画画，我来教侬好哦？"少年时的我，不知胆怯为何物，居然应声说"好咯"。就这么简单，十五岁的我就成了"听蝉室"主人的入室小弟子。当时，他辅导我的是普通的写字画画的知识，无偿而热心地提供我一些碑帖、笔墨、纸张、印石。老师对我一直是和颜悦色，从没有过训斥。我一般都是放学后及星期天去他府上交作业，听批评。而每次去，他似乎都在赋闲，直到三年后，他被指名调往北京故宫博物院，我才知道他的绝活是修复古书画。之后，我才知道，他在上海就收了我这个小学生；去故宫后，组织上安排刘炳森师从他学习，我多了一位北京的师兄。其实，我与炳森兄的见面相识还迟在四十年后的北京。

"文革"中，像郑先生这样的特殊老专家，也被下放河南荒僻的"五七干校"，衣食住行，困难重重，师母死在了河南。郑先生福分高，周总理在一次见到故宫吴仲超院长时，忽地问道："郑竹友去哪里了？"吴院长如实相告。总理说："这么大年纪的老人，应该让他回上海休息。"日理万机的总理，细心到枝微末节。就这样，郑老师在他七十五岁时，孤身一人回到了阔别良久的老屋。老人每每谈到这一节，都会流露出对总理的感恩。

老人的这层背景，使他在回到上海的日子里，有远离"文革"、远离"动乱"的一份宁静和宽松。我也是隔三岔五地去看望他，聆听他叙说闻所未闻的书画掌故，尤其是他不无眷恋地忆及在修复古书画中的种种往事。

老人 20 年代在修复古书画上已很具声名。老人告诉我，当时张大千开始在上海仿制石涛的画，而常常被郑先生慧眼识破。大千决定要认识这位长他四岁的"克星"。大千先请饭，然后邀他到老西门的家里去看看画。当时，他俩是从后门进去的，后厢房是灶间，只见里面放了几只煤球炉，上方挂着一些大千仿的石涛画（煤烟是当时让宣帛泛黄做旧的一种手段）。进入前屋，大千拉开画桌的抽屉，单刀直入，说："郑先生，这刀册页里有石涛的画，也有我的画，请你分辨一下如何？"谁知郑先生用很麻利的手势，左东右西地，并且是很准确地把大千的画都分离了出来。大千惊讶地问："先生何以如此快就分辨出了拙作？望请赐教。"郑先生看出了张大千的诚挚，就爽快地告诉他："我其实并没有认真地看你画的笔墨，只是看你钤盖的印章，因为你的印色做得不对。单凭这一点，就可以把你的画都识别出来。"之后，郑先生还毫无保留地传授了石涛印色的制作方法。

因为这一缘分，张大千先生在享有大名之后，凡来上海，总会与郑先生会晤，而且时有画作赠予。我想，这或许是他人都未曾记述过的一段逸事吧。

郑先生修复古书画自有他人不可企及的本事，这本事似乎是与生俱来的。他在修补时，特别是对书法中的残蚀文字，他不是小心翼翼地描，而是胸有成竹地写，一笔一画地写，俨然如原作家在挥运，一如己出，岂止乱真。须知，用"描"的办法毫发不爽地成功修补好一件名迹也绝非易事，何况郑先生是"写"呐？在名迹上以平和的心态去大胆挥运，谁都会捏上一把汗，担心可能产生的种种不测，因为稍有一点闪失，皆会功亏一篑，这珍罕的名迹是容不得半点闪失的。

郑先生一生修复过的唐宋元明的名迹何止成百上千，但因为当时的条件所限，先生并未留下一件修补前后可比勘的资料，这不能不说是一件憾事。如果换在今天，广告推销意识强的人，想必会把一包面粉做成一个地球般大的蛋糕了。我在"文革"中曾见过先生修补一件明人吴宽书写的诗作，横披七言绝句，字大如柑，失两字。作品由揭托至修复前后有多道程序，历时半月，其独特的一系列手段是平常中见神奇。鉴于今日作伪之风日炽，这个过程是不宜具体诉诸文字的。总之，目睹其全过程的我，对郑先生的绝艺算是有了感性的了解。他补写的两字，用笔合辙，结体精确，墨色划一，气贯意连。而这张修补好的吴宽真迹，焕然完璧，似乎数百年来它就是一件未曾受到过一丝损伤的真、精、新的妙迹。

郑先生曾跟我讲起一件趣事。在 20 世纪 60 年代，记者采访他，并且提供了曾由他修补接笔的名迹数件，请他介绍一下哪些部分或文字是修补过的。结果，鉴家与他自己睇视良久，都茫茫然无以为答。在回忆中，他才在倪瓒的一件画作上找到了一个"腰"字。他说，因为这件作品的诗题，烂掉了几处，有一处三字的地位，只须补上两个字，空出的地位如何解决，这是一个很大的难题。他曾苦思冥想了几天，最后，巧妙地将左右旁的"腰"字作上下部位的"䋈"字，这既符合字法，也同时将方形的字，巧妙地演绎成细长的字形，使倪瓒的整个诗题一气呵成，了无隔阂。他修补过的名迹，鉴家察不出，乃至他自己也找不出。我想这正是对他修补接笔艺技最高的也是最好的褒奖。

在故宫工作的近二十年里，他是残损名迹续筋接骨的手术师、妙手回春的保护神，无名无利而艰辛神圣的工作，使许多名迹恢复生命、恢复青春。其中值得一提的是米芾的剧迹《苕溪诗》帖，此帖下方为火所毁，仅剩上半截，今日所能见到的出版物即是郑先生修复的完本。上截、下截如出一手，这也可以说是他以"写"的手段，拯救出的一件国宝，是功不可没的。也曾有人怀疑郑先生"写"的本事，特别是谙于书法的更认为这是无法想象的，但这只是一个放在我们面前的事实，而不是吹嘘的神话。一向精鉴善察的徐邦达先生，誉不求名利的郑先生为"近代绝才"，出言分量之重，说明郑先生的确是才绝近代、独步天下的充满传奇的人物。

郑先生一生致力于古书画的修复，对古书画及诸多名贤都有剔皮去骨的深入研究和把握。因此才能令各家之风貌特征招之即来，活现于他的笔下。先生善书擅画，笔秀而韵雅，但似乎少了一点明确的个性。我想也许是摆脱了自己的个性，心胸里才多了吸纳古贤百家特征的空间，也才能在笔下"百分之百"地再现古贤的墨妙。试想，一个面孔表现自己的人，怎么能乱真地修补古贤墨迹呢？

郑先生的高祖芹父公，名箕，擅花卉，名蜚扬州。名印人吴熙载即是衰年向其学习绘事的，故有"晚学居士"的字号。郑先生有二女一子，惜皆未传其业。郑先生因患心肌梗塞，殁于1976年秋，享年八十。由笔者主持追悼会，出席者仅家属及至友十余人，悲凉气氛如今犹历历在目。

2003 年 2 月 20 日于豆庐

竹篮下蒙灰的秘藏

1974 年，在周恩来总理的关怀下，我的启蒙老师郑竹友先生从河南的"五七干校"返回上海"养老"。彼时，我每周都会去看望并向他请教。

一次，他叫我爬到暗黑的后客堂的老床底下，拉出一个竹篮子，蒙灰之下是一批印章。他说，你可以把需要的挑出来。在灰暗的灯光下，我挑出了吴让之旧谱累见的"吴熙载字让之"自刻自用六面套印，以及"让之"（两方）和"熙载词翰""熙载""让之"两面印，"王小梅作""小梅"印，此外尚有方竹刻"师慎轩"等四面自用印，"兰言室""百镜室主人""当于天下共览之"等印，共计十二方，二十面印。

我不由得一阵欣喜涌上心头，这些印对我来说可是难得见、不可求的"宝贝"。郑老师说："这是我解放初回家乡扬州带回来的，二十年来都没动过。"我惊奇地问，您哪来这批珍贵的印章呢？他向我叙述了晚清时的往事——

那时扬州有一座准提寺，寺僧好艺，就在寺里辟了画室——十笏精舍，供当时有名望的画家王小梅（1794—1877）、吴让之（1799—1871）、郑芹父（1809—1879）三人共用。吴让之晚年从小他十岁的郑芹父学画，所以他有"晚学生""晚学居士"之号。其间有友人自南方捎来天然方竹一竿，颇稀罕，吴氏制为拐杖，故有"方竹丈人"之号。竹梢长，截下的一段自刻了"让之""方竹丈人""晚学居士""师慎轩"四面印。此方竹四面自用印虽包浆古旧，然从未钤盖过，非但一无硃痕，且写稿的墨痕显见。方竹毕竟印面欠平正，或许这就是从未实用的原因。然配篆镌刻之精到、运刀（或称用刀）之高妙却高出其相同印文的石印。让之殁后八年，三人中年龄最小的郑芹父去世，寺庙嘱郑氏后人来十笏精舍清理，于是三家在画室之物尽归于郑家。王、吴的这些自用印也在其中。吴让之一生所制名、字、斋号及闲章自用印在一百四十方左右，然聚散无常，不可考据，而郑氏老屋所存仅上述之数。当时面对这批自天而降、求之不得的吴氏刻印，郑老师说："你有什么东西可以跟我交换？这对你是很有用的。"我遂以家藏的雍正天青釉官窑洗贻之，先生也就将这批印章赠送给了我。这批佳印，成为我收藏吴氏印石中重要的一部分，对我印艺的提高提供了丰富的滋养，启悟多多。

吴氏用刀神游太虚，若无其事，给人以轻松及随意的感觉。刀法之外，他对择字、配篆则明显是反复推敲、九朽一罢的。上述方竹印上多处的残留墨痕，显示出点画的多处变更，尤其是"师慎轩"一印"慎"字左旁上移了近三毫米而残留墨迹，即一明确的例证，且是其一生刻印中此类情况仅存的一份孤证。此外，他刻六面套印也非一气呵成，是深思熟虑，逐一推敲后，在几年里陆续刻出的。同治癸亥（1863）秋，魏稼孙去泰州钤吴氏箧中自用印等一百零七印，成《吴让之印存》一册（两部），时六面印蜕中仅见"吴熙载字让之"界格印等四印面，余之"著手成春""能事不受相促迫"两印尚未刻出。以几年的时间完成六面印，可见虽轻松却并非粗率仓促，这也印证了他击赏的老杜诗句：能事不受相促迫。

吴让之刻印的用刀，我一直怀疑非我等所惯用的两角呈 90 度的平口刀，惜实物已不能见。我曾做过试验，判断其刻款的用刀应是稍带斜口的小尖刀。若此六面套印，其款则刻于外套印向天的四侧边沿上，边窄字小，而且是以行草为之，是让翁款字中极小的一类，是非小尖角刀不能的。其文曰："余生平见人磨前人名印而自用佳石者夥矣，此石庶免。让翁云。"让之自用印多不署款，此是少数的例外。敝帚自珍，的确是有话要说，有感而发，不能不留下的文字。此六面印外套印壁薄，内印甚小，是可以免被人磨去再刻的精心设计，而百年后的郑老师为避"文革"之祸，虽不磨印，也未影响到印面的完整性，却用针尖细心地将这段款字剔到了模糊不清的程度。这匪夷所思的处理，是不曾经历过"文革"的让翁始料不及的，亦可称作印坛憾事一则。

我由让翁的印想到了当时也是印坛巨擘的赵之谦。"吴赵风流"，不错，两位大匠，一流高手。让翁运刀之妙，独步千古；赵氏则濯古出新。然仁者乐山、智者乐水，小让翁四十四岁、小之谦十五岁的浙人吴昌硕，不同于彼时的浙人评家、藏家在篆刻方面有浓烈的同乡会情结，往往褒赵贬吴（赵为浙江绍兴人，让翁为江苏扬州人），而是在篆刻上每对赵三缄其口，对让翁则颂扬多多，不遗余力，经常在文字乃至授徒教子时高度评价及具体地传授着让翁的印艺，尤其是用刀之法，如说"道在瓦甓，让老存焉，此刻汉，深得汉砖遗意"。在缶翁看来，让翁在师邓之外，对瓦甓之妙是别有领悟和体现的，是先行者。其子吴藏堪在谈及缶翁对吴让之所刻"包诚私印""兴言"大对章时署款称："家君时训示其用

吴让之四面印"方竹丈人"

吴让之四面印"晚学居士"

吴让之四面印"攘之"

吴让之四面印"师慎轩"

刀之法。"惜此训示之法终究未见于文字而传世，这是不可弥补的遗憾。缶翁身为浙人，而能跳出在浙褒浙的小圈子，在艺术面前显示出了独立、宽博、刚勇不偏执的人格，也彰显了大师的高尚品质。

郑竹友老师，民国时古字画修补高人。张大千尝请教其仿制古画之法。1958年被周总理点名调入北京故宫，于修复接笔古字画贡献甚大，米芾之《苕溪诗》所失十一字即为其执笔直书（非双钩廓填）。徐邦达先生曾撰文称其为"近世绝才"。作为郑芹父徽孙，郑老师诞生距芹父之殁仅十余年，故其述这批遗印故事当属第一手可信资料。此外，若无更精准的史料考索，那么，贫困潦倒，至于发"但使晚年饱吃饭"感慨的吴让之殁于泰州一说，亦当改以扬州为是。

2015年11月8日改定于豆庐

（原载《文汇报·笔会》2016年1月11日）

一印屏，一部书
——篆刻方面的两则故事

我四岁学习写字，六岁学习刻印。那时很调皮，爸爸不在的时候自己拿刀刻印，结果锋利的刻刀在大拇指上割开了一块肉，到现在手指上还留有一个两厘米的疤痕。六岁的我感觉是自己闯的祸，不敢作声，傻傻地愣在那里。母亲跑过来一看我按着手指，地上一摊血。1949 年前家里很穷，笃信佛教的母亲抓了一把香灰敷在伤口上，然后扯一小块布包扎一下。伤口也没有发炎，两个月就好了。

最初刻印就付出血的代价，我常常开玩笑讲"血债就要用血来还"。如此深刻的印象让我更加努力地学习刻印了。父亲是我的第一个启蒙老师，他常常写字、刻印、讲历史典故，这些对我有很大的启蒙。

十五岁时，一位老先生到我同学家里做客，无意间看到我同学桌子玻璃板下压了我写的一张字。他问："这是谁的字？"我同学的爸爸回答说这是我儿子同学的字。于是通过我同学的爸爸把我叫到他家里，一进门便问我想不想继续深入学习研究。从此我就跟着他开始学习书画篆刻了，这位老先生就是我的第一位老师——郑竹友。

郑竹友何许人也？陈巨来在自己的书中曾提到他，出身扬州书画世家，祖上七八代都是书画家。此时他已是海上书画兼擅的大家。1958 年，他便被周总理点名调到故宫从事古书画修复工作了。他的修复技艺当时几乎无人与之匹敌，米芾《苕溪帖》损坏掉的十一个字就是他接笔修补的，而且是拿起笔来直接书写的，不是双勾填墨的。如果说没有很强的书画功底，没有对米芾书法风格的深入研究，不可能提笔就写的。徐邦达曾写过一篇文章，称赞他为"近代绝才郑竹友"。

后来我又碰到了一些非常好的老师，如方介堪、方去疾、谢稚柳、陆维钊、郭绍虞等。我常常想我的运气不错，没有上过艺术院校，但碰到的都是艺术大家。年轻的时候精力旺盛，总想多学一点，多吸收一点。二十三岁接触方去疾先生，又拜访高式熊先生，拜谢稚柳先生为师。这年，陆维钊先生曾写信给我说："日本现在的书法好像已经有了超过中国的趋势，你要努力为国争光。今后你在学习上有任何困难，都可以来找我。"经常书信往来的请教，陆维钊先生自然也就成为我的业师。文学方面的老师是复旦大学一级教授郭绍虞先生，他曾写过一部《中国文学批评史》。之所以能跟随郭绍虞先生，是因为陆维钊先生的推荐。晚年的陆先生得了癌症，没有办法亲授，便写信推荐我去郭先生那里。那封推荐信我至今还记得，信上的一句话让我终生难忘："能由您来指导天衡，我感同身受！"

在篆刻方面，幸运的是遇到了方介堪先生，那时我在温州海军服兵役。温州虽然不是大城市，但是文风很盛。温州有很多有学问有本事的人，方介堪先生就是其中代表之一。方介堪先生第一次看到我的习作，就问我："学过邓石如吗？"我说："没有。"紧接着他又说道："你的印和邓石如暗合，非常大气。"20 世纪 60 年代初，书店里很少有印

聆听老师方介堪先生教诲　　　　　　1992 年与谢稚柳先生

谱出版物，我身边也缺乏参考资料，都是自己在那里实践和摸索，所以对邓石如的印风并不熟悉。方介堪先生还常常语重心长地告诫我："刻印不要学我，你要学古代经典的东西。学我的话，你这辈子就超不过我。"

我的这些老师都非常高明，不像某些老师非要学生临学他的作品，结果都成了老师的两脚广告牌，很少有创意。当代人学当代人是最不可能有成果的，去学晋唐宋明名家则更好。为什么我以往写文章会有那么多篇幅来缅怀我的老师呢？如果没有那么多好的老师，就没有我的今天，这是我感恩一生的。

跟随方介堪先生，还有一件非常有趣的事情，也可说是一段奇缘。1963 年 3 月，方介堪先生嘱我将刻的印粘一张印屏交给他，我也不知道派什么用场。过了几个月，我去拜见他，他告诉我："你的印屏在西泠印社六十周年庆展览了，那些老辈对你赞许有加。"西泠印社从 1947 到 1963 开始第一次恢复大活动，很多 1947 年之前（入会）的老社员都去参加了活动，比我老师年纪还大，都是七八十岁的。能得到前辈大家的肯定和赞许，更加坚定了我努力精进的决心。

1984 年，我忽然收到了唐醉石的儿子唐达康的来信，唐醉石先生是西泠印社初创人之一、与王福庵齐名的大家，曾任湖北省文史研究馆副馆长。信中写道："我们素昧平生，二十年前我父亲到西泠印社参加六十周年庆，他在你的那个印屏前看了很长时间。我父亲当时对我说，这个人二十年以后一定是印坛巨子。我爸爸从来不表扬人的，那天他这样说了，我就特别注意并记下了你的名字。如今你果然像我爸爸讲的那样，得到了印坛的认可。"

2015 年，我在武汉美术馆举办个展的时候，有人告诉我 1963 年创作的那个印屏就在唐醉石先生家里，并借给我看了。我想用作品换回这件印屏，但是他的后人坚持留存。我现在捐给馆里（韩天衡美术馆）最早的印屏是 1963 年 12 月，比唐先生家的那件要晚半年。

学习篆刻就是这么一路过来的。我经常对学生讲："我六岁开始学习篆刻，参加第一个展览会是十七年以后，在报纸上发表我的篆刻作品是 1964 年即十八年以后，所以学艺者要沉潜，不要急于想出名，必须先扎扎实实地把基本功打好。画院的师辈们都跟我有很深的感情，我也经常向他们请益。王个簃先生曾经对我讲，'天衡，我现在很懊悔，我应酬太早，如果少些应酬，我可能成绩会更大一点'。搞艺术不在于出名早而在于东西好。早能早得了几年呢，真正好的作品是传之千秋的事情。"

1984 年，我被任命为画院副院长，样样事情都要应付，都要出头露面。画院画师原来没有明确的退休制度，我六十岁就主动提出带头退休，领导劝我不要退，我说这样不行，一定要让新鲜血液进来，如此我们画院才更有生机。

我退下来的二十二年里，外面的活动很少参加，力避应酬，当然也有身体的原因。我平时的生活就是看书、搞创作、思考一些问题。这期间还称努力，单是出版一项先后就出了一百二三十种书籍，连先前的出版了一百四十多种。

其中，《历代印学论文选》是编写得十分艰苦的。我进入画院的1978年到1984年之间，因为不坐班，每个星期都有几天泡在上海图书馆的古籍仓库里，在那里读书做笔记，做一些印谱及印学理论的研究。西泠印社知道我比较注重印学研究，1982年，他们便委托我编写一部《历代印学论文选》。尽管先前看了一些书，但心想这也不是一件简单的事情，没有跑遍天下，怎知概括天下！

做学问首先要充分地掌握资料，没有资料支撑，只能是假学问，要掌握尽可能多的史料。在以往，我读了近两千部的印学著作与印谱，自知所知所得有限，对编好此书心里没有底。所以在编书的两年里，又四处访书读书。例如，西泠印社藏有张鲁庵先生捐赠的四百三十三种明清印学著作，因此，我便提出到西泠印社库房里读书。库房在西湖边的葛岭小山上，从不对外开放。那是1982年夏天，杭州的酷暑是众所周知的。每天早上我都会准备两个馒头、一瓶热水、两盘蚊香。由于多是国宝级的文物，早上八点钟进入库房，工作人员把我锁在里面；下午五点钟他们下班了，再来开锁让我出来。这样持续了一个月的时间，狼吞虎咽地把未见之书读了一遍，并择要抄录。

那时候可不像现在简捷方便，重要的序跋、著作都是靠手抄的，古人喜欢用异体字、古体字甚至于今天已经"死掉"的字，碰到一时难以识别的这些文字，我没时间在库房里推敲，就把字形一模一样地描摹下来。古文也是如此，不可能在库里面断句，便先抄下来。我租宿在西湖边解放路上的朝阳旅馆，一个小单间，一天租金是六毛钱。每天晚上先冲凉，洗掉一身臭汗，六七点钟就开始整理白天的笔记，断句标点，推敲疑难杂字，务必今日功课今日毕。其实，真正进入那状态，当是虽苦犹甜的，大有小民暴富的喜悦。

几十年里搜集印学资料几乎到了痴迷的程度，一心想幸运地读到未见之书，上海图书馆、上海博物馆的相关古籍都读了一遍，天津、香港、澳门也去寻访搜集了一遍，乃至远赴海外向公和私藏家找书读，如在日本静嘉堂文库里也读到了国内未见的孤本。在做这些功课的基础上，终于在1985年完成了这部书。这部书每一篇文章前面都有一段导语释题。值得欣慰的是，如今近四十年过去了，很多专家和印学爱好者都还觉得有用。

自1982年至1984年，就是日夜兼程地专注编写。编写这部书的时候我还住在龙江路的小楼里面，两个小间共计十平方米。房间太挤，幸好孩子们都还小，一间是奶奶和我儿子睡觉的，另外一间，我是睡在方桌的底下，而我妻子打地铺和女儿睡在桌边的空地上。我的书桌和书架中间隔着妻子的地铺，在冬天的晚上熬夜写作，有时查阅资料取书时，就必须跨过她俩睡觉的地铺，往往一不小心就踩到了妻子的脚，半夜里都会痛到猛地叫起来。现在每每回想那段岁月，总是感慨系之。

编书、写书是任务，但读书不仅是为了编书，读书做学问，对于我们文艺工作者来说是至关重要的，任何一门艺术都要以学问打底。直至今日，我仍在读书，所以在 2003 年主编出版了《中国篆刻大辞典》，而且《中国印学年表》一书至今又增补了六千条目，将出增订的第四版。学问对于我们从事书画篆刻创作的人来讲就像是打地基。造高房子首先要地基打得深、打得牢。有了坚实的地基什么样的建筑都造得好。篆刻大家邓石如、吴让之、赵之谦、吴昌硕、黄宾虹等，他们首先是文人，是读书人，是学问家，有学问善变通，他们去写字画画刻印，都会达到事半功倍、触类旁通的效果。邓石如布衣出身，但临写《说文》这部书就不下二十遍。我一直有一个马蜂窝的比喻。读书、写字、画画、篆刻、书画鉴定、诗词鉴赏看起来都不是一码事，画家和篆刻家有什么关系？书法家和篆刻家有什么关系？和做学问又有什么关系？不，都有关系。这些艺术门类可比作马蜂窝里紧挨在一块的蜂穴，是隔行不隔山，只隔着纸般厚的薄壁，若能智慧地去打通它的话，一加一加一加一，一定大于四，且不只是五或六的效果，它会产生出人意料的非常巨大的连锁复合效应。

前辈书画印大家的成功范例启迪着我，激励我要读书、要实践、要思考，人生苦短，目标遥远。所以我一直告诫自己，人老去，但钻研艺术之心要年轻，不懈怠、不停步，依旧要推陈出新、砥砺前进。

（口述：韩天衡 文字整理：肖永军）

海上六大家印象

本文所说的海上六大家是来楚生、陆俨少、谢稚柳、唐云、程十发、陈佩秋六位先生。

这六大家都是本人亲炙过的师辈，此次我们美术馆推出"海上六大家"展事，既是开馆五周年最佳的庆典选项，也是对六大家其人其艺的推介和弘扬。六大家宛如六本大书，此文只是借此机会掠影式地谈点印象，聊窥一斑。

来楚生先生沉静、朴实且有些许狷介，书画印三艺皆擅。记得 1973 年趋其府上，先生审视了我的印稿，讲了两句鞭策的话，即说："你的印跟我是两路的。"随后他话题一转："唉，写字、画画、刻印，刻印最难。有些人刻了一辈子的印，都不知道刻印为何物！"曾经沧海难为水，对先生的宏论，在四十五年后的今天，我似乎有了更真切的体悟和认同。

负翁的画贵在有独造的意念。他不以画显，而每令画人折服。善做减法、妙做除法，一画既成，笔触大多历历可数，去皮剥骨，削繁为简，洗尽铅华，洗练隽永，直可与八大山人比肩。当然，他的画都施以色彩，有洒着阳光般的温暖，而无孤傲寂冷之弊。

陆俨少先生，大半生命运坎坷，自责为"不谙世事"。虽在七十岁前历经灾难，蒙受冤屈，被扣了"右派"等四顶"帽子"，却说"桐乡

沐浴膴摵窝合启豫饯永畫燕等雙

係罤琅玗甫晥龍

用博醫阿 屬書 臨東洋木簡宇 初陌

来楚生书法

岂爱我？我自爱桐乡"，对党和新社会有着深挚的痴爱和苦恋。他是敬畏优秀传统而不泥古的高人，平生无一藏画，自嘲"喜欢的买勿起，买得起的不喜欢"。他学习借鉴古贤名迹，有一套自创的独门功夫——"心临"。年轻时，面对展馆名迹，他可以在一张画前打桩似的驻足几个小时，忘情地默临，由一丘一壑到一草一木，从运笔用墨到格调、意趣，无遗漏地以心"扫描"，精微地探寻、感悟其内核。"文革"中我曾陪他去部队首长家观赏唐寅的小卷山水《放鹤图》。一尺多的画面，他注目达半小时之久。"心临"一过，私下语我："这张画，唯有船上桅杆的那一笔，我还'搭勿够'（水准达不到）。"时时与古人较量，处处找自身不足，乃至到一点一画里的得失高下。有人尝称："笔墨等于零。"而在陆先生的心目中笔墨可是百分之百的紧要、必要，尤具丰赡的书写感。宛翁尚卧笔中锋，那浑脱自在、意蕴悠扬的线条，半为天授半自造，足以令识者在梦牵魂绕中咀嚼其玄奥的至味。

恩师谢稚柳是大画家，又是大学问家、鉴赏家。早先，画由老莲而上溯宋人，出古入新，别饶高韵。师与大千先生皆推崇宋人，然迹近而旨远。我以为大千先生的画是入世的，一如靓丽舞台上激情四射的歌者；而稚柳师则是出世的，犹如宁静书斋里沉吟的诗家。张公类杨玉环，而稚师则俨然李清照，有别于爱叟的炫技邀宠，而表现为清远婉约，细亦阔，精亦深，自有诗心文胆作博厚的"内存"。

谢公本色是学人，识见高远。20世纪八九十年代，书画家迎来了千载难逢的"甜蜜期"。他却毅然搁下画笔，担任国务院古书画鉴定组长之职，前后八年，不辞辛劳，一无报酬地辗转东西南北，甄别公家书画藏品何止数百万件。嗣后，精印出版的二十四大册皇皇巨著《中国古代书画图录》，即是他和同人们的传世伟绩。吾师胸中有大乾坤，为画史艺坛立了大功德，做了大贡献。

唐云先生也是经历过新旧社会两重天的大家。较之同侪，他的一生算得上顺风顺水。可在那多难多厄的岁月里，不乏落水遭殃的画人，不乏穷极潦倒的友朋。虽不富足，但唐云先生襟怀宽博，慈悲为怀，无力在政治上救人于既倒，可总是在经济上助人于水火。不畏种种压力，雪中送炭，频出援手，故而有着高大的形象和极佳的口碑。药翁者，侠义豪爽，是厄者之良药，为弱者之义侠。

人格即画格，药翁画如其人，所作明丽、坦荡、大气，一派堂皇气象。晚年，画风丕变，辛辣而沉雄，豪气溢于画外，益显金石意蕴，别开生面。

程十发先生为人谨慎、幽默，为艺则新奇、陆离。谨慎，使他历经劫难，终能安全着陆。幽默，使他每能在绝境中消解苦恼，逢凶化吉。新奇，令其治艺无禁地、无疆界、无程式，善于变通，敢于独造，有着取之不尽、出人意料的想象力和幻化力。所以，他的笔墨、造型、色彩、构图，乃至理念、风貌"集古今中外法"，而法外生法，别出心裁，一帜独标。

发老家族往昔少长寿人。他曾多次私下对我吐诉："阿拉屋里的种气如此。"2004 年新春，赴三釜书屋拜年，发老八十五岁初度，鹤发童颜的他，对我说："我是阿拉屋里最长寿的人！"那份得意和愉悦都写在了脸上。其实，"种气"之说并不成立，太平盛世必多长寿人。

陈佩秋先生是六大家中，硕果仅存的一位，今年九十有六。我与佩秋先生相识近一个花甲，作为小辈的我心里总有一个"谜"：她在上海滩熏陶了大半个世纪，却依旧保持着原先的本真——光明、率真、刚正。她那"弄堂里扛木头——直来直去"的性格，无碍于艺坛对她人格及画艺的推崇和敬佩。这可是海上画坛罕有的风景。这谜底，我私忖当是缘于沉甸甸的两字——实力。

勤勉是天才之母，佩秋先生是极好的例证。髫年习画，数十年不辍地临摹名迹，有着他人不及十一的刻苦。她所到之处，纸笔不去身，艺旨不去怀，心无旁骛，观察生活必至精微，记录物象必抵善处，融会于手，贯通于胸。她之成功，在于浸淫经典，外师造化，中得心源，熔冶于一。故能工写俱佳，笔墨醇郁，新意迭现，妙入毫巅。

谚曰："巾帼不让须眉。"然而，也得看用在哪种场合。其实画坛不是战场，大可不必以性别说事。诚然，身为女性的画苑巨擘，她付出的艰辛当数倍于男性，这也是无须讳言的。

尤其值得一提的是，谢公与佩秋先生乃是伉俪。史上历来艳称赵（孟頫）管（仲姬）夫妇的丹青风流。千载下，谢陈是公认的翘楚，诚属"百世无双，千年一对"的画坛佳话。这是海上艺林之幸，也是时代之幸。

画艺有大成，书艺得锤炼。国画的大家，无不书法拔萃。若来负翁，以书滋画，由明人而法乳两汉，行草、散隶，朴茂沉雄，赫然大家。陆宛翁亦然，出入杨凝式、柯九思、杨维桢，吐壳啖肉，舍形取神，自成古拗倔崛风貌。稚柳师书风由陈洪绶而参张旭狂草，用笔逆入逆出，狂其态、清其气，笔涉风雷，翰逸神飞。唐药翁则由早岁书格的万种风情而转为峻峭严厉，运笔刀砍斧斫，闻得声响，诚可作大秦诏版视之。程发老书参简牍，起伏提按，神游太虚，别生奇趣。佩秋先生则取径晋唐，

陈佩秋画作

熟字生写，涩滞中寓飞动，自具韵姿。传统书画本是一家眷属，故吾尝谓：画者，具形之肉身也；书者，画之铮骨也；学识者，画之魂灵也，三者是互辅互惠的艺术命运共同体。三者合一，倘又佐以老天赐予之禀赋，则不成大家巨擘都难。上述六家，书画学识复合增美的成功实践，当证我言之不诳。

距离产生美。吾以为智性地拉远距离，益能产生崭新的大美。上述六家，潜心学习古来优秀传统，但又不为所缚，灵苗各探，濯古出新，形成个人独特、强烈的理念和风格。须知，先贤的宝贵积累，不是后来人沉湎栖息终身的"卧榻"，它只是智者、强者跃身前越的"跳板"，去开拓未知而尤可期待的远疆。笺短笔拙，对上述六家，无法展开细说，也无力细论，只能以草草的"印象"出之。概要言之，海上画派，远非一派一脉可囊括，它是多派、多面、多彩的浩瀚博大之"海"。海上画派，吐故出新，绚烂多元，是中国绘画史上缺不得且不可绕开之"海"，更是20世纪画坛里值得赞颂和深入研究的神秘之"海"。万花筒般的海上画派，若屈指点将，师承各别、风格迥异、成就卓著的书画印巨擘，当多于半百之数。本人策划的这个展览，则因时间紧迫及借展诸原因，仅推出其中的六家，但它从一个方面，在相当程度上显示出了海上画派对画坛、对时代的不凡贡献和永久的熠熠光芒。

2018年国庆日于豆庐

（原载《文汇报·笔会》2018年10月20日）

三登泰岳

泰岳，即泰山，亦称岱山、岱宗、东岳，是古代帝王登临祀天祈福的圣山。泰岳与嵩山、衡山、华山、恒山并称为华夏五岳，而泰山有"五岳独尊"的显赫地位。

1978年初春，为拍摄《书法艺术》电影，我与朋友一行五人访碑泰山。彼时经历寒冬的泰山似在冬眠中还未苏醒，落叶的树，无芽的草，一片土黄色，很莽荒的萧瑟相貌。晨八时进山门，拾阶而上，偶要攀爬土坡，一路走去，赏右侧大山坡上字大于斗、整幅字巨大到看不到边际的古代"大字之王"——《经石峪金刚经》刻石；观不知其年的五老松，它那奇崛开张如龙蟠凤舞的姿势，让我们绕着它转悠了四五圈，还觉看不够。此后的攀登中，也时时看到山路两侧那数不胜数的历朝历代官宦名士书写在摩崖山壁上的刻题，令我眼界大开。

抵达中天门，已日居中天。稍作休息，啃了点自带的干粮，喝了些肩背军用水壶里的凉水。再出发绕过十八盘，面对的是上南天门的那条陡峭而又近乎直线，如接天云梯的千百级石阶。畏惧于石级之多、难攀，这也是平生第一回，其间短歇了多回，终于踏过六千多级的台阶，到达南天门。傍晚四点稍歇又由南天门前行，走过一段不短的斜坡（今成了繁华的天街），经过碧霞祠等景点，似都无心恋栈。我等一行，醉翁之

作者在《纪泰山铭》前留影

意不在酒，也不在山水之间，而在于石刻书法。故而，对诸多景点我们都匆匆略过，直奔据说是"天地通衢"的玉皇顶。

前进玉皇顶，在大观峰的削崖处，居然见到了风流天子唐玄宗书写于高达数丈巨壁的《纪泰山铭》。嘿，这皇帝老官写得一手的标准隶书，明代大学者王世贞就赞誉其字："穹崖造天铭书，若鸾飞舞于烟云之表，为之色飞。"的确，在清代中期汉代隶书未被出新之前，玄宗的隶书也称得上是一等一流的。那古苍畅达的台阁体式的隶书，我等一行仰首俯腰地赏读了半晌。就我而言，这《纪泰山铭》字字如蜜，足以消去我身上三分的疲乏。

到达玉皇顶住所，先卸下随身的行李和摄影器材，此时我辈个个气喘吁吁，臭汗一身，腿弹琵琶，脚生血泡。记得同行的一位张姓小伙子，回程时下山由泰安到天津。在热闹的劝业场里，已走上了二楼，竟因腿软，一个跟斗滚翻着摔到了底楼，一时引来观者如云，让他颇为狼狈。攀登泰山，身体透支如此。

那时节，山上还多余雪。风萧萧的晚间睡在招待所里，还算暖和。翌日晨四时，裹上借来的棉军大衣，急匆匆地赶往东侧日观峰的拱北石景观台看日出。记得李太白有"日出东方隈，似从地底来"的诗句，我这次要亲见奇景了。寒风中，急切地期待日出，终于，旭日在一片曙光的簇拥下，矜持地露脸了。那奇艳的红，似乎只有刚出炉的钢水才有这般厚实、凝重、绚烂。眨眼间旭日已从海上跃起，爬上远处起伏如波涛的群山，这以天地为幕的大观，奇妙到铭心刻骨。此时高居山巅而临下的我，不由得吟起了"山登绝顶我为峰"的诗句。自豪啊！

2008 年盛夏，又有登泰山之旅。但此时"旅"的辛苦，都被现代化的交通工具一扫而光，"攀登"一说，成了夸张说辞、虚张声势。旅游车直送中天门，再乘坐缆车空降到南天门。一路上满目碧绿，生机勃勃，大有"游"之乐，而无"旅"之艰，甚觉轻松。但世上事，有得必有失，步行登山的一路景致也因此无缘欣赏，不免生出了浓浓的失落感。

旧地重游，泰山已不复三十年前我初游时的清寂，变得游人如织，熙熙攘攘。美景恨不百回看，午后时分，又登上了观景台，体悟孔子"登泰山而小天下"的感受，玩味杜工部"会当凌绝顶，一览众山小"的诗境。然而，环顾南北而有所思，此处泰山独高，再遥望西南，那边陲上的珠峰，要高出泰山若干倍。珠峰有灵，会视泰山为小丘的。又想到古人常用"泰山北斗"作美喻，将泰山与北斗并列，其实，居北斗而俯看泰山，

登山小己

老大努力

它仅是砂石一粒，渺焉难寻。我彼时不由自问：天下小了，泰山小了，"小天下"的自身岂不更加渺小了？初登泰山时的莫名自豪、自大此际被一扫而空。得此感悟，折返海上后，我披刀叩石，刻了一大方印，曰"登山小己"，自警也。

八年后，岁近八旬的老朽，有幸三登泰岳。旅游业更加发达了，在一条龙衔接的全程周到服务下，一切攀山艰辛的顾虑早已全消。初登泰山时九小时的路程如今仅需一小时，在车上，在缆车车厢里，坐看窗外，满山遍野的绿，还夹杂着些许的红，天成的斑斓，是老成而醇郁的秋滋味。那明灭断续的登山路，似断线的珍珠串，时隐时现，美极。也怪，我总觉得人的思维多有"贱"的一面，至少我是如此。初登泰山时那般艰辛，多挪身一步都觉烦难，那时多向往一步登天的舒坦便捷。如今，舒坦便捷了，却又惦记着当初辛苦中才能获得的乐趣。

还惦记着藏匿其里的满是佳境的"经石峪""五老松""十八盘"，以及沿山镌刻在石壁上满目琳琅的古贤题记。我庆幸，亏得有第一次全

"三登泰岳"及边款

程的步行，否则，也许以为巍峨的泰山，其妙处仅在山巅的几处胜迹呢。

我是一个喜欢胡思乱想的人。社会发展快，以往从上海家里去泰山至少几天方能折返的路程，如今半天即可。想想封建之世，江南书生进京赶考，路上少则三个月，多则半年，如今飞机两小时，高铁五小时；以往写篇论文，搜找资料，颇费时日，有时累到中断写作。如今网上查阅资料，许多材料举手可得。高新科技喷发的新时代，衣食住行及大量作业的工作量都被省时省力地缩短了周期。原先做一件事的时间，现在可以宽裕地做成三五桩。节省了时间，增加了效率，间接地延长了人的寿命。对于我辈攻艺者来说，活他七十岁，不只是活了一百六，生逢其时，幸甚至哉！

趁着万里无云，能见度好的机缘，俯看山麓下的泰安城，高楼林立，栉比鳞次，好一座洁静而现代的都市。四十年间，三次寄居于城里的旅舍，一次一个样，次次见新妆。记得1978年的泰安，只有简陋透风的客栈，破旧的公共车辆，一排排矮小的房子，间杂着东倒西歪的残垣断壁。小巷多用高低不平的乱石铺就，时见空洞累累、皮皱叶稀的千年树木。登山途中更是时常遇到坑坑洼洼的山径……总之，一切陈旧，少见新物。

当时我就跟同伴们打趣：虽时空久远，如果孔夫子、杜甫再来重游，想必是无须问路，更不至于迷途的。当然，泰安这一幕现在已是老皇历了。久久地站立在观景台上，由远而近，感受到一座山、一座城市的勃勃生机，新的得体，古的雅致，相得益彰。今胜昔、换新天，靠的是不断奋斗、不断努力。由景及心，此时不无联翩的浮想：古人有句"少壮不努力，老大徒伤悲"。吾今老大矣，生理上当服老、知老，心理上应年轻、忘老。岂能借口自己的年衰体弱而虚度岁月，空抛时光？

折回申江，即择佳石，挑灯刻制了一枚"老大努力"的印章，既以明志，也以自励。

泰山拱北石景观台，对我而言，不仅可观山赏景，更像是无声的传递正能量的讲台，作为一个年届八旬的文艺老学生，三登泰山，曾让我三变心志——

"山登绝顶我为峰"，是盲目膨胀的自信；

"登山小己"是清醒而及时的自警；

"老大努力"是衰老不言退、不言败的自励。在既往的四十年，见证和蕴蓄着华夏文明史的崔嵬泰山，对于我是净友，更是良师。感恩。

（原载《文汇报·笔会》2019 年 4 月 10 日）

不可无一 不可有二
——五百年篆刻流派艺术出新谈

上溯到明代中期的流派印章发展史，是一部篆刻艺术的出新史。就中不乏勇猛精进的出新者，但也更多安之若素的守旧者。这些繁星般的守旧者都在不远的未来中沉沦消匿，那为数寥寥而标志着时代的创新家，却在青史上添写了光辉的一页又一页，开创和续写着一部流派篆刻艺术的发展史、创新史。

新与旧，理当辩证地看待。今日之旧，曾是往昔之新，今日之新，也将成为今后之旧。求新者一笔抹杀往昔之新，不借鉴传统；守旧者一味恪守往昔之新，不思前进，都是偏颇的见地。付诸实践，难免多面壁、少建树。况且，从篆刻史的角度现察：往昔的新面是历千秋而不旧的，它始终在百花园里占有一席的新面，只是依样画葫芦者才是令人厌倦的陈腔滥调。所以，学艺者当以"不可无一，不可有二"为诫谏。如今，我们来研究明清流派篆刻艺术"不可无一，不可有二"的出新史，把握创新家苦心的探求和成功的奥秘，对于后来人是不无裨益的。

在我国独特的篆刻艺术领地里，有着两座令人翘首仰望的高峰，一是秦汉时代的玺印，一是明清时代的流派印章。明清流派印章区别于秦汉印大致有三个特征：

其一，区别于先前印材采用金属和牙玉，制法多为铸、凿、琢，明清时则以叶蜡石科的花乳石（即今日泛用的石章）为印材，制印方法为镌刻。石章质地松嫩，为表现擅变善化的运刀技法提供了理想的物质条件。

其二，区别于先前印工的制印，有金石癖的文人成了篆刻界的主体力量。文人善思量、能变通，足以在方寸的小天地里表现千差万别的奇姿异态。

其三，区别于先前印章世代听其自流的蜕变和缺乏对传统自觉的借鉴，它以两千多年的历代印章传统为肥壤沃土，并涉猎书、画、文字学领域，以优厚宽博的多种养料，滋补和充实着它丰富多彩的艺术性。

正是这三个特征，使得篆刻艺术有别于其他传统姐妹艺术，在绚烂的秦汉印之后，时隔千年，崛起了辉煌的流派印章。

这辉煌业绩的开创者是文彭与何震。在他们那个时代，充斥印坛的是宋、元九叠文官印和芜杂庸俗的私印。九叠文印文字的屈曲盘绕，布局的平满闷塞，和社会泛滥的私印气格低劣，了无情趣，刺激着文、何强烈的革新感，他俩首先拣起被时人抛到九霄云外的传统技法，以文字训诂学问力矫时俗印章文字的讹误不经，以篆书的书写笔法力矫九叠文的盘曲失真，以精妙的汉印艺术力矫时俗印章的浅陋怪诞。要言之，文彭、何震在这被古人贬为"雕虫小技、壮夫不为"的篆刻艺术里，出人头地地从本源上着意改造，以去繁缛求简括，去板滞求空灵，去芜杂求纯正的化古开今的清新面目，荡涤了时俗印章的恶习，打开了流派印章的门扉，一行百从，一呼百应，风气转盛，确立了他俩作为明清流派印章开山鼻祖的崇高地位。

文、何作为有明一代的宗师，从者如云，其中不乏衣钵相传的高手大匠，但在文、何外能自出机杼、面目独造的，当推汪关、朱简。倘使说，彼时的印坛里，绝大多数印人是在完善文、何风格上下功夫的话，那么，汪关、朱简却是在回避文、何，开辟新腔上做努力。

汪关治印显然摆脱了文、何影响，他治印白文取径汉铸，朱文取法元人。他善于运用冲刀表现光洁圆润的笔意，白文注重并笔，强化了印面的含蓄感，特别是刻朱文印，在笔画的交接处，故意留有"焊接点"显示笔画的纯厚稳扎，是他的首创。他的作品雍容典雅，华贵妍秀，嫩处如玉，秀处似金，具有沁人的书卷气息。如果说，文、何治印的风貌稍觉板滞，则汪关治印的神情是生气盎然的。他的面目流传较文、何为远长，直至清代的林皋、巴慰祖等都是他的流风余绪。

朱简是独见胆魄的创新家。迥异于文彭、何震、汪关，他对传统的借鉴由两汉而周秦，取法乎上。他是流派印章里第一位表现周秦玺印意趣的篆刻家。他用刀，也迥异于文、何长切的技法，首创为运刀碎切的新腔，一根笔道，往往由多次切刀衔接而成，锋刃起止，似合而离，流露出犀利的刀痕，犹如表达书法运笔中提按使转、顿挫起伏的笔意。因此，他的新风格是古淡奇拙、苍莽通峭、特具气势的，既有刀的镌刻感，又有笔的书写感，刻刀成了名实相符的铁笔。他开创的新面名蜚彼时，而又贻福后世。到清乾隆时丁敬创立的浙派，不难看出是以朱简作风为滥觞的。

明清之交，印坛沉寂。生面别开，唯有程邃。程邃能书善画，擅长诗文，多方面的艺术修养，有助于升华作品的意境。他的白文印法汉印，朱文印宗古玺，而妙在运刀。前人运刀，切刀用刃，冲刀用角，用刃易得苍劲，用角易得圆健。至程邃，他在运冲刀时又辅助以披刀，披刀是运用刀刃上方的刀背部位，以刀背披擦笔道的石口，浑脱而有质感。这是程邃对流派印章艺术用刀的新贡献。他的作品，游刃恢恢，醇朴凝重，前所未有。至清代怀宁邓石如创立皖派面目，实以程邃为基点的。

力矫时弊，师承周秦两汉优秀传统，复兴古法，冀求新面，是程邃以前流派印章的成功处。但由复古出新滑向恋古守旧，以抚秦仿汉或师法文、何、汪、朱为能事，积至清初，反成为阻碍印坛出新的一大弊病。

秦玺汉印这出新之源，竟成了守旧之窝。以敏锐、深邃的见识看出这一弊端的是丁敬。"古人篆刻思离群，舒卷浑如岭上云。看到六朝唐宋妙，何曾墨守汉家文。"丁敬的这一诗篇精辟地阐述了自己不甘"墨守汉家文"，要冲破秦汉印藩篱，广采博取"六朝唐宋"印章的妙谛，决心"思离群"的出新道路和宗旨。他也确实这样实践着，对秦汉以降各个时代的印章，以及明贤的流派印章都做了扎实的研讨和汲取。不为恋百花，在于酿佳蜜。终于取百家之长，孕育变化，形成印坛的又一新面——浙派篆刻艺术。丁敬治印，文字多用缪篆而参以隶意；运刀取径朱简、碎刀入石且沉稳生涩；章法熟虑深思，工稳妥帖，无懈可击。印章面目众多，而一归于清刚朴茂，古拗峭折。丁敬风格之新、影响之巨、声誉之隆、追随者之夥，均为前贤所未及。

前人将丁敬开创的浙派和他同籍的后继者七人，并称西泠八家。其实，八家之中除钱松不囿浙派，自有建树外，余六人均是取法丁敬新面之一翼加以发挥完善，其成就是不能与开宗列派的丁敬相提并论的。六人之师丁敬，概括地说：蒋仁得其醇，黄易得其秀，奚冈得其质，陈豫钟得其工，陈鸿寿得其雄，赵之琛得其能。浙派篆刻艺术传到赵之琛，出现了厄运。赵之琛治印每称仿汉，实为抚丁，他师法丁敬，最为精能熟练，但熟不返生，熟不求变，势必溃烂。他治印篆法、章法和用刀的程式化替代了因印而异的构思，千印一法，千印一面，只见到滚瓜烂熟技巧的一再重复，见不着艺术情趣的时时翻新，以至于丁敬呕心沥血形成的新面，在他的腕底成了极为庸碌的陈腔。如果说，丁敬是惹人注目的浙派道路开拓者，那么，赵之琛至多是这一道路上的旅游者！

其实，艺术家的出新业绩，本不能斤斤于个中技法，而在于高人一头的想头和能改变固有的潮流。邓石如正是当之无愧的巨匠。如果说，丁敬及其以前的印章只是在印内求印，翻为新面的话，那么，邓石如开辟的是使印章冲破印内求印藩篱，进入印外求印崭新而开阔的疆域。他似乎意识到：一味印内翻新，余地不多，难以驰骋，只有把印外的营养引进到印章里来，才会天地宏宽，有大的出新。他曾镌刻过"淫读古文，甘闻异言"的印章，这虽是王充的文句，也可看作邓石如那种"离经叛道"的旨趣，但"离经"正是为了续写古之无有的新经，"叛道"正是为了开拓前人越走越窄的小道。当然，作为印外求印的先行者，他的印外求印，表现为运用书法的妙谛入印。他善于将多种风貌的篆书体势引入印石中。刀落石开，起止使转，抒发了酣畅流走的笔墨感。他善于"计白当黑"，阐述了章法上"疏处可使走马，密处不使透风"的原则，使印章的分朱布白大胆开合，险绝有致，具有强烈的对比感。他的运刀也区别于前人，用冲刀而力点不在锋杪而在刃背，迎石披削具有爽利的洒脱的醇美感。邓石如作为印坛点燃印外求印火苗的巨人，他不仅自己因开创邓派艺术而声名显赫，就是之后一些大家的蹊径别开，也自有邓石如引路的功劳在。

邓派风行，师者如流。而能自出新意者唯吴熙载一人。他学艺诚实，虚怀若谷，至老不衰。晚年时手制印稿逐一自评，满意者不到十之一，足见律己之严。吴的师邓而出新处，首先是表现在配篆上，他深获展蹙穿插的妙理，蹙以求其结密，展以求其婀娜，穿插求其呼应，使一印多字，顾盼生姿，浑然天成，此法曾为后之吴昌硕扩而大之。其次是表现在用刀的技法上，前人用刀似有定法：切刀者运刀刃，冲刀者运锋角，偶有披刀者运刀背，且三种刀法，用者始终是恪守一法至终老。吴让之用刀的高明处在于三法兼用并施。换言之，即刀用三面——锋角、刀刃、刀背。用锋角求其坚挺，用刀刃求其苍莽，用刀背浅刻披石求其浑脱。因此，他精湛而随意的用刀给镌刻后的点画以内涵丰富、百看不厌的生命力，似"屋漏痕"，如"折钗股"。故后之宗邓者大抵以吴为师，与此是大有关系的。

印外求印的道路是广阔八达的。邓石如利用传世的碑碣法书滋补孕育新面是一发明。赵之谦则利用当时社会对地下文物的新发现，尽情借鉴发挥，作为他印章艺术中的新发明。赵之谦是一位才情横溢的艺术家。他治印首先不把配篆文字依附于陈旧面熟的字书，而是面对现实，敏锐地驾驭晚清出土文物益夥的条件，对获见的权量诏版、砖瓦碑刻、帛布镜铭的文字均至微入妙地运用到篆刻中来，以前代印家未能一见的多姿多式字体，作前代印家不可思议的变幻无常印章，以致使他的篆刻艺立异标新、出人意想、生面别开。在历代印人中，赵之谦是风格众多的作家。众多的风格，正是赵之谦的风格。也正是这开创了众多的但尚未能完善的风格，给了后来黄士陵、齐白石至关重要的启发。诸如，他首创单刀直冲的方法，刻了唯一的一枚白文印"丁文蔚"，大刀阔斧，锋颖逼人，开启了齐白石纵横淋漓风格的胚胎。又如，他以错落不等的线条排列镌刻的"灵寿花馆"，成了黄士陵在平板中寓变化、稚拙处藏机巧一路风格的先河。

赵之谦不仅在印面上驰而不息地尽情发挥他的聪明才智，而且在边款上也做了前无古人的重大创造。魏书刻款，朱文边款，以至山水、人物、走兽都用以入款。由于赵之谦在边款上倾注的心力，使原本被印人多有忽视的边款，由不起眼的附庸身份而升腾到具有相对独立性、表现力的地位。边款，这块篇幅大于印面的天地，以往基本上处于未做相应耕耘的荒凉状态。到了赵之谦的手里，才真正地被作为"新大陆"给以充分的开发！使它成了袖珍的碑刻、精微的画面。

艺术本无出新的具体公式，唯有抽象的规律。即使是规律，也绝非一成不变。须知，破前人宣称的公式、规律而自立，正是部分出新者的诀窍之一。如赵之谦宣称："汉铜印妙处，不在斑驳，而在浑厚。"吴昌硕的新面，却正是通过乱头粗服、不衫不履的"斑驳"而获得"浑厚"的；又如前人声称：刻印注重于刻，不宜过多地在雕琢上下功夫。而吴昌硕的新面，正是着力于"雕琢"，但又能"既雕既琢，复归于朴"，从而赢得一种似铸似凿、似风化漫漶却高古沉雄的艺术旨趣。

同属印外求印，吴昌硕在印章里融冶的是石鼓文圆浑峻厚的笔情和泼墨写意画脱头落襻的画意。他敏颖过人，却甘下深沉的功夫。治印重视起稿，配篆、布局均反复推敲，而后奏刀。一印初成，往往搁之案几，精心收拾残局，运九朽一罢之功，生一挥而就之效，以至于产生制作时"一气呵成"的误解。以此而论，前人的收拾残局，为的是修补刻刀的不足，而他是在进一步发挥刻刀所不能尽职的效果。他刻凿击敲印文、边栏和印面，使作品破而不碎、草而不率、粗而不陋，神完意足。此外，被赵之谦误认为"印范"的"泥封"，是前人未能从中求得好处的品类，吴昌硕却心领神会地用以作为开创自己面目的依据。他借鉴改造了"泥封"毫无雕凿痕迹、烂漫天成的四则边栏，将自己印作的边栏做了粗细、正欹、光毛、虚实、轻重的调度变化，使边栏与印文酝酿出一种"牵一发而动全身"的密切关联。这也是前无古人的发掘。

篆刻艺术的发展史表明：对传统，包括优良传统的模拟、照搬，对己虽有莫大乐趣，对印学却无一丝贡献。那些相貌的"血统"相近者，不管他自我的心愿如何，都将被归纳于一面有代表性的大纛旗下，由一位最先也最有成就的首创者作为他们当然的领衔。领衔者名留青史，其余则声迹消沉。而出新的印人，注重传统，但始终只把它作为自立门户的途径和手段。他们了解研究传统的深度是模拟、照搬传统的印人所不可比拟的，他们能得体地分析把握历来篆刻家风貌、技能、气质的异同，知道哪些为前人已有、哪些为前人所无，从而清醒地避其雷同，立其异殊，鉴其所有，创其所无，一无依傍地祭起独立而不可能合并于前人麾下的旗帜。继之前贤，黄士陵正是这样一位戛戛独造的篆刻家。

不妨以吴昌硕的印章与黄士陵做一比较：吴昌硕的篆刻以貌拙气盛、

粗服乱头为特性，黄士陵恰恰是以俏丽俊挺、富美堂皇为形质的。越是具有强烈对比的意义，越是为他俩各自的风格增添了特殊的光彩。就具体的技法而论，吴昌硕的篆法在展纵间取势，黄士陵则在收敛中取势；吴昌硕篆法方圆相参，以圆为主，黄士陵则方圆相参，以方为主；吴昌硕以几番的修饰丰富镌刻感，黄士陵则以奇特的用刀技法同样丰富了镌刻感；吴昌硕的气质是以斑驳得浑厚，黄士陵则以光洁得浑厚……取前人、他人所未登攀过的殊途，同归于篆刻艺术至高的峰巅，显然是值得我们求艺者所深省的。

黄士陵在篆刻艺术上迈出的新步伐要点有两个：一是在篆书文字的间架安排上，对横、竖线条别出心裁地做了斜侧、短长、紧疏、粗细都具有十分精微变化的几何搭配，制造了一种平而不平、乱又不乱、参差错落、令人揣摩的迷惘气氛；二是在用刀上，他突破了前人用刀的程式，刻白文印，往往在线条一端的外侧就起刀，留出尖挺的刀痕，刻朱文印偶尔从线条一端的内侧起刀，留下类似书法起笔般的石屑，产生了有笔有墨、丰富印面的艺术效果。总之，他的作品，粗略看去，近乎呆板，然而，这正是他有意设置的用以掩饰其内涵风标巧丽的表象。正因为风标巧丽的本质以平直呆板的形式出现，掩饰而不遮没，使作品含蓄、深沉、幽默、耐人寻味。

吴、黄之后，齐白石是一位名声极大不能不谈的篆刻家。他的印作以淋漓痛快的单刀直入，开创了强悍激越的新面，在五百年流派篆刻出新史上占有理所当然的一席。但平心论之，齐白石个性强烈的长处中正潜伏着单一空泛的短处。篆刻艺术是对立矛盾相生相息的结晶。在一件印作里能容入益多益烈的矛盾并处理得一无矛盾，险中获夷、绝处逢生，方为佳作。换言之，艺术品中之矛盾宜多不宜少、宜繁复不宜简单，于和谐协调的印作中，能窥见争难斗险、措置不凡的冲突活动才算妙制。而齐白石的许多作品在这方面是显得欠缺的，诸如，他的篆法习惯于舍圆就方，而篆法之妙正在于方圆互用，方以求其劲悍，圆以求其浑脱，失于一端，则会刚而乏柔，陷于犷霸。又如，他的章法习惯于虚实处理为斜角对称，或边疏边密。而章法之妙正在于虚实疏密，随印生法。以一法而统括百印、千印，必将公式化、概念化。再如，他的刀法习惯于单刀长驱，而用刀之妙正在于痛快而能含蓄，痛快求其爽劲，含蓄求其深沉，舍含蓄而图痛快，难免抛筋露骨，失去蕴藉。诚然，这些短处在齐白石身上只是"潜伏"而已，他的多方面的学识修养，特别是精湛的画艺和书技，使其能扬长抑短，不失为大家风度。但后之学者，不做分析地如法炮制，就会扬其短而弃其长，产生出无穷的弊病，既损害了齐白石，也危及自己的艺术生命。

（原载《美术丛刊》1981 年 11 月第 16 期）

理念的辉煌

——再论五百年篆刻巨匠的出新

篆刻，是一门奇妙的艺术。以"篆"论，它纳文字于印，印化本身是布局的艺术，在方寸之地，线与线、字与字微妙得体的处置，计白当黑，气象万千，使其自具山川异域般瑰丽辽廓的风景；同样，枣栗之地，让书写意义上的线条，经过"刻"这一环精湛刀法的锤锻、再塑、升华，令其有如电闪、锥画沙、折钗股般咀嚼不尽的丰厚意趣。篆刻堪称是芥子纳须弥的小中见大的一门艺术。

篆刻艺术虽历时久远，印人众多。概括地讲，它只是少数印坛巨匠们辉煌的"推陈出新"史。而出新的风貌究其缘由，又无不是他们拥有各自独特自塑的理念。

对于"理念"一词，《辞海》解释为"看法、思想、思维活动的结果"。又称"理论，观念（希腊文 idea）。通常指思想，有时亦指表象或客观事物在人脑海里留下的概括的形象"。笔者认为实践是理念产生的根源。理念是与不断扎实的实践相关联，在实践中，所做、所思、所想，逐渐上升到理性的指导性高度的观念，始可称之为"理念"。

新理念，则是区别于前人、他人的，纯属自我而获得实践验证的发现、发明性的认识总结，这才算得上新理念。

　　在四十年前，本人曾经撰写有《不可无一，不可有二——论五百年篆刻流派艺术出新谈》的文字，首次对五百年的明清印史做了剖析性的总结。然而，当时的着眼点，只是从传承、风格、技法上着力，不免有着"知其然而不知其所以然"的缺憾，未涉及这些出新的印坛巨匠，对其所以能出新的理念源头进行梳理。在较长时期的研求思考中，笔者渐渐地理出了些头绪。刀出于手，手是由脑袋指挥的，脑袋又是由理念所支配的。新理念，正确、新奇的理念，方是印人孕育、实现创新特立的源头和本谛，是印坛巨匠生成新面的魂灵。没有新的理念，不可能真正地守正推陈，接过前贤的接力棒；也不可能承担起推动篆刻艺术勇猛前行的守正创新。

　　推陈有得，创新有成，关键还在于有独造的新理念。理念产生于实践，又高于实践，指导实践。结合理念的主宰、灵魂意义，试对明清一些代表性的群体和巨匠做一剖析。

　　　一

　　在魏晋以后，纸张的普及替代了竹木简牍，公私印章的使用方式和手段都发生了革命性的变革，加之秦汉用字，尤其是篆书退出了实用的历史舞台……诸多原因，促使印章总体的实用性，特别是艺术属性出现了隋、唐、宋、元以降的近十二个世纪的式微。式微不是消亡，而是坠入低谷期。在这漫长的岁月里，有印章的制作和施用，其普及程度、艺术水准，显然是不能与周秦汉魏相颉颃的。当然，此时也不乏创作和关注印学的匠人和学人乃至印作，但颓势难挽。史载，唐人即出现过"玺谱"，但早佚。宋元时期，也有关注于上古玺印的学人，但所见原物有限。（因为周秦两汉的玺印，存在量极少，大量的官印都因被彼时的官制加以销毁，私玺印又多殉葬入土。）我曾研读到过十余种宋元印谱的史料，除元代赵孟頫手摹三百四十方印成《印史》两册，余都为付之枣梨的俗工翻刻木版印刷的中古印谱，而其摹刻水平则是称得上面目全非。这也难怪，其时辑谱，除赵孟頫外，多非出于艺术的本心。如李邴是着眼于"古文奇字"；揭汯着眼于"遗文旧典"；王沂着眼于"稽时世先后，书制度形象，考前代官制，辨古文籀篆、分隶之同异"。故而印人读到此等灾及枣木的印谱，以为多不可取，连明末翻刻水平尚好的顾氏《印薮》，印人甘旸也尖锐地认为："翻讹迭出，古法岂不渐灭无遗哉。"又如，陈钜昌对木版翻刻的印谱亦称："梨枣所传，十不得五。即抵掌叔敖，犹效颦里妇，加之蠹鼠，遂极鲁鱼，即锈蚀遗文，已非其旧。"把这类翻刻印谱说得一无是处、丑陋无比。其实，这些宋元印谱，也还是内蓄着大信息量的珍贵史料。除去艺术性缺失，自有其可贵的存在价值。此外，今所能见到的唐、宋、元印实物，就中也还有可取的时代特性和可取的艺术品质，乃至偶具清新可人之品，是不应轻率地一概抹杀和否定的。

二

晚明，在中国篆刻史上是一个伟大的存在。决定了篆刻艺术要印起千年之衰，成了衰极而盛的历史性转折点。此时，诸如易于受刀而晶莹的青田石在印坛的广泛引进采用；以顾从德集辑的上古玺印原物精准钤拓的《集古印谱》问世，为好古好印的彼时文人提供直面亲灸上古玺印经典的学习借鉴范本。际遇交会，长久以来渴望刻印的文人群有了亲力亲为篆刻之乐的机会。刻印的热情如开闸之洪，沉寂的印坛由寒冬急转盛夏，队伍庞大，情趣高涨，印谱、印论迭出，果实累累。从而，在印坛开启了足以与周秦汉魏相对峙又一高峰的大幕，这也就是被我们定名为"明清篆刻流派印"朝气蓬勃的新时代。

诚然，在晚明这短暂的时段里，文人印家，蜂拥并活跃于印坛。时人的集古印谱、自刻印谱，乃至印学论著即不下百数，说是异军突起当不为过。笔者当初曾将其中最具代表性印风的印人，遴选出文彭、何震、苏宣、朱简、汪关五大家。他们是彼时杰出的巨匠，但又都具有初生代篆刻家的特质。总体而论，他们的理念是推倒中古、跨越中古，直追上古的"印宗秦汉"。在流派印章的初生期，这种学乎其上的"复古运动"和"回归意识"，不同于后世的守旧恋古，在彼时都是必要的、有益的、合乎逻辑的。即使在这理念集体化"印宗秦汉"的时段，睿智的初生代篆刻家里，从"篆"与"刻"的两端考察。在"刻"的方面，也不乏有新理念的印人。以前，古人治铜玉牙印不可能施用的爽劲直驱，何震面对青田石的利于奏刀，顺应地创造了以直冲刀法治印。在"篆"的方面，他注意到力求篆文的讹误有本，称"六书不能精义入神，而能驱刀如笔，吾不信也"，并首创了"刀笔兼得"的冲刀刻印及切刀刻款的技法。在今天看来都不算稀奇。但在彼时可是一种匡古未有的发明，是独领风骚的。又如朱简，也对此前择篆的荒诞不经，编写有《印书》的篆文字典

（孤本，未出版过）。"刻"也大别于何震的强冲，而是以适应印石的切刀为主的技法。避同求异，开了先河。在"印宗秦汉"的初生期，也算新理念支撑下的创造。但其步伐欠大，也是实况。故而，清初秦爨公以苛刻标准衡量彼时及先前的印坛称："未脱去摹古迹象。"但初生期的局限如影随形，庶不可免，非但不必厚非，还得为之鼓掌才是。

篆刻到了清初，程邃的出现，已初步形成了书、画、印气格一体的理念。所作画渴笔古厚，印亦如此，且多刻意地以秦以前的奇字入印。因受讹误多多的《六书通》一书的影响，择篆不免有些讹误错字，但他已意识到"印宗秦汉"的理念狭隘。结合古玺印，去表现浑朴淳郁的气格。正是这一新理念，使其成为清初印坛不二的巨匠。

乾隆时期的高凤翰，也是有新理念的印人，破方正雕琢，求烂漫自在，所作恣肆汪洋，饶有狂放的醉意。可惜在彼时是不被世俗接受的印风。

三

丁敬小高氏十二岁，作为浙派的开山鼻祖，他就不客气地推倒了"印宗秦汉"陈旧到层层相应且狭隘的理念。他的探索之路是摆脱了"追踵秦汉"及追求先前一家一派的局限。视野空前开阔，触角广伸，既学习借鉴周秦汉魏，又重视被前人视为不屑的六朝隋唐宋元时期印章中可掇取的妙趣。对玺印自初出到元明做了全面的梳理、学习、消化、借鉴、开拓。丁敬是二百年流派篆刻史上风貌最多而风格醇郁的巨匠。正是这一理念是前无古人的、崭新的，从而开创了耳目一新、从者如云的浙派。

睿智的丁敬，把"印内求印"的探索和成果，推向极致，堪称是"印内求印"的集大成者。

从明人的"印宗秦汉"到程邃的"上溯古玺"，再到丁敬的跨越宗法周秦两汉的局限，广泛到上探苍穹下碧泉，几乎穷尽了"印内求印"的求索途径。

丁敬无愧为开创新理念的巨匠，而宗法丁敬的浙派传人，蒋仁、黄易、奚冈、陈豫钟、陈鸿寿、赵次闲六家，虽也多成绩，但都还是在丁敬开拓的地盘里转悠。有高妙的技法，无更新的理念，决定了他们只是丁敬理念，也必然是风格的承袭者。

"新"的重复就失去了新鲜度，自有出新的聪明人。邓石如也正是这般威武地登场了。我们从邓石如癸卯（1783）四十一岁深秋天寒，旅居镇江的他，置印石于火具中，见石上呈"幻如赤壁"之图，遂在其色块上详尽地记其事，并在印面篆刻苏东坡句"江流有声，断岸千尺"，此中即可领略到他艺术上独具的变通想象力。他机敏地洞察到"印内求印"这条古道已经被丁敬开辟成了旅游线路，少有新鲜可言。在认真学习古人及前贤篆作的同时，他另辟蹊径，迸发出"书从印入，印从书出"的新理念、新印风。开创了对后世影响更巨的皖派，魏稼孙称其为"奇品""别帜"。浙派篆法尚方正，他尚圆畅，浙派刀法尚切，邓氏的刀法尚冲兼披，浙派及古来的印章，在篆法上少顿挫提按的节奏。明末虽有"用刀如笔"之说，讲的还是工具的功能。而邓石如从汉碑篆额，乃至汉人篆隶中体悟到笔势、笔意、笔趣节奏起伏的特殊魅力，破天荒地引进、借鉴到篆刻中来，真正地达到刀笔互换，互补，魅力倍增。这不能不说是一个大跨度突破的新理念。刻印的疆域自此有了多向多元的拓展，也客观上促使篆刻艺术加快了走向现代的步伐。

由丁敬的篆刻对"印内求印"的终结性成果，到邓石如新理念"书从印入，印从书出"的成功体现，这一重大的转型，我们不能将其仅仅看成是印坛的变局。事实上，篆刻理念的突破、更新，无不与彼时社会大文化趋势息息相关。邓石如的开宗立派，及其后印学、印艺的迅猛发展，都与新兴的乾嘉学派金石学的进入鼎盛期相呼应、相衔接。诸如当时风气日炽的三代铜器、摩崖碑碣刻石、画像石刻，以及铜镜、符节、砖瓦、钱币、封泥的发掘、探索、鉴藏、考释、传播，给印坛提供了丰富、奇幻、新鲜的文本，渗透并滋养、推动着印艺理念和技法的践行。

邓石如"书从印入，印从书出"的新理念，令印坛叩开了更广袤壮阔的、多姿多彩的"印外求印"的疆域。

邓石如的印从书出，书印相融，印作绚烂而婀娜，生动而多姿，方寸的天地里，有着恢宏的万千气象。故其传人从吴让之，到稍后的吴咨、徐三庚、赵之谦等都吸取过（不是照搬）拓展着这一别辟的新径。但不同于丁敬浙派传人们的面目相对模糊难辨，个个都个性清晰，各具风标，不易混淆。这也许是浙派在之后的发展逊于皖派的原因之一。

四

严格地讲，新理念只属于开创者，对于模拟传承者而言，它即是"陈"而不"新"了。邓石如"书从印入，印从书出"的新理念，对传人吴让之来说，的确不算"新"。那么吴让之何以有那么大的后劲和影响力呢？有人说是邓氏传世印少，赖吴让之一生刻印二万多的发扬光大，有点道理，但不完全。试想丁敬存印仅七十余方，浙派传人济济，刻印存量更多，何以不能有吴氏那般的艺术影响力？赵之谦尝评吴让之印"手指皆实，谨守师法，不敢逾越"纯是误评，将其喻为"谨守师法"且"不敢逾越"是说不过去的。吴让之的伟大，在篆刻的"刻"字上。他巧妙地让刀角、刀刃及刀背互换兼用，用刀一如书法的八面用锋，开创了完全区别于前贤的新理念、新技法。塑造了"浅刻披冲"朴茂自在、婉畅虚灵的新印风。他曾自负地批评"刀法文氏（文彭）未曾解"。汪鋆则称其"使刀如使笔，操纵之妙，非复思虑所及。其以完白自画者，殆谦尊之说"。吴昌硕的公子吴涵刻款中有对吴让之刻印用刀妙技的记载："家君时训示其用刀之法。"称"时"则非偶为的三五次。令人惋惜的是，"训示"的要义，并无具体的记录，实乃憾事。倘使我们细加考察，自明末至邓石如所有大家镌刻的原石，都是深刻深挖的，其深度，无论朱白文印，都较吴氏至少深过一倍。如赵之谦的朱文印的深度较吴让之更是在一倍以上。"浅刻披冲"完全是吴氏横空出世的发明。正是这新理念、新技法，使其拥有了不下于邓石如的历史地位和至今依旧强大的艺术磁场。流派印章一路勃兴，到吴让之出，才有了刻技"神游太虚，若无其事"石破天惊的刀法创新。前人都忽视未被触及的，乃至玄乎其说的悖论，被吴氏揭示并淋漓尽致地得以表现。所以说，这是刀法上探索开创的新理念，是刀法走向现代的觉醒和美妙的展现，也是吴让之对篆刻创新的大贡献，堪称是三百年来无此君。其实，在配篆上巧用上下文嵌入的手段，使方正的小篆，通过他巧妙的印化，顿生出修长的姿势和妖娆的意趣，此法也每为吴昌硕所借鉴。对吴让之用刀之特别这一点，似乎大都被印家忽视了。诚然，对于这点，吴昌硕是彼时唯一解人。而天才的赵之谦没有弄明白，故而有"学浑厚全恃腕力"，又拿同样是浅刻的钱松为例说"叔盖以轻行取势，予务为深入，法又微不同，其成则一也"。这是不准确也不符合实际的结论。不同的用刀，必然有着不同的效果。当然这种不同，的确是微妙的存在，也不是庸常可能玩味体悟的。

邓氏的传人，若吴咨、徐三庚，都是"以书入印，印从书出"的高手，但与邓的吸收面稍加不同，总体而言，吴咨师邓，参以汉铜镜铭文字，局气较小。徐三庚师邓，多参以吴天发神谶碑篆势笔意。用刀峻劲犀利、风姿绰约。但严格地从理念上讲，都还是没有越出邓氏而自立。

稍晚于吴让之的钱松，有过临摹汉印两千方的非凡努力，加之慧心别具，这无疑给了他入而能出的资本。无奈，他被往昔注重地域圈子的史家纳入西泠八家的末席，其实，他是具有新理念的印人。如在篆刻上，提出了"气"的理念。为他的弟子胡震刻"鼻山摹古"印时，称"去古日远，其形易摹，其气不能摹"的独到见地。又如作"范禾印信"时称"此印就仿六朝铸式，所谓'惊蛇入草'非率意者"。在印学实践中，注重生活，捕捉自然物象，指出印作当"天真烂漫"。都是别具创意的新理念，他将刻技前所未闻地上升到形而上的新高度。对于"刻"，他类吴让之，尚浅刻。他曾刻"未足解其萦结"印，但刻得太浅，以至"久之入浑，至浅不可拓"，受者再"嘱为深之"。诚然，同样是浅刻，吴、钱的理念及技法迥异。吴氏以冲加披的手段，吴昌硕赞其"气象骏迈，质而不滞", 而钱氏则以"短切碎披"的手段, 似春蚕食桑, 呈现的是悠然闲逸、气沉丹田的拙厚静穆。

五

一个新理念被他人、后人因袭, 即为理念的重复, 新理念也失去其金贵之"新"。综看流派印章创新史, 后继出新的巨匠, 不是不敬畏传统, 轻率地摒弃前贤创新的理念, 恰恰是在全面吸收、借鉴、消化的基础上, 避同求异地去开拓更新理念。赵之谦的篆刻在理念上往往被评家简单地定性为"书入印入, 印从书出"。这不免以偏概全, 太低估了赵氏勃发的创造力。赵之谦不仅睿智地兼收并蓄了明代印坛的"印宗秦汉", 清初程邃的接踵周秦, 追踪丁敬全面的"印内求印", 探索过自周秦汉魏乃至六朝唐宋印的优劣, 更玩味和践行着邓氏"书从印入, 印从书出"。对他来说这是必需, 但又是远远不够的。笔者认为, 赵之谦新理念的可贵处, 其一, 是把要入印的文字视为创作表现的对象, 而古代的文字皆是有各自的容貌姿势, 乃至性情的, 从对象出发, 而非从主观的、纯惯性的陈式出发, 加以审视。其二, 是他以天生的敏捷捕捉古物而生发的印化切入点, 和擅于将书画金石修为合二为一地揉入创作, 这犹如阴阳电极的撞击, 从而绽放出灿烂的火花。这正是前贤所稀缺的印化表现力。因此, 他的印风嫣紫千红, 独具先前巨匠们所不能的多风貌、多形式、多情调。在客体上, 他取径的不仅是印玺、碑版、法帖, 而是把彼时目所能及的古有、新出的金石文字造像⋯⋯立体交会, 消而化之, 以诡炫的奇招，自在而魔幻地彰显于创作的印里。所有这些都说明，他主客观合一的扩散性新理念，似可概括为"物我相融，印化众妙"。如他首创以汉《中岳嵩山三阙》大碑格局刻印，以秦篆、魏碑体刻款、佛像、马戏图案入款、阳文刻款，都是明证。古人云"师心不师迹"，对于邓石如的理念，赵之谦可以说是"换心亦换面"，他那吸纳万物，天马行空，类似孙大圣七十二变的万花筒般"印外求印"新意迭出的篆刻，是远远地突破了邓石如"书从印入，印从书出"的范畴。

赵之谦重视刀法冲推结合的运用，刻细朱文小印，放胆逼杀线条，使线条往往呈现断续，这峻爽率性产生出笔断意连的"超忽"妙韵，古所未有。他巧用龙门山摩崖刻石的"古椎凿法"，对吴昌硕的细白文印也有可循的影响；他开创的单刀直冲，结合复刀镌刻的白文"丁文蔚"印，直接影响到齐白石中晚年的印风；他以果敢冲刀所刻的朱文"灵寿花馆"。线条欹斜险爽，在篆势印化上，有空间分割的新奇追求，这也为窥出机关的黄牧甫、齐白石所吸吮演化，从而化一为万，光大自立。这当然更不是邓氏"书从印入，印从书出"的理念所能囊括的。邓氏的理念，对赵之谦胸罗万象、印呈百态的"印外求印"而言，是引子，是序曲，绝非因袭而乏味的重演。赵之谦的成功，为后人理念和风格的出新拓展，提供了无限的可能。

六

天才赵之谦的出现，使太多的印人、印迷都摆脱前贤而赏娱在他艺术的影响下，且日久天长。可是，小他十五岁的吴昌硕崛起，很快就成了印坛又一新出的巨星，让赵氏不能专美于前。以往的创新理念，从其气格上讲太多"正襟危坐，斯文雅妍"。吴昌硕别具只眼地洞察到这一倾向。他诚实地师法前贤、敬畏古贤，但又不跪拜于神坛之下。赵之谦谓"汉铜印妙处不在斑驳，而在浑厚"。吴氏则对垒赵氏，偏偏让斑驳生浑厚。所作乱头粗服，不衫不履，以破求完，以碎生神。不同于赵之谦的桀骜不驯，他以谦逊的性灵、坚毅的探索，去寻觅更前卫的理念。诸如对前贤未见，赵之谦见而不识的泥封，他窥出了"刀拙而锋锐，貌古而神虚"之玄妙。对前贤忽略不计的残砖破瓦文字，凹凸虚实的呈现，由庄子一般意义上阐述"道在瓦甓"，而窥出了瓦甓有"道"。智者自具逆向思路的能力，对前贤不取乃至后之罗振玉卑视的烂铜汉印。他从"烂"字里窥出了入土烂蚀的铜印，是大自然的造化对汉印所做的神乎其神"再次创作"，"烂"里有大文章可循可化。正是这种化腐朽为神奇的新理念和足以驾驭操作的"入古出新，支离虚浑"的诡谲手段，造就了吴昌硕。他别于先前的巨匠，在篆与刻两端都大异其趣。并创造了"做"印的独门功夫，朱文对线条，白文对印面，不择手段而又精意惮思地"做"印。吴氏在成熟期的做印，如朱文其印是刻得颇深的，试以他的自用印"安平泰"为例，其直径仅一点八厘米，而其深度达零点四厘米。之所以要深刻，是利于在线条间腾出空间，施展百般做印的手段，使其残蚀、漫漶、凹凸、润燥、断续、离合……经他"做印"过的线条，如屋漏痕般地积点成线，乃至一根线条的每一分毫，都达到圆健古苍、耐得咀嚼的境地。以印面论，"做"出了秦汉碑碣，那历经岁月风霜、残蚀而古意隽永的况味。"做印",做到出神入化,妙至毫巅,个性突现,别开生面。吴昌硕由新理念统括下的新技法运用,足以使他雄傲千古,在印坛里称得上是巨匠中的巨匠。当然,我们也不必讳言,缶翁六十岁后的印作,代刀者众,自刻者罕。这之后的印作,虽也"做印",但与先前的己作,自有上下床之别。尤其可叹的是,吴氏做印的绝技,他的弟子和后人都未能传其奥秘,遂成广陵散。

七

在篆刻史上,同一时段,出现两位巨星的话,那么他俩的理念绝对是冲突到逆向相背,冰火两重天。

黄士陵晚出吴昌硕五岁,纯属一时瑜亮。黄氏生性淡泊,加之机遇因缘,他的一生可以高度归纳为单纯而深入地追逐印学的一生。他自幼即心无旁骛地研读《说文》,长期追随彼时的诸多金石大藏家、校理钤拓过巨量的周秦汉魏玺印,探索临摹三代铜器,乃至古砖瓦文字,荡漾在吉金贞石的长河里。他自称"篆刻无所师承",然而,他可许为篆刻史上浸古最久长、最深入、最具学养的一人。因此,他有底气倡导"篆"当"合以古籀"的理念。事实上,在他自创的冲刀印款里,也是前无古人地时时阐述着考订古文字的识见。在配篆的章法字法的印化上,对入印金文,都塑造出不寻常的奇逸态度,令人过目不忘。对入印的缪篆,横线条之间,距离每有细微的参差,乃至稍作斜敧,在平实中见灵变,在类似巧搭积木,险而不坠中见机敏幽默。这些处理也是黄氏的创造。

在"刻"的方面，他也有着独到的审美理念。他每每赞赏仰慕赵之谦刻印的"光洁"，其实，在赵印里并不明显地见到如黄士陵所呈现的持力强冲、华贵爽挺的"光洁"。又如同样是面对汉晋古砖，吴昌硕玩味到的是"斑驳古苍"，而他的着眼点是"锋芒犹在"。所以，在"刻"字上，黄牧甫刻白文横画，每每由直画的外沿进刀，留下了微而可见"锋芒"的刀痕，亦属独造。在"篆"字上对朱文亦偶见其做局部线条的黏合。丰富线与面的变化，这也是他的新招。要之，不同的审美取向，确立着相背的理念追求和技法表现。

吴昌硕与黄牧甫，的确是气质、风貌、技法都有强烈反差对立的两位，吴执钝刀硬入，黄则薄刃直冲；吴营造了破蚀支离，黄则光洁爽净；吴不厌其烦修葺印面，黄则一刀直落不加复刀；吴印边栏残破，黄则边栏完整。吴印风似盖世之雄的铜锤花脸，黄印风似温情淡丽的素丽青衣；吴呈无上雄道，黄则无上宁静。诚然，雄道中贵有清奇洒脱之气，而黄氏在宁静中自具嵚崎磊落的内涵。正是这强烈到水火的对垒和趣佳技精，造就了一时的双雄。

前面谈到，吴昌硕刻印，基本上必破边栏，而黄士陵反之，皆边栏完整。其中自寓各自的匠心。不妨做一试验，将吴昌硕的印，边栏做封固式的处理，则宛如给断臂的爱神维纳斯去装配上两臂，横竖看了都别扭。原因是，吴氏印的边栏那打开印内外通畅的气场被窒息了。反之，若黄士陵的印，破了其边栏，则原本内蓄饱满的气场则涣散了。吴氏印的边栏，可减而不宜增，黄氏印的边栏，完整而不宜减。完破增损之际，各具神韵。诚然，说离奇也未必，这正是吴、黄二家，各自体现于其理念中的应有之义。

八

20 世纪是篆刻艺术大繁荣的世纪，也是印人辈出、风格多元、风情万种的世纪。但从守正创新的制高点上观察，齐白石是不可不论及的巨星。齐氏三十一岁方始学习篆刻，四年后得丁敬、黄易的印谱，潜心研摹。四十二岁得赵之谦刻《二金蝶堂印谱》，对整本印谱做了钩摹。继之，在他四十六七岁，又先后以墨、砵钩摹过赵氏的整部印稿。足见其用心之专、浸淫之深。大致在他五十五岁前的印作，还有着赵氏明显的迹象。齐氏移居北京，交游既广，识见亦高，遂由汉《三公山碑》参赵之谦"丁文蔚"一印，而蜕变成他的印风。笔者认为齐白石"大写意"的简约印风与其绘画的"衰年变法"的新理念是同时起步并取得大成的。

他的篆刻，在"篆"的一侧，有明显的舍圆就方的特点，在"刻"的方面，强化了单刀直冲的猛利和霸悍，并推向极致，可谓是与石有仇，气吞狼虎。此外，他配篆印化，采用的是纵横交错，大开大合，做到别致而强烈的如建筑图纸般的几何分割，去花哨、去婉约、去烦琐、去忸怩，不拿腔拿调，它对疏密呼应有特殊的敏感性。特别会调用疏密虚实的冲突及和谐，一如他的大字写意画风。这也是前人多为忽视的创新表现。齐白石新理念的形成，是巨匠中最晚出者，长寿且多产，所以今天我们能见到的多为六十岁后淋漓痛快的印作。

九

五百年的篆刻创新史，所涌现的这些杰出印人，我们不妨从理念上做一小结：明末清初几大家，基本上是以虔诚的崇古、复古之心，参以各自的性情，重现周秦汉魏上古印艺的精髓，然也赋予了自我的性情和修为。

高凤翰看到了先前印坛印风的崇古不化，不温不火，从豪放不羁新的理念出发，从而有了解衣磅礴印风的彰显。

丁敬以博大的胸襟、广袤的视野，上下求索，所作上溯周秦两汉，下究唐宋元明，印呈各体之妙，基本上穷尽了"印内求印"的途径。

邓石如则敏颖地跳出"印内求印"的局限。首创以书入印，在篆刻的"篆"字上闯关突围，表现出色。吴让之借鉴了师爷的"以书入印"，继承的是邓氏的理念，但他的新奇，是以"浅刻披冲"的用刀，在"刻"字上做出前无古人的创新。

天才的赵之谦，每能以其新奇的多元相生的理念，在篆刻的"篆"与"刻"的两端，乃至碑碣印化上都有光怪陆离的突破而影响深远。

吴昌硕则别开生面，不仅在"篆"与"刻"的两端都有新的创造，且出人意料地在篆、刻之外，发明了"做"印的绝活，既雕既凿，复归于朴，刻意地做印，而得似一刀未动的原始天成的本领。是出人意料的新理念。黄牧甫则是对上古玺印、彝器文字研求最深入，且能钻进去、出得来的印坛巨星，不同于吴氏的"道在瓦甓""以破求美"，恣肆外溢，而是反向地"道在吉金",体正韵清,宁静内敛。与吴氏成为最具对比意义的印坛双星。齐白石则是以古人视霸悍为歧途为不屑处入手,单刀直入,向石啸傲,直抒性情,在用刀、章法、配篆上力求简约,删繁就简,纵横排奡,获得了简而不单的至味。要言之,理念对于创作是这般重要,关系到作品的意趣、格调、情操、风貌。它还孕育、主宰和统领着那千差万别、因人而异的高妙技巧。巨匠们的成功和成就,告诉我们,只有塑造确立新的理念,才有奋斗的方向、目标、力量和后劲,才有摆脱前贤与时俱进的可贵创造。

回望印坛,五百年间这些巨匠的迭出,串成一条灿烂耀目的创新之链。这些巨匠,无不是诚实地重视、敬畏、借鉴着先前的优秀传统,又无不是虔诚地学习前辈的新理念、新风貌而自塑自立。他们无不是贯彻着"推陈出新"的艺术发展规律。倘使往深处推求,即可明白一个道理:"推陈出新"的本谛是"推新出新"。即推往昔巨匠之新,而成就今日,乃至明日之新。陈是新之母,新是陈之果,因果使然,颠扑不破。不可对立,不宜割裂。至少历史如此诚实地告诫着后人。

理念的光辉照亮了创新之路,采摘到创新之果。然而,有新理念而不结硕果者有之;无新理念而能结硕果者绝无。篆刻史上不乏这类悲剧式的先例。

笔者认为,理念的产生,或来自瞬间的灵感,或生成于年久积累的顿悟,或得于高层次金石印学朋友圈的启迪,或在读书赏古的修为中捕捉。自吴让之始,篆刻巨匠皆善于篆书、绘事、赏鉴,这综合的艺术才能,对理念的生成也是多有裨益的。当然我们又不能不承认,上述巨匠,都有天生的禀赋和灵性。作为印人，笔者以为循着某个巨匠的理念、技法去再现，乐此不疲，以了终身，这也是印坛及受众的需要，而且还省了寻觅理念的苦辛和纠结，这条路走下去，的确是愉悦大于困惑。然而，为新理念去勇于探索者，则是在布满荆棘、艰辛坎坷的险途中攀行。虽虔诚向往，亟力到死去活来，而终其一生多不能至，但新的巨星的诞生恰恰只存在于这辗侧在荆棘里苦苦寻觅的勇士中。要之，一个时代的艺者，总要在作品里体现出区别于古人、前人的风采。理念决定方向，刀笔当随时代，并典型地映衬时代。这也许正是笔者对新理念是篆刻艺术出新的主宰和灵魂，这一命题的理解。

2019 年 6 月于墨城豆庐

立雪杂说
——程十发先生其画其人

　　吾爱发老画，亦爱发老人，请益求教二十余载。今以所读、所见、所闻、所知信笔拈出，工拙不计也。笔者凡夫一管之见，又属窥豹一斑，不求其全亦不能全，不求其深亦不能深也。对于艺术，百花齐放乃是规律；对于艺论，百家争鸣乃是常理。审美因人而别，褒贬因人而异，不求一致，也无须一致。笔者所述，虽浅陋而皆发乎心田，不苟求同于人，诚出于自学、自诲、自教也。

　　发老，姓程，字十发，取"一程十发"之义。"发"为古度量器中最微之数。其为人谦恭，名实相符。此与清赵之谦之"余名曰谦，而不虚心，因有此字"适成反例。可记。

　　在画坛上，古往今来没有神仙，而自己也决不是神仙，这似乎是发老治艺之心态。

　　中国画讲师承，作风近似老师似乎是天经地义之事。唯大聪明或极愚昧的学生才不似乃师。前者不屑像，后者不能像。发老诚是一位不像老师的学生。然而，不像老师，不学老师，不等于不借鉴传统。什么是传统？凡是存在的都已属传统。传统该是什么？曰：传统该是出新的土壤。而今被视为优秀传统的，皆是往昔之新面貌。清醒的攻艺者当不负传统，不忘出新。又，再有大震荡的出新，也只是在传统的前头迈出了一步，只是一步。从这个意义上讲，传统万岁，出新只是万岁加一岁！故吾辈不必薄古，亦不必非新。

发老古典人物画，以其夸张的形象、夸张的笔墨、夸张的气氛，塑造出一种奇特的境界，自成一格，使明代之陈老莲、清代之任伯年不能专美其前。

自成径畦的大家，其画作在古往今来的"祠堂"里决不会找到面目近似的父母的牌位，但又必须有内里上窥见其血缘关系的姨、舅在。发老人物画，远溯梁楷减笔，参以陈老莲拙逸，虽脉络可寻，而风情迥异。人云其人物滥觞于任伯年，吾则以为其与伯年为远房昆仲，伯年娴熟，发老熟中有生。吾尝曰：由生返熟如登山，由熟返生如登天。生熟之间，消息微茫。

用墨的枯润、浓淡、深浅；用笔的粗细、增减、疾滞；体势的险稳、拙巧、欹正；色彩的单复、简繁、点泼……往往在发老的画面上得到了最充分的调动。将尽可能多的矛盾物大胆地纳入一个画面之中，而又令其融融洽洽，一无矛盾。辩证治艺，这是发老的一大本领。

发老早岁苦研山水，自北宋诸家入手，于元人也多有涉猎。尝见港岛王世涛兄所藏发老山水立轴，乃其弱冠时作，一派黄鹤山樵精神，似而不似，已可预测日后大家气象。吾尝自语：画家之成，落地即已定音。若天目竹，睹嫩笋腰围，即可知其日后之大小矣。此虽谑语，恐也不无一丝道理。

发老写山水，有法而无法，有师而无师，皴法体势多自造。实里求虚，浓里求淡，不以似而满足，又不以不似自喜，其山水多自出机杼，去其依傍，仙山琼阁，笔墨渺秘，意味诡奥，特多仙气。在大千、抱石、可染、稚柳、俨少诸翁外别开生面，自有其历史地位在。

发老于书法尝语余曰："谁不学王羲之，我就投他一票。"非其不钟爱右军也，而路都走到一条上，歌都唱到一个调上，小则令人生厌，也令右军生厌；大则有损艺术之出新，有失作为艺术家攻艺之天职。

发老画用笔极为随便，而又极为讲究。起落按提幅度之大，法乳梁楷《泼墨仙人》而丰赡光大，乃开一路风气之先河。究其内涵，不论粗细繁简笔，粗不黑、细不滑；快不浮、慢不腻；平不呆、奇不怪；繁不杂、简不单。如虫蚀木，如锥画沙，幽默组合，参差交织，法而无法，奇趣叠出。窃以为其用笔之秘，乃得力于傅青主求拙、丑、支离、真率之论。发老赝鼎遍天下，作伪者虽力效其法，而终究不得其法，此中差异，解人自能辨析。

发老作画妙在得一"趣"字。取材时求本心，构思时去负担，挥运时忌布置。轻松自在，不自缚，不宠人。看似笔墨游戏，妙在游戏笔墨，一任笔墨为神使心驰，此实绘事难得之境界，故发老画也试耐人玩味得趣。

一位画家是否能名垂史册，成为历史人物，一条重要标准即是其作品风貌、性格是否能大别于前贤，而又能深广地启迪来者，成为这一时代或时期特定的、独具的精神产品。程十发先生无疑是这样的一位画家。

浪漫而不靡糜，空蒙而不虚幻，清奇而不怪诞，葳蕤而不枝蔓，简洁而不单薄，自信而不矜持，讲传统而不刻板泥古，重视西洋艺术而以心过虑后为我所用，这是我对发老画艺的基本认识。

"金石气"延续至今，似乎不黑不足以当之。画注入金石气，昌硕翁开先路，黄宾老复变本加厉，影响至巨。发老登高望远，窥破机关，决裂前贤，"倒行逆施"，作画尚淡。尚淡，是对以往一大段历史的明察和挑战。尚淡，淡易无味，故又是胆气和睿智的体现。淡而不浮、不薄，于恬淡虚缈中得丰厚浑茂之致，遂开淡墨大写意之新面。若称缶庐、宾老画为金石气中之"乌金拓"，则发老所作可视为金石气中之"蝉翼拓"。足见金石之气，也非一气也。又，风格即人，唯人淡、心淡者，方能真得画格之恬淡也。

发老多才艺，擅国画，山水、人物、花卉、禽兽皆精。善书法，真、草、隶、篆皆工。此外，于治印、于音律、于诗赋、于曲艺、于摄影皆多造就。然多艺之能相通，非一日之功，乃孜孜以求，由约而博，循序渐进修炼所得。年轻学子不晓此中艰辛，而急于做"通才"，无根无本，四方出击，浅尝辄止，必一艺无成。

黄宾老山水，衰年变法，近人以"浑厚华滋"论之。吾谓发老山水，亦可以四字绳之，即"虚灵斑斓"，未知当否？

发老作画，画、字、诗题、钤印，皆作一盘棋处理。以全局调度局部，故每每恰到好处，无懈可击。即使对印章钤盖的位置、用印之朱白、大小、圆方，亦多讲究。要之，其视字、诗、印为画面的必要补充，起到补充笔墨之功能，甚至欲起到笔墨不能起到的功效。故于其画面上，多艺叩撞，撞击出有滋有味的、交响的艺术韵律来。

发老画风尚"语不惊人死不休"，故多清新奇诡感；然其旨尚"得来全不费功夫"，故又多轻松和谐感。要之，清新奇诡而又轻松和谐，皆本于其治艺之心诚，一无哗众取宠之意。故所作能拒造作纤巧，得解衣磅礴之概。笔者受教于先生良久，读其画，也读其人，所谓画品人品合一之说，足可征信。古人不诳吾也。

画之为画，大抵用笔用墨，有加、减、乘、除之法。八大山人画擅于减，而妙于除；石涛上人画擅于加而妙于乘。发老画不宗一端，加、减、乘、除之法，皆能盘算运用，且因物、因情、因境而定，减而除者不难于笔墨寥寥可数，难在归万为一。加而乘者不难于笔墨重叠，难在化一为万。发老得之矣。

画尚重墨，已成近时入门之轨迹。发老以清醒之心，掀去数层重墨，从淡处着眼落笔，堪称匠心独运。然淡决非平淡无味。淡之用，贵在灿烂清厚，以平和胜强烈，以虚缈胜结实。又，尚淡不拒偶用重墨，以起醒画之作用。

石涛有云："笔墨当随时代"，吾曰："笔墨又当逆时代！"唯有"随""逆"相辅相生，方能成典范于这一时代。具体而言，笔墨又当随年龄。发老画，少时拙逸，中壮狂伟，近时又转于静谧。然岁月更替，而个性依旧，新意迭出，大不易也。

近时大家，笔法坚硬挺峭者潘大颐，笔法萧散飘忽者傅抱石，笔法生拙稚厚者齐木人，发老笔法洒脱诡谲，自成家数，诚画坛别调。

吴昌硕以石鼓笔法入画，得凝重之致；白石翁以汉篆入画，得生涩之致；发老以汉散隶参傅青主草法入画，得灵变之致。

吾尝观发老山水小册一本，构图、造型、笔墨皆虚渺奇诡莫名，不知其所本也。某日于苏州留园见大理石屏纹，与册页中所见画暗合，始悟其所出。坡公云："论画以形似，见与儿童邻。"画外求画，以形攫神，此中机关，为发老窥尽。

发老画透出幽默，发自其为人之幽默；发老画出人意料，发自发老之独多创见；发老画山水、人物、花鸟、走兽无所不精，发自其热爱生活、钟情人生、厚爱万物。练画先练人，练人先练心，此为千古不破之真谛。

尝闻人云："连环画家，作画不免有连环画习气。"此说似不可一概而论也。发老从事连环画创作多年，成果累累，屡获殊荣。此终无碍其成为国画大家，由于他擅取连环画表现多方之长，得笔墨挥洒之妙，具典型概括之才，故无所不能，能必精能。此正连环画滋养国画大家之一例。

构思去常规求出人意料，造型去逼真求神似，构图去俚俗而求奇崛，笔墨去陈法而求灵变，意趣去迂腐而求鲜活，皆为发老看家本领。发老曾作《绿天庵怀素书蕉图》，画面写芭蕉林、圆蒲团、青石板，其上置砚、笔各一，唯独不写人。人物画不画人物，堪称奇招，也真亏发老想得出。然而此图以虚衬实，意境清远。较之近今之世，众多画家涂之以老衲握笔苦练（其实怀素以蕉叶代纸，乃其少年故事），同一题材的创作，其高下之分可不言矣。

吾尝有论，书、画、诗、印本为近亲，若把文艺百类喻为"蜂巢"，那么书、画、诗、印则是依傍紧簇的点点"蜂穴"，智者只需打通前后左右的纸般的"薄壁"，即可左右逢源，贯串变通，生发新意。发老于斯道，独多心得，唯终不见其露声色也。

发老"文革"中画，寓郁勃之气，不能渲泄于人事，唯可生发于纸楮，故落笔如风雨骤加，气盛韵浓，知者可闻其不屈不挠、壮烈倔强的呐喊！近年则运笔稳健，意趣恬淡，若水出三峡而入于江汉。此所谓笔由手使、境由心造者也。

用笔着力于虚而避其实，用墨着力于淡而避其黑，意趣着力于醇郁而避甜俗，弃同立异，破网自塑，此发老之所以为发老者也。

攻艺可贵者我写我心；不取宠于人，不取悦于师。少时发老为拒临师稿而每每遭斥，得分多"不及格"，却依旧我行我素。此金锜师母告我者，由此可见气质对于造就大家之重要。

发老画善用笔，细不弱，粗不俗，交替强化而不生硬。我曾细究其秘，发现其细笔用颖而辅之以腰力，故细而不浮佻；其粗笔用根而辅以腰力，一如细笔，故粗而不枯黑，三寸毛颖，能令其柔刚相辅，能令其弹压适度，能令其起倒自如。呜呼！此中微妙，天下几人能知之，又有几人能用之！

发老画重传统、讲笔墨，功力亦深邃。而展读其画，似乎并不见其笔墨、传统、功力映入眼帘，唯见其情调、气格、意韵之扑面而来，此诚缘于其天才焕发，自然而然地掩没了构筑骨架的功力。

诗有朦胧之说，也自以朦胧为美，画也当有朦胧之意境。朦胧者，空蒙而丰厚。似梦非梦，若无而有，可咀可嚼。失之丰厚，丢去诗情，非朦胧，乃空洞也。发老近年山水画，得朦胧之极诣，开一路风气。

画之学，由粗通而娴熟，要在把握规矩、把握必然。然娴熟而做必然的表达，则易生陈式，易生惯性，此所谓求规矩者而为规矩所误，求必然者而为必然所囿也。此乃画人之大忌、大害。发老作画，好在每每熟处求生，不囿陈轨。其尝于作画之白色垫布上见色块几堆，遂借天成之迹，触发妙机，添枝著花，仅寥寥数笔，遂成妙迹。此图出人意表，于雾中花放，云里山动，化腐朽为神奇，旁观者无不叹为观止。古人云：文章本天成，妙手偶得之。所谓"偶"者，似可以作敏颖捕捉"偶然性"理解之。越是娴熟于画艺之画家，越是要付出大精力于"偶"字。"偶"字乃治熟返生之良方。

发老苦于人事与书画应酬，故少著述，而其谈吐间，妙语如珠，至理迭出。郭河阳论山水有"平远、深远、高远""三远"之说，发老称："要在'心远'，得心远之法，'三远'也在就中矣。"

发老写人物，有以山川湖渚相衬者，其处理往往将人物置于第二、三层面中，此法曾见于任颐花鸟画中，而用之于人物乃自发老始。以发老写人物，有以书法相衬者，一撮人物乃至一小人物，而满纸题记，洋洋洒洒，若云蒸霞蔚，烟霏露结，喧宾而不夺主，自成佳构，境界出新，令人眼目清凉。

构思的巧奥，造型的奇特，笔墨的多变，想象的丰赡，意趣的清冽，组成了发老画艺的主调。而其中想象力的宽度、广度、深度、跨度则又是其主调中的重音。

以形象立言是画家的天职，而丰富、敏捷、独特的想象则是立言的本源。发老特多这种能力，又善于将其自然地演绎为形象的画作。观其画作画里有情，画外有意，令人遐思远想。认真、仔细地总结其中的脉络因果，当是研究程十发的一大新课题。

避实求虚，避重就轻，西向东望，歪打正着，此为寻常人所不可解、不可得之诀窍，而于发老画中多得之。

笔笔到家，步步为营，重"实"而轻"虚"乃作画大忌，发老画善用"虚"法，"虚"者，虚其大部而非全盘皆虚，对于"画眼"部分则务必殚精竭虑，一丝不苟，丝丝入扣，刻画细腻而切实到位，此"攻其一点，不及其余"之法也。然而，以点带面，虚实相映，千绿一红，则全面皆活，神采熠熠！

发老画，虽置百步外，犹能辨。足见其风格自立。然自立风格决非易事。综观古来大家，濯古来新，溯源而更贵在自塑，且画风自立，发端多方，仅强化一端，也难鸣世。唯有能站在历史分水岭巅的强者，斟古酌今，温故酿新，全面地在大到趋势、走向，小到构图、造型、笔墨、风情皆能有识有见，戛戛独造，方能成为开山大家。以时髦之说，此乃"综合治理工程"，发老得之矣。

发老画敷色亦多别调。吾尝见其在旧笺上施色，以画纸为色盘，复色点缀，灿烂浑脱，为刻意者所不能得。又，发老用色极讲究、极正统，非正宗矿物、植物色弗用，故新腔中寓古艳。对于现今的国画色，其颇多微词，且有自设颜料厂之议，惜未能践行。其实，色关系于画，也是国画艺术振兴发展之一环，此所谓"工欲善其事，必先利其器"，古人不欺今人也。

古来画家，多以摹似先贤为能事，偶有面目自创之大家，风貌既出，则也抱守终老，素乏不断的进击、翻面再新之士。此国画史上可大悲哀之事。发老于大成之年，尝多次表白：造屋入室，务必拆屋出室。可见其识见之高。倘假以时日，无杂事之相扰，得精力之相辅，画风丕变，演为新声，当为意料中之事耳。

识见是绘事的发动机、方向盘。前些年，国画界不乏对传统猛烈抨击者，视古来优秀作品如粪土。发老曾语余曰："汽车朝前开，还要装上反光镜呐。"气息平和，言浅理邃，发人深省。一个通俗比喻，远远地胜过一沓纲领！

世人时有"好梦成真"之祈求，然而，"成真"往往会凝固理想、僵化理想。"梦"与"真"，两者兼得则佳，两者失一则不佳，失"梦"较之失"真"对于画家来说则大不佳。发老画有造"梦"之手段，独多空灵潇洒境界，故令识者展卷有滋味、掩卷有回味。吾有言，写生、写实，贵在写出梦境。梦境者，纯洁、神圣，至善至美之境地也。又，画之赏者皆生活于实境中，追求美好理想之梦境，亦顺理成章事也。

发老厚爱，尝先后赠吾画十余件精品佳构。"文革"中，多苦恼积怨而不便付之言，遂乞发老绘《屈原泽畔行吟图》横披。是图，屈子屹立江石之上，面西而逼于纸边，江水浩渺东流，皆自身后远去，写尽、写绝了屈子愤懑、绝望心态。倘此图置屈子于画幅中段，则走投无路的逼迫压抑感会丧失殆尽。仅此一例，可见发老构图之手段。

发老书法初恋陈章侯，以怠漫神情出之，大别于壮暮翁之雍容华贵。而后，又参傅青主使转手段，渗入汉人草隶，碑帖相融，南北兼收，故其书气象大、气格奇、气势旺、气味新。又，发老书不恪守"中锋"一说，饶有画趣，其状若断而连，势如斜而反正，跌宕开合，意味飘然，乃真通八法者，惜因其画名太盛，书名多为所掩，奈何。

发老人随和，性诙谐，重友情，识大体。尝语余：一友以其赝鼎贻人，此人也发老之故交。一日，出赝鼎嘱其鉴题，发老知画为伪作，竟坦然抽笔作真品长题。并告余："说是假的，大家不开心；说是真的，皆大欢喜。"此虽画坛佳话，然以斯例鉴古，于书画鉴真当多添一重心机方是。

大陆画家，其应酬画之多，是局外人所不能体会理解的。发老画，素来求者如云，且多有求必应。故其画件之夥，并世少有。足见其为人之慷慨，及其画名之显赫。又，古谚云："物以稀为贵"，发老画件虽多，居然在海内外长盛不衰，物不以稀而能精贵，益见其艺术魅力。

发老画人见人爱，故射利者众，赝鼎遍天下。赝鼎蜂出而无损其身价，说怪不怪。窃以为，发老画题材多、品类多，且时出新意。人物、花鸟、走兽、山水交替而作，轮番问世，这使赏家、藏家保持着持久的热情的期待，此其一；发老画十之七出于应酬，常理中所称的"应酬画"之所以损害画家，在于其粗制滥造，草率搪塞。而发老之应酬画，却不以应酬笔墨出之，虽画面简，尺幅小而"含金量"不减，此其二。珠目相杂，损而无伤，此中消息，实可深探。

尝闻人云：发老画易于作伪。吾谓：发老画易假，易在其风格强烈，个性明显，作伪者易于得其仿佛。但发老伪作又易辨，易在其笔墨内涵，非作伪者所能把握。制作时对矛盾加大幅度的刻意乱真，乃至出笼时满纸摆不平、压不退的矛盾。造作拼凑，识者是极易立断真伪的。

1993 年作

（原载 1994 年香港《名家翰墨》第 48 期）

感恩批评

仔细思忖，学艺术的从不懂到懂，从不会到会，从会到精，这一漫长而无穷尽的过程，即是一个表扬与批评永远交替施教的过程。除了神仙，谁的长进都少不了乃至离不开表扬与批评。

表扬与批评，对于习艺者来说，似日月水火缺一不可。只听表扬褒奖的话，人会飘浮，滋生傲恣；只听批评，人易委顿，丧失自信。我从实践中体味到，表扬是"糖"，批评是"药"，兼而听之，听而践行之，则会大有长进。

诚然，批评有着表扬不具的功效。学艺有点进步，没有表扬也无妨，而有缺点，没有批评，缺点就见不着、改不掉。所以"药"比"糖"对虔诚的学人来说更紧要，不可少。人要是去掉浮躁心，就会发现一个逆耳厉色而利于用的批评，远胜过一打甜甜蜜蜜的捧场话。郑板桥是个精灵，他的"隔靴搔痒赞何益，入木三分骂亦精"是老成人的肺腑之言。

话要说回来，"药"总不如"糖"易于上口。记得十五岁时，我不知深浅地拿刻的印作去向戈湘岚先生求教。谁知这真如小鬼撞到了佛祖。戈老一阵紧一阵的激烈有火药味的批评，把我的习作砍得一无是处，我生平第一次尝到了被审判的滋味。当时，我只是脚底下少了个地洞，无以遁身逃脱。彼时，人虽幼稚，但却还晓得无怨无仇的戈先生也是为我好。感谢上苍，这场尖厉的批评并没使我气馁，反倒调动了我争强好胜的禀性。大约一年后，我再次登门把印作放上戈先生的画案，准备挨砍，谁知他竟忘记了先前的我，讲了许多褒扬的话。尤其是当我稚嫩的印被钤到了戈老的画作上，我的感觉好极了。这是我第一次领悟到批评的力量、效用。我自此懂得了批评的好处、妙处，"药"有时比"糖"还甜。身陷混沌中的学子，没有及时且正确的批评来关怀你，那才是一种最不堪的损失和悲哀啊！

在学艺过程中，我把批评指教过我的长者归纳为两类：严父型和慈母型。若戈湘岚、谢稚柳、刘海粟、陆维钊诸公属前者；方介堪、李可染、王个簃、沙孟海、陆俨少、程十发诸公当属后者。后者送你的"药"总是周全地包上糖衣的，不苦不涩，和风细雨，如坐春风，如沐皎月。不过，对这类的批评，需要沉静仔细去品味、去捕捉。若是尝到甜味就得意，将会把裹于其间的中肯批评给忽略掉、丢失掉。粗心地把"药"当"糖"来消受，是损失莫大的。

批评，不必是理论化的，也不可求周全。天下有的是一字之师，我就每每幸遇过。二十三岁那年，我把印作给去疾先生批评，他说了一句："你可以变啦！"一个"变"字给我的主攻方向翻了格，由向后看而拨为向前看，真的太要害了。习艺如登山，走别人铺好的路，做旅游者当然也使得。但志存高远，自己去开路，做个探险家才是更有意义的呀！记得唐云先生对我的书法，也送了两个字："太实"。我理会他的意思是在力的表达上虚脱些，在意境表达上要空灵些。一针就扎在"穴位"上，我至今感恩于他。

我学习绘画是在二十年前，稚柳师对我批评的核心是旨在追求一个"文"字。十发老对我批评旨在追求一个"淡"字。宛若翁对我批评的要领是克服一个"露"字。其峰老对我的批评是希望保持一个"生"字。攻艺登山山入云，接受一个批评，改正一个短处，恰如多爬上了一个台阶。对批评的持久采纳就是台阶的积累。百年如一日，就会使自己一步一个脚印地接近于峰巅。

批评者总是站在某一个角度，从某种审美上看问题，指点迷津。不能求全于批评者，而当苛求于自身。倘能虚心而全面地去综合剖析批评，清醒地消化批评，汰沙取金，必会受用无穷。当然，听不进批评，不会有大进步，不正确消化批评，同样不会有进步。我有过许多这方面的正反教训。

批评，不免有欠公正，用意气乃至更甚者。这也是寻常的事。我的态度是不计较、不上心。从万能的辩证法角度讲，批评里总有于己有补的东西。要心平气和地对待，不作无谓争辩，不作以牙还牙的对抗。我总固执地认为，艺术是一种文化，是一种修炼，是一片净土，不是武术，不是战场。虔诚的攻艺者当专注不二地把精力、心力都用到艺事上。这是从艺时的初衷，也是我终生信奉的准则。相比老一辈，自己的学识修养差距甚大；比较年轻的新锐，自己的胆识和敏颖都显得落伍。老骥伏枥，那么批评正是鼓励自己奋蹄的推力！

没有批评，就没有艺术。批评是一束智慧，批评是一份爱心，批评是一片袒露的真诚，批评是一腔恨铁不成钢的期待与厚望。批评，始终是攻艺者强身之本。批评滋补着我，批评健壮了我，批评催我奋进。人非石木，岂能忘情，因此我深深地感恩批评。

作于 1997 年 12 月 7 日夜

（原载《书法报》1999 年 6 月 14 日）

豆庐十论

1. 论天赋

天赋这东西，讲早了或"预支"了，往往不是激励人，倒是适当其反地麻醉人，凭生出盲目的自负和懈怠。切忌在果实结出前妄论天才。勤奋验证天才，天才出自勤奋，刻苦决定成败，天才不可恃恃。切记切记。

2. 论成才

攻艺者不能贪生名利心。学艺早熟者是春花，中岁有成者是夏花，老而有成者是秋花，衰年大成者是冬花。攻艺一生，焚膏以继晷，四季过尽，仍不花开，也无须抱憾。一生充实，脚踏实地，悦心冶性，心花怒放也不错，亦值。

3. 论读书

天下唯一吃不饱的乐事是读书。读书讲到底是用古今中外的智慧来壮实自己。书要读得多而精，贵在消化融通，诗心文胆，化一为万，生发出成果来。以万本一利为下策，一本万利为上乘。要言之，抓五百"壮丁"来，作三万精锐用，心裁别出，独树高标，方是圣土妙人。

4. 论坚忍

我攻艺喜欢用"坚忍"一词。而拒用坚韧,因为真正的百折不挠是发自"心"的"忍","心"的不屈,而不是物事上或借助外力的扭不断的"韧"。只有内心的坚忍不拔,才有精神上扛得住、拗不断的保证。咬紧牙关拼到底,不言客观,不言放弃,总归会有收获的。

5. 论打通

艺术贵打通盘活。骨骼,肌肉,血脉,神经,穴位,辩证为用始为活且通。艺术的各个学科和门类像一只大马蜂窝,如若持之以恒,由约而博地把紧挨着的书、画、诗、文、印等蜂穴的薄壁打通,必能左右逢源,产生神奇的复合化学效应。然而,打通盘活大不易,需要靠度年如日般地读书、思考、体悟、历练和践行。

6. 论艺术圈

艺术有圈,只是为了切磋、攻错、互补、立异,除此不宜。化圈为域,收益更丰。艺术不是娱乐圈,攻艺者要力求远离商业活动和搞笑般的炒作,力排千般万种炫目移神的诱惑,艺术是需要以诚实而虔诚的殉道者心态去捍卫的事业。扎扎实实而挤尽水分的劳作,决定艺术的含金量。

7. 论风格

艺术风格讲究"不可无一、不可有二"。抱着别人的宝贝,充当自己的创造是自欺欺人的;把陈与新对立和割裂开来,同样是不可取的。出于时代的责任，务必要推陈出新，力求突破。"陈"是前贤的创新成果，推陈，为的是借鉴学习前贤之新而出新。从本质上讲"推陈出新"的内核是"推新出新"，即推往昔之新，出未来之新。

8. 论自我评价

攻艺不能以有小成而大快。攻艺如登山，一步一个脚印，一阶高于一阶，登顶远眺，别自诩是"登泰山而小天下"。须知，此时也小了自己。即使身居峰峦，还要清醒地明白：山外有山，山外有天。登天比登山何止是艰辛千万倍。树高标且自省者方有大成。

9. 论名利

我大半辈子虔诚地做着艺术梦，全身心地追逐着曼妙无比的艺术。在如今的商品大潮里，艺术上的成功，客观上会带来名利，但是要看淡它，它只是艺术的副产品，是艺术之外无足轻重的附庸。千万不可本末倒置，追逐到了名利，毁了艺术，也毁了艺术工作者纯净的本真。

10. 论批评

搞艺术，一辈子就是在品评里生存。品评是有褒有贬的，表扬是糖，批评是药，糖可以少吃、不吃，有"病"之躯，药是不能不吃的，用淡定宽容、感恩的心态对待批评，艺术才会进步，才会更上一层楼。重视批评者是明白人，抵触批评者是呆子，能经常自省者是高人。

2011 年集辑于海上

从辩证的角度说书法

　　书法，在今天是一个有点离奇的题目。听到很多人讲，今天能够拿毛笔写字就算书法家了，这是一种声音；还有另外一种声音，现在普天下会拿毛笔写字的没有一个是书法家。声音是发乎于两端。这个问题用上海话来讲是"捣糨糊"。在一般人的眼里，书法是没有标准的，是不是这样呢？当然不是的。如果它是一门真正的艺术，一定有它的高妙、有它深邃的规律，有着大学问。实际上，从魏晋以后到现代，谈论书法艺术的"书"和文字多如牛毛，我从小就读了不少。当然，艺术这个东西，妙就妙在各讲各的，不是一加一就得等于二，不等于二就是讹误。那么多的理论，那么多的见解，我学习书法学了那么多年，怎么来认识这个问题？我对自己学书的心得从辩证的角度归纳一下，精要为八个字："圆·健""平·奇""疏·密""风·神"。

圆·健

　　"圆健"这两个字，可归纳我们写字用（运）笔最本质的一个道理。我们写字要讲究点画，现在很多老师在跟学生授课的时候，很强调"中锋"，写字要八面出锋，要笔笔中锋。所以，我们小时候写字，都要想办法把笔调整到中锋。这个意见不错的，但是只讲中锋，没有把握住线条最本质的东西。中锋是手段，不是目的。中锋真正的目的我个人认为两个字——"圆健"。从古到今，我们如果仔细总结一下，它不仅是表现中锋，关键它是懂得来表现圆和健。我们很多各界的朋友都经过书法训练，怎么样达到中锋这是很困难的，达到中锋这样一种书写状态，然后线条才更圆和健，这个才是真正的关键。什么叫圆？就是我们写出来的线条、点画，要让人感觉在平面的纸上，呈现出浮雕般的质感，这就是圆的表现。就像一个人的臂膀一样，感觉是圆浑的、有厚度的。我们讲用笔，就是要圆。第二个字，我们讲要表现"健"。健就是这个线条所具有的力量，具有弹性，一种张力，一种内在生命的跃动。所以，线条能表现圆、健这两个字的话，我认为这就是很有本事的书法家，就是得到了用笔的诀窍。历史上有两个书家，是特别有象征意义的。一个就是唐代的颜真卿，评论家给他三个字的评语："屋漏痕"。什么叫"屋漏痕"？这个比喻非常深刻。我在年轻的时候，专门去研究过。唐代时候建造的房屋，手工砌墙、刷浆，一般来讲达不到我们今天平整如镜的水平。大雨来了以后，雨水会从内墙壁往下渗漏。就是墙上往下渗漏的这些水痕，这里面大有文章。所以，高明的书法评论家评说颜鲁公的字，叫"屋漏痕"。雨水沿着不太平整的墙面往下面渗下来，水珠是一滴一滴延续往下渗，这个水珠下来的珠的大小、速度与风力的大小和雨的大小，还包括这个墙的凹凸不平。这几个关系、因素的交叉，让渗下的水珠呈现出不是规律的，垂直的，而这些下坠的水珠，它形成的这样一个线条，我们叫"屋漏痕"。屋漏痕无非是形象的比喻，它的本质是什么？就是讲这根线条充满变化、充满力度，而且这线条是厚重的，所以我们用这个屋漏痕的线条来比喻颜鲁公的书法线条。我们再概括一下的话，就是叫"积点成线"，是由一个个下垂状的水珠依次叠串而成的。我们讲线条讲求节奏，这个节奏就是积点成线。当然，要很自然地让它积点成线，如果是做作的、不自然的、人为的，那么它就不具有一流的天成的艺术性。

在圆、健里面，我们还讲"折钗股"，这也是一个比喻，但它非常精妙地说出了书法艺术中内在的弹性和张力。古代的妇女头上用的头钗，它是金属的东西，所以它在用力弯折的时候充满着内蓄力。所以，"折钗股"也好，"屋漏痕"也好，都非常精准地讲清楚了圆跟健的本质。在世界上很多事情都有一个度，过了这个度就不能产生这个效果。就像我们拉弓，拉到最佳的弧度，箭就"簌"一下非常有力量地射出去了，拉到什么样的弧度它最有力量，不是拉得越弯越好，所以要把握一个度。我们从用笔的角度讲，"圆·健"两个字是需要好好去体悟的。

在座的朋友可以到我们展厅二楼去看一下，明代一个大书法家叫倪元璐，他写的字如果我们仔细研究一下他的用笔方法，他的每一根线条都很涩，是"积点成线"的，他是非常精妙地表现了"屋漏痕"趣味的线条。当然，由于我们上面这张倪元璐的书法，它是绢本的。上海博物馆有一张倪元璐的精品，写得很好，是纸本的。我们看他写的直线条，就可以看到他的用笔、他的墨痕，他的线条是用一个个点串起来的积点成线。我们讲用笔可以讲很多很多的道理，而我对用笔的理解就是这两个字，要表现"圆"、要表现"健"。当然，仅仅讲"圆"不够，为什么呢？三百斤的人往你面前一站，很"圆"，但是没有精气神，因为他是肥胖症。"健"就不一样，像重量级的举重运动员也是三百斤，他往举重台上一站，就感觉到这就是力量，充满着"圆"和"健"的结合体，所以我们既要讲"圆"和"健"，又要讲"圆"和"健"之间的辩证关系。你说既要讲"圆"又要讲"健"，那么线条是不是写得越粗越好呢？这又是一个误区，颜鲁公的线条写得相对是粗一点，但是有些人写颜鲁公就写得比他还粗，甚至更粗，于是给人的感觉，线条和线条之间的空间挤压了，这些字远看像肥嘟嘟的猪，所以有人就嘲笑像这样的字叫"墨猪"，乌黑黑的团团。因此我们讲"圆""健"，并不是线条越粗越"圆"笔力就越"健"，没有这个道理。我们都知道宋代有个昏君，作为皇帝来讲他绝对是不合格的，但作为一个书法家来讲他应该可以打到一百二十分，这就是宋徽宗。宋徽宗的书法线条是非常耐看的，奇美无比。大家都知道，我们后人把他的字叫作"瘦金体"。这个"金"字是对他高贵的描绘，瘦是它的本质。大家看他字的线条，同样大小的字，每个线条大致只有颜鲁公四分之一粗。他是沿着那根筋下来的，像我们那个建兰的叶子一样，细劲峭媚，充满着一种瘦硬峻拔的力量。诚然，书法作品的力感的测定标准，不在于看谁写字时使蛮劲的大小强弱，而是看写出的字所具有的力量，这力感是难以用仪器掂量的，但却又是为识者所能辨察的。书法的力感是由作者的大脑思维驱使力量通过臂、腕、指，传递到柔软的笔锋来实现的，是将刚硬之力巧妙成功地转化为柔婉之力——即以身上的气力转化为笔力，是一种对臂、腕、指的肌肉、神经做长时期的严格、特殊的训练，才能获得的"柔中寓刚，绵里藏针"

的力感——软绵绵的笔毫着纸，犹如尖硬的钢锥划土般的力感。不能娴熟精当地把握这种技法，气壮力强的血性汉子毛笔在握，也休想会点画遒劲，产生力感；而一旦驾驭了这技能，即使是衰弱的老人信手挥毫，也能笔力弥满，出现人渐老，力愈弱，而书写的字往往更见壮健发力的有趣现象。"人书俱老"，孙过庭的这句名言，似乎也包含着这层意思在！

我们回顾一下从魏晋以来那些著名的书法家，有成就的很多，但我对三个人特别佩服，为什么对他们特别佩服呢？元代的大书法家赵孟頫讲"结体因时而异"，字的结构有它明显的时代性，用笔是千古不移，也就是我讲的用笔的本质"圆"跟"健"是永远不变的。就像刚才讲的颜鲁公的线条粗，也是"圆·健"的一种；宋徽宗的线条那么细，也是"圆·健"的一种。我们看的不是形，而是由形味玩到它内在的质。为什么讲这两个人我对他们特别佩服呢？因为他们的用笔也有很强的个性在里面。刚才我讲中锋，大家都是一个样，我们讲"圆·健"，大家又都一样。但是大家都一个样了还叫艺术吗？用笔方面真正有原创个性的，我举例了这三位。

一位就是唐代的颜鲁公，我们学写字，可能在座的有的学了多年了，大家想想看，我们写的一捺，线条从这里转个弯，有的人写字从这里就停了，这就不是中锋，不是"圆·健"了。但是颜鲁公在用笔方面是有发明的，我们注意一下，颜鲁公在写一捺的时候，他有鹅头的那么一个表现，大家应该有印象，他的笔行到这里提起来然后转个弯再这样落下去，形成一个鹅头一样的用笔。在他之前没有，在他之后都是学他的，这就是用笔里面具有创造性。当然，这是举个例子。反之，到了宋代，写"横"，当然用笔的方法有两种，很多老师都讲过，一般的我就不讲了。我们讲这个笔在运笔中有提按的，这个提按第一个是有求涩作用，第二个就是让笔里的墨在纸上滞留的时间相对长，这样笔在纸上的接触，留下的墨痕就深就重，所谓"入木三分"。我们又不是用刀在刻木头，怎么会入木三分呢？这就是用笔里面的技巧，就是要对这个提按把握的非常好。那么到了宋代，苏东坡的弟子，苏门四学士之一黄山谷——黄庭坚，他也会花样翻新，叫一波三折。他讲他中年的时候到了四川，就看到峡江里面船夫逆流而上，用浑身的力量在摇橹，完全是一种搏击的状态。所以，他感觉到线条里面要有一种激情，要有一种搏击的力量。所以他在写的时候就有一种比较大的波折运动，我们后人就把这种线条叫作一波三折，就不像平平的一根线条拉到底，这就是黄山谷的发明。书法，不同于绘画，它不需要"写生"，也无"生"可写。但是，除了"字内求字"，追求技巧外，加强艺术修养、知识积累，特别是对五彩纷呈、千奇百怪的生活的关注，处处做有心人，揭开生活赋于书法艺术新生命的内在"通道"是至为重要的，对于很有程度的书法家，这尤为重要。王羲之的观察白鹅活动头、颈诸部位习性，张旭的观察公主与担夫争道，怀素的观察夏云奇峰，黄庭坚的观察舟子荡桨……有作为的书法大家，总是以敏锐的观察力和奇诡的转化力，观察字外的生活，有生机、得活力，举一反三，领悟并借鉴于书道之中的。

到了民国，张大千的老师叫李瑞清，他本来是清朝遗老，来到上海生活不下去了，但他会写字，到上海卖字，他就去请教他的老友叫沈曾植（寐叟），他想在上海要卖字，沈寐叟能不能给他一些忠告，沈说他要想在上海卖字赚钱的话，一个字——"怪"，要怪，怪了就可以蒙人，就可以来钱。李瑞清本来也是写黄山谷的，就是听了他的话要追求"怪"。所以你们去看李瑞清写的字不是一波三折，而是一波九折，抖得更厉害，等于一个正常的心脏跳动到他那里就变成房颤了。这也是我跟大家讲的度的问题。

还有一个，我讲宋徽宗。宋徽宗那个线条细了以后，顿挫非常强烈，把正常的运笔顿挫强调了以后再强调，过去没有人这样做。当然，一个是他天资聪明，第二他是皇帝，无所不能，他想怎么写就怎么写。所以他的一些用笔也是前无古人后无来者。

我今天举几个例子，讲用笔，最重要的是"圆健"两个字，而"圆健"两个字也是讲艺术个性的，具有不同的表现形态。这是我跟诸位要谈的"圆健"两个字。

平·奇

我们谈到写字，通常都讲字的结构，我们管它叫"结体"或"间架"。这个结构我个人总结为两个字，一个就是"平"，平平正正的"平"；一个就是"奇"，奇奇怪怪的"奇"。我认为结体最本质的东西就是"平"和"奇"。这"平·奇"两个字就像电极，阴极和阳极，缺一不可，相辅相成。如果写字追求"平"，把"奇"字抛掉，他最后写出的字是平而又平，结果是呆板，毫无生气。反之，我们讲要拒绝平庸，就是要奇崛，如果在字的结构里只讲奇不讲平，结果就必然走向油滑，走向怪诞。

它就是艺术的辩证法。在欧阳询写的《九成宫》里面，他写了一个"充"字，这七根线条没有一根是横平竖直的，都是歪的，这些歪的线条为什么却让这个字显得那么稳健，他就是懂得"歪歪得正"的道理。唐代颜鲁公《多宝塔》里面也有一个字，大鹏鸟的"鹏"，这个字同样告诉我们"平"和"奇"的道理。左旁的"朋"是欠稳的，所以他写这个大鹏鸟的"鹏"字的时候就特别注意右旁"鸟"字下方的横钩特意往外拉，为什么呢？它是要靠这个支撑这个鹏。就像我们台风来了，一间危房加固用木桩支撑。如果有人从左侧用木桩去支撑，那不是更容易倒了嘛？所以必须从右侧去支撑，这个"鹏"字的横钩要往外伸，正起到支撑稳固的作用。所以这就是讲"平"和"奇"的一种互用。平奇互用就会产生美妙的艺术性。

五代时出了一个大书法家叫杨凝式，这个人只留下了四通墨迹，但是这四通墨迹让你能感到移步换影、出神入化。这四通真迹，如果不知道的人会觉得是四个性格截然不同的书家写的。可见这个人有非常神奇的变通能力。他写的《韭花帖》里面写的"实"字，从这字我们能认识到他是有大智慧的书法家，他的艺术创造力和变通力是很强的。杨凝式写这个"实"。这个"实"宝盖头提上去了后，空间让出来，妙就在这儿！我们讲现代建筑造一个建筑群，"实"的里面要有"虚"，"虚"的里面又有"实"。建筑群里为什么里面要有湖有河，要有公园？有丛林、有草坪就是让它透气、舒坦，杨凝式字的结体是深谙此道。造房子，一片连一片，挤占空间，铲平丘壑是不具备艺术性的。放眼四顾，这里是一个园林，那里是一汪绿水，有实体的建筑置于其间，那就有美、有艺术性！

我刚才举了三个字的例子，说明"平"和"奇"的互用是何等重要！唐代著名的书法理论家孙过庭，他说写字最初要求得"平正"，达到"平正"了，就要去追求"险绝"，"险绝"就是我们讲的"奇"，既得到"险绝"就要复归于"平正"。这话看起来很辩证，但是往深里想，他这个辩证法不深入，是表面的。因为从艺术上面最初的"平正"到追求"险绝"，最后"险绝"复归于"平正"。就是我们讲政治的时候，原始共产主义到科学的共产主义，它怎么是一回事呢？怎么叫"平正"复归于"平正"呢？所以这里面我们的概念是初学者概念上的平正的，到"险绝"的碧海里面去游泳，再归"平正"的话，这个时候的"平正"就不是最初我们的"平正"。这"平正'里面既包含艺术里高度的"平正"，又有高度的"险绝"。如果说最后的"平正"里扔掉了"险绝"，这个"平正"就没有达到艺术里面高境界的"平正"。所以我们对古人的学习，我们要认真学习它，但是每一个后来人，我们在学习前人的理论的时候要多问几个为什么。我的体会是在不断地学习过程中慢慢培养自己独到的眼力、独到的胸襟、独到的实践，这样一定会有独到的意见。在艺术问题上面，我们要崇敬古人，但是我们不能仅顶礼膜拜古人。因为我们学习它，了解它，最后我们还是要更好地成全我们自己。

疏·密

第三点我们讲章法，总结起来也是两个字"疏·密"。"疏·密"关系是讲大局。我们在创作一件书法的时候，从点画，到字的结构，然后再考虑通篇的章法。我们欣赏书法，画也是如此，印章也是如此，它是倒过来的，先看整个一张的章法，然后再一个字一个字地看，然后再一笔一笔地看。搞创作的是由小到大，由局部到全体。而搞欣赏的人是由大到小，由全体到局部。所以我们讲章法，我们写五绝二十字，这二十个字写到一张纸上，章法好，就是要讲究"疏密"两个字。书法我们讲有四体书，楷书，隶书，篆书，格子里面的方块字，一个字一个字放进去，这种章法只要匀称就达标了。我们写行、草书及我写的草篆，这些更要强调"疏·密"的关系。"疏·密"关系，在古代印章学上有一句话叫"计白当黑"，"白"和"黑"的关系，这就是"疏·密"关系。这里也是辩证为用的，强调了"疏"，"疏"而又"疏"，结果就是"空"，"空"就变成"空洞、空虚"；强调了"密"，"密不透风"，它就结块了，就板实，就窒息了。艺术尤其书法就是要讲大开大合，"黑白"辩证的关系、"疏密"之间的辩证关系。

清代的邓石如指出"字宜疏处可使走马，密处不使透风"。真正好的篆刻章法是虚中有实、实里有虚，是辩证为用的。刻章、写字、画画的艺术家，学习的前几年总是去考虑线条，考虑字的结构，往往不往疏里想，只注重了"实"的东西，在不知不觉中疏忽了"虚"的、"空"的东西，这是最容易犯的一个失误。例如：在一个印章里面我们刻"一"，这"字"当然是字，虽为一笔，它可是实体。画面里面我们知道这个"一"，把印面分为两个空间，它与这根线产生什么样的虚实呼应关系这就很重要了。反过来，我在"一"上加一竖，成为一个"十"字，在一个作品里面产生了四个空间，这四个空间是否确当、精心，有艺术上的"疏·密"

变化，这里面就大有学问了，也就是我们讲的"疏"和"密"的辩证关系，也是实与虚的辩证关系。我们讲的这些，有些人会机械地理解为你讲的是"疏可走马，密不透风"吗？我举个例子，比如"上善若水"四个字来讲，"疏处可走马，密处不可透风"。那我把四个字集中到四分之一的空间里，四分之三让它空着，不是疏可走马了吗？切记，我们讲疏密关系，讲计白当黑，不是一次终结的方程式，如果你这样去做，你的作品一定是没有高的艺术性。所以不管是印章还是写字，它讲的疏密关系都是往深处渗入多次化的方程式，"疏中有密、密中有疏""白中有黑，黑中有白"。第二、第三个层次里面，同样要"疏中有密、密中有疏""白中有黑、黑中有白"。既强调黑白关系激烈地冲撞，又要让黑白关系和谐地拥抱，这才是高妙的大本事。印章更具典型的代表性，疏密关系怎么摆在印面这枣栗之地上，这就拉开了疏密之间的关系，让它冲撞，让它搏斗，最后看到"疏·密"笑嘻嘻地拥抱，这就成功了。在这里面还要讲一个典故，过去很多学者写书，他们沿用了"疏处可走马，密处不可透风"这样一种理论，他们认为这句话是赵之谦讲的，其实不是，在赵之谦之前，大书法篆刻家邓石如就讲过。邓石如也不是发明者，发明者是明代的潘茂宏，他的名气不大，所以他的著作可能很多人没有注意，实际上著作权是他的。

写字，不论是讲用笔，讲结体，还是讲整个章法，我们不能单单从书法里面讨好处，要跳出书法来从其他艺术中，乃至生活中去吃营养，很多大艺术家就懂得这个道理。讲字的章法，刻图章的章法，当然我们从古到今那些大的书法家、篆刻家的作品你都可以研究，但是有很多活生生的东西，你如果能够捕捉到、体会到，那是真的、鲜活的东西，而且是属于自己的东西，化之于艺，受用无穷。讲到疏密关系，我谈点自己的体验，在 20 世纪的 80 年代，我四十多岁，那时候中国女排老是拿世界冠军，因为我蛮喜欢体育的，最喜欢看中国女排和古巴女排两支超强队的对垒。两边一边六个人，在那个时候打排球很奇怪，跟现在不一样，两边的两个场地是画了六个方框的，就像我们写楷书的格子，打起球来，球往哪里走你没有办法控制它，人家打到左边了你都站到右边去吗？所以，如果我们受到了框框的限制，每一个人不管球往哪里走人人都在小框子里面跳，那是很滑稽的，这就是不讲规律、不懂章法。80 年代中国女排和古巴女排对垒，这两支女排都是高手，女排搏击好看。中国队发球过去，到古巴队那边，球不会轻易地掉在地板上。球过去了以后，或者是拦网，或者是远吊，或者是重扣，你来我往，短兵相接、搏斗激烈，而球不落地。这个时候，你不要把它当成球看，你就想我现在考虑刻图章和写字的章法。网的两侧十二个人像十二个字，随着球的落点无常而自在精妙地去站位、移动、布局，或急或缓，大开大阖，"疏处可走马与密处不容针"，天趣自成。像这种高水平的排球赛，两支精彩队伍的对垒，我们如果不当它球赛来看，当作章法教学课看，十二个队员是一个字，就是在演示鲜活而得体的最好章法。而且是不教条、无定则，有内在呼应性，经得起推敲、检验的经典章法。所以，很多东西我们不仅仅可以从书法里面学，也可以从书法之外去学。如果你是一个有心人，推开窗，别人看到的是窗外的风景，你可以把窗框看成是作品的四侧边缘，它里面就有非常美妙的、鲜活、出人意思的章法在里面。所以章法是个大学问，需要长期实践、长期磨砺。

写字我们从技巧上面讲了三个方面的六个字："圆·健、平·奇、疏·密"，这三个方面的六个字绝对不是割裂的。我们讲点画的"圆"和"健"，讲章法的"疏"与"密"，因为我们讲东西只好拆开来讲，但实际上它们之间的关系又是辩证的。我们学艺术的人，要学一点辩证法，因为艺术的本质就是揭示、阐述和化解矛盾。为什么要学一点哲学和美学，要懂一点辩证法？因为太重要了。比如说我们画一张画，红蓝黄，黑白灰，虚实空，浓淡湿……这些因素都是辩证且相互依存的。你懂得辩证法，你就知道我在创作这个东西的时候，什么元素我用得上，什么因素我要削弱，什么地方我要充实它，所有这些元素都是相克相生的关系。所以我认为一张好的书法，一方好的印章，一张经典的好画，如果要从精神层面上讲，它首先就是辩证法的胜利。所以搞艺术如果懂得一点辩证法，辩证为用，一定是受益无穷的。

风·神

大家可能注意到我上面谈到三个方面的六个字，实际上谈的都是技巧问题与技法的问题。但是，我都没有延伸下去，很多方面没有谈到，它不是一个讲座能够解决的问题，我们只能提纲挈领，谈我最主要的几条理解，要引申下去的内容太多了，笔法、墨法、水法等，里面违与合、斗与和的各种关系，今天谈不完。这六个字我们是谈技法，但我们要知道一个出色的书法家，他绝对不是靠这六个字就可以立身的。艺术最为重要的是精神层面的体悟，我将它归纳为两个字"风·神"。所谓"风"就是要风雅别出，让别人看你的字要"齿颊留韵"，看你的印他嘴里不知不觉会渗出韵味来，这就叫"风韵"。还有一个是神采，要出彩，要神气十足、精采非凡。不是表面技巧的体现，而是在技巧的背后有一种非常高的境界去让你体会，去让你玩味。所以，除了前面六个字的技巧以外，从精神层面来讲，境界方面的两字诀叫"风·神"。一件作品有一件作品的情感意境，一个时期的作品有一个时期的情感意境，而统括地说，一个书家赋予的情感和意境就是"风·神"。如梁武帝评王羲之的书法为"龙跳天门，虎卧凤阙"，着重称颂了王羲之的书中寓有强烈的动、静境界，它飞动处，如矫龙挟持风雷，腾跃于苍穹，盘旋于天门，是何等雄悠的意态！它沉静处，如猛虎瞌睡于门庭，虽进入梦酣，而依然有令人畏慑的势态。这用栩栩如生的画面所展示的评判是够人玩味的。又如，前人论王献之的书法"有若风行雨散，润色开花，笔法体势之中，最为风流"。这是说，王献之的书法，流露的是翩翩少年、英姿勃发的倜傥神情。再如，朱熹评米芾的书法："天马脱衔，追风逐电，虽不可范以驰驱之节，要自不妨痛快。"这是说，米芾用笔精能而如意，风樯阵马，进退裕如，不屑鞭勒，表现为一种无所不能、不可一世的狂颠而自矜的意态。此外，王世贞称褚遂良的书法"有美女婵娟，不胜罗绮之态"。这是说，褚遂良字里金生，行间玉润，特有一种不可企及的雍容华贵气象。细读张旭的《古诗四帖》，似乎是以字作舞姿、以纸为舞台，如欣赏公孙大娘舞剑器的精湛舞技；细读王羲之的《兰亭序》，典雅俊逸，宛如在倾听着肖邦的钢琴奏鸣曲；细读颜真卿的《祭侄稿》，从那饱含忠烈刚贞气势的字里行间，犹如是朗诵一篇辛稼轩的悲壮沉雄的词章。然而，同是以秀俊为意趣的风格，其间也有上下床之别，清代王文治的书法是习褚遂良、米芾、张即之等家而出于己意的，《履园丛话》论其书如"秋娘傅粉，骨格清纤，终不庄重"。辛辣地指出它缺少雍容华贵的气象，而透露出一种寒俭的妩媚轻薄神情。其格调意境是远逊于前贤的。历史上有很多书法家、篆刻家，他们的技巧可以说无可挑剔地好，但他们为什么成不了大家，成不了开宗立派的大师，讲到底他们是虽好而欠新，就是缺少了前无古人的新鲜"境界"，他们的作品里不能反映出由表及里的"风·神"。"四王"，在晚清到民国，谈到"四王"大家是顶礼膜拜的，但"四王"不都是从董其昌里面出来的吗？论技巧，"四王"无可挑剔，笔墨都好，但是他们的境界是借租来的，不是自己的，"风·神"不出挑的，也延习乃至打折扣于老董的。当然现在在市场上他们的价钱都很好，但是要从艺术的标准去衡量，这里面确实有上下高低之别。所以我们搞艺术的人，除了一天到晚去实践，当然这是需要的，也是非常重要的。我们知道这支毛笔拿到手里开始去写字，跟你讲的理论尽管都是正确的，但是你理解的东西不等于你自己把握的东西。从理解到把握还有好多个山头要爬。教你的方法都是正确的，你明天字就能写好了吗？艺术需要不断实践的，你的笔拿在手里，线条怎么去表现"圆·健"，结构里面怎么去表现"平·奇"，章法里面怎么去表现"疏·密"，绝对不是一百天里面就能解决这些问题的。我从四岁开始写字，写到现在我还认为没有写好，所以很惭愧。为什么从理解到真正掌握还有很长的路要走呢？因为大脑理解的东西，要变成手上能够忠实体现出来的东西，由大脑支配下的腰、臂、腕、指一路里骨骼的训练、神经的训练、肌肉的训练，要很长的时间，所以只有熟了才能生巧。"熟能生巧"，但你更要从精神的层面去懂得什么叫作"风·神"，因为前面的东西都是形而下的，真正能够让你到高境界的，是形而上。也就是我们要懂得在字写得不错了，有很好的基础的时候，我们必须探索新的理念、好的理念，是别人没有思考过实践过的理念，要拿这个理念来笼罩我们的技巧，用好的理念、新的理念来笼罩我们的技巧。同时用我们的技巧来充实丰厚这个理念，那么你就成为一个大家了。如果你整天用技巧去充实技巧，脑子里面不考虑什么叫新的理念，那么你可能就是一个字写得很好的书匠。所以，有没有"风·神"支配，让它跟技巧相结合，历史的经验多多，是决定你成为一个大艺术家很重要的因素。所以从这个意义上讲，"丰·神"就是艺术的灵魂，前面六个字是灵魂支配下的骨骼、筋骨、血肉。如果你是一个没有灵魂的人，也就是没有思想的人、没有境界的人，你绝对成不了好的艺术家。所以，我们在强调技术把握的时候，千万要思考怎么样去捕捉境界，去求得"风·神"，这是关键之关键。可能有人要问了，这个"风·神"从哪里来？"境界"从哪里来？我们要的"风·神"是要拒"俗"求"雅"，千万不能跟"俗'字沾边。有些人一看他的作品就感觉很俗气，所以要拒绝俗气，追求雅气，要有高的审美眼光和审美标准，这样才能"气清格高"，别开生面。

　　"风·神"从哪里来？"境界"从哪里来？从读书里面来，我们写字、画画、刻章，不能只讲去实践，要读书。因为书读得多，会思考，会消化，会弃同，会吸收，就会知道什么叫"风·神"。拿我自己的体会来讲，叫"诗心文胆"。中国的文化，古诗词，好文章，读得多，思考得多，消化为自己的东西，所以搞艺术的人要有诗的心、文的胆。你有这样一种深度，你再去表现东西的时候，就容易出"境界"，容易出"风·神"。当然，也不是绝对的。像瞿秋白先生会刻印，又如闻一多先生，也是非常有学问的学者，在抗日战争生活最困苦的时候，在重庆搞第二职业——刻图章。像他们这么有名，也经常刻图章送人卖印，现在也经常有文章高度评价他们的篆刻作品，我就感到不是那么回事。为什么他们刻的图章我感觉不是那么回事呢？他们知道什么是"境界"，什么是"风·神"，但是他们缺少我们前面所讲的那六个字，他们实践不够，他们把握不住，他们不能拿"风·神"和前面的六字诀融会贯通，所以他们的作品不能讲就是成功的。当然，我没有否定这两位大学问家的意思。此外"境界"从哪里来，"风·神"从哪里来？这个讲出来让我们气短，它还要靠天分。搞艺术，是讲天分的。我小时候，我的老师都是大艺术家，他们说小韩，你这小子还灵的，可以搞艺术。有些时候有的学生来了，跑掉了以后，老师就说，他不是这块料，不要再浪费时间了。所以，艺术是需要天分的，但是天分是怎么测定的？这不像数学可以运算预测，栽下一批桃树，三五年以后这棵结出来的桃子有酒盅那么大，那棵结出来的桃子有饭碗那么大，这可以说我的桃树比你有天分。但是我们说人有天分，多是捧捧你的，鞭策鼓励你的。我们承认天分的存在，但得由结果来检验的。即使是天赋特高，也是不能预支的。我们现在有些人学艺术，学了三天，就讲我天分高，什么古人，什么优秀传统学他干什么？我就是表现我自己，无古无今无他，唯我为尊，结果他必然成为一闪而损的昙花。

我今天跟诸位谈一点心得——从辩证的角度说书法。"圆·健""平·奇""疏·密""风·神"。当然，你用八个字概括书法的全部是不可能的，也是不现实的，谈的肯定有不足与不妥之处，还请高明多多批评、指教。

2018 年 3 月在上海社科院的演讲

谈谈治印的虚与实

治印者，以着字处为实体，以其配字、偏旁、点画间的空隙为虚处，此一般所称之虚实也。

"疏处可使走马，密处不使透风。当计白以当黑，奇趣乃出。"此邓顽伯总结的至理箴言。以治印论，不难在大疏大密，而难在于大疏大密中，不违情理，出之自然。

一件虚实处理精当的篆刻作品，要能初读给人以刺激、冲动感，又要在细读时给人以经得起推敲、咀嚼的回味感，则是舍"计白当黑"而不办的。

"疏可走马"和"密不透风"重在讲对立，挑起艺术上矛盾冲突。冲突既生，务必要有能力在冲突中求和谐、在对立中求统一。造险、破险，"无事生非""无风兴浪"，虽事息浪平，而奇趣则可生矣。

"计白当黑"者，调度转化也。讲调度转化，其一，要讲虚实的对比，更要讲虚实的调和。其二，讲虚，而虚中有实的生发；讲实，而实中有虚的生发。其三，既要讲字画线条，偏旁实体的安排；又要注重于字画线条分割出的所有空间（诸如形态、部位、大小等）的安排。其四，要讲究空间大分割块面的虚实顾盼，又要讲究包括每个小分割空间在内的全部的，包括边沿在内的虚实顾盼。

虚实即黑白，黑白分明，黑白对垒，黑中寓白，白中寓黑，"计白当黑"的调度转化工作，当实施于点画偏旁，配字成章的全过程，让黑白的分割，辩证地演绎为多层次、深层次的交错叩撞和拥抱。和而犯，犯而和，层层深入，环环相扣，则何愁奇趣不生。

虚实之说，且可引申到线条处理上。捧读古玺印，凡入土且剥蚀有致者，笔道溃而不烂，断而气连。或峻爽或朦胧，虚实生发，韵味特佳，足可师法。

这类有虚实的线条，以关系论，则为粗细有主次；以势道论，则为节奏有轻重；以层次论，则为表里有起伏。这样方能产生出浮雕般的立体感、层次感。

线条讲究虚实，忌笔笔乃至节节毫芒毕显。清人程邃、邓石如、吴熙载、钱松诸家在他们的印作里，都能透露此中消息。他们的佳作却圆浑有层次感，然皆由用刀的高技巧中赢得。至吴缶庐出，潜心发微，对线条及其余部在初镌之后，苦诣经营，刀刻之外，复创以披、削、击、凿等修饰之法。既雕既琢、刻意求索，而一以自然天成之相出之。从而明确而强烈地获得线条这一课题上的虚实层次感。艺进一层，天开一重，缶庐是厉害的。

留心于墨拓精良的汉封泥，足可品味出虚实感在布局、线条及块面上的出色表现。我揣度，缶庐必定从中得到启迪。

虚实是贯穿于布局、篆法、用刀、运腕诸方面的。它无所不在、无时不在。故善用者，笔笔见意，刀刀有物，误用者盲目躁动，杂乱搅和，不知所云；弃而不用者，则笔笔黏着，步履板结，生气索然。境由心造，虚实技巧的运用，首先是发源于印人观念上对虚实观深邃的理解、把握和运用。

此外，还要谈一点易于忽视的细节，其中也有虚实在焉。即一印刻就，在钤盖时要注意虚实的运用。初学者钤印如同其治印，只关注于文字实体，而忽视空间虚部。重实轻虚，为一大通病。其实，钤印时亦宜实中见虚。如果唯恐印面不清晰，印泥过厚且湿，用力既实且重，事与愿违，钤出的印蜕，势必会"逃掉"许多迷蒙空灵、可资玩味的东西。这也是不可不慎、不可不知的。

（原载《书法》1989 年 6 月）

"束缚"与"破束缚"

艺术除却它那混沌而悠长地形成雏形的初创期，以后形成了一条边继承、边积累、边发展的轨迹。从这个意思上讲，继承是艺术创作的基本属性，古今中外概莫能外。

印章艺术自其形成至今，已有近三千年的明确历史。初学者要入门，除了先继承是别无他途的。这继承就是按古来及今日所能见到的印谱、印作去临摹借鉴，把握印章艺术的精义。

有些青年人却透露出一种心态，认为这是一种"束缚"。我想，这也可以说是一种"束缚"，但它犹如初生婴儿的要"扎手扎脚"，限制它是十分必要的，这种"束缚"，正确地说叫"按规律办事"。所以对一无基础的初学者所宣称的冲破"束缚"的激越口号，我们只能持否定的态度。

学习篆刻先要注意对古来优秀传统的借鉴，那么要借鉴到哪一天、哪一年才能"松绑"，去天马行空呢？是十年？二十年？是临摹古印一千方？三千方？我以为单讲临摹的资历与数量是不足以引出正确答案的。我们不妨对几位篆刻大家做些考察。蒋山堂是西泠八家里的二号人物，而以乾隆、嘉庆时期的早期印谱汇总来看，他一生所治之印五十方左右。一位仅刻印五十方的人，能成为大篆刻家似乎是不可思议的。然而综合地分析他的学养，以及他机敏地汲取丁砚林的作风，专注地在深幽简逸这一特色上做文章、做成自己的文章，就可明白他是位善于巧渡捷径、事半功倍的学者了。

赵扨叔是明清流派印坛里声名显赫的大师，他印作乃至印款的多姿多式至今也还是空前的。从印风讲，没有赵之谦的出现，就不会有黄牧甫、齐白石的存在。然而，这位赵扨叔，一生刻印不满四百方。他刻印之少而成就之大似乎是令人想不通的。其实，细加研讨就不难发现他自有迥别于常人的继承借鉴手段。这手段当然是多角度、全方位的。而善于把彼时大量涌现面世的上古文物及其间文字，凡经我眼即我有，凡为我有即我用。或文字，或图案，或情调，或形式，一一拿来充实到印章这一小天地里，这可称是他的一大本事、一大发明、一大功绩。常识告诉我们，在这一领域里司空见惯、不足为奇的东西，一旦巧妙地引进到另一领域里，往往就成了奇特而全新的创造。况且，当时初出的金石封泥之类着字古器，本身就已具有了高古而清新的艺术魅力。一经天才赵扨叔的点化，化古为今，转化有术，当然更使其印作流光溢彩、照耀古今了。这正是赵氏一生临摹型印作仅数十方，治印不足四百方而卓然成家的一大奥秘了。

蒋山堂、赵扨叔以其取精用宏的练达借鉴功夫达到了自成一家的范例，是值得称道的。不过，在明清印史上并不尽是这类轻松地开启"自立门户"的幸运者。相反，更多的是以十年、二十年的苦修苦练而成正果的。大印家吴让之曾自述："余弱龄好弄，喜刻印章，十五岁乃见汉人作，悉心模仿十年。凡拟近代名工，亦务求肖乃已。又五年，始见完白山人作，尽弃其学而学之。"他是一位甘愿受大束缚的印人。此外，钱叔盖临摹过汉印二千方，齐白石早岁临摹浙派及赵㧑叔的印作，刻后复磨，直到了"磨石书堂水亦灾"的地步，这也是受过大束缚的两位印人。由此可见，赵㧑叔、蒋山堂是十分成功天分占其七的人物，而吴让之、钱叔盖、齐白石则是十分成功苦练占其七的人物。可是不论是巧学或苦学，得来容易或艰辛，对传统的继承，必要的束缚是不可缺的。当然其程度是因人而有短长、多少、快慢之别的。具体说是与人的禀赋、修养、努力、境遇、师教等条件而异的。

我尝将攻艺喻之为结茧，蚕不食桑不能结茧，结茧了又不能自缚、自毙。要者能破茧而出，化蝶产卵。食桑结茧，茧者，艺之小成也。自缚自毙，其成果仅一茧而已；破茧而出，产卵生衍，化一为万，生生不息，其成果方称深广博大。

"束缚"是必要的，又不应该是永久的。对束缚安之若素，唯传统为从，不愿有半步的逾越，不敢有一丝的畅想，似乎不是为未来，而是为古人去活一辈子，是毫无意义的，是缺乏责任性的。到了该"破茧"的时刻，是理当义无反顾地"破茧"而出的。须知，没有必要的"束缚"，不足以登篆刻之殿堂，"束缚"是为了"破束缚"，登堂入室也仅仅是寄居观光，务必由前门入而破后门出，才能海阔天空，任尔畅游翱翔。

初学者乐于承受"束缚"也不易，在经历一番"束缚"后，"破束缚"更是大不易。鉴古有得，艺有所成，即使不满足现状，想"破束缚"往往第一位阻挠者，不是别人，正是自己。我本人即有这苦恼的体验。自己那多少年来形成的思路、熟悉的技法、顺势的惯性、无形的惰性，都成了顽固而强劲的阻力，心与手的相乖，熟返生的冲突，以至自己与自己的作对、打架。要战胜往昔的自我是带有离奇色彩的痛苦经历，但唯有战胜旧我，才会有一个全新的我！

诚然，即使有"破束缚"的毅力和胆魄，其边破边立的过程也是持久而漫长的，荆棘更多，坑凹更烈。如果说，初期的"束缚"算不上是圆满的成功，那么，深层次的"破束缚"更不是当然的成功。早期的接受"束缚"，作品里虽然没有多少自己，却还有古人，不能大成，定有小成，保险系数是很大的；"破束缚"而走火入魔，作品里不仅失去了古人，也失去了自己，其结局将是前功尽弃，一无所成，有着很大的冒险性。平心而论，"束缚"与"破束缚"都只是一个运动的过程，而不是目标。为了达到去其依傍的创造目标。"破束缚"摆脱身上固有的东西，即那些纯属于古人、他人的那部分东西，更需要在摆脱中无所不用其极地去探索、汲吮、演化、把握属于自我的东西，如此，吐故纳新，去芜存菁，坚韧不拔，日积月累，方能"破"中有"立"，边"破"边"立"，由继承到创造，创造出新的印风，乃至有目的地去"束缚"后来人。

"束缚"与"破束缚"，核心是一个继承传统与推陈出新的命题。我们讲继承，是讲继承古来优秀的传统精华。我们讲创新，是讲创造具备真、善、美的艺术新内涵。今日被称为传统精华的东西，都曾是历史上某一阶段闪耀光华的东西。今天即使是濯古有成的新创造，也将在历史的行进中成为一种传统。因此，把新与旧简单地敌对化是失之偏颇的。把对"束缚"与"破束缚"机械地割裂开来也是有失偏颇的。我不赞成在印章艺术上对传统的一概否定、拒绝借鉴；我不赞成对未经时间检验的所谓新面一概欢呼、趋之若鹜。辩证法使我们变得清醒、公允、坦荡、深沉、聪明，去正确对待和处理好"束缚"与"破束缚"的关系，以弘扬我国的印学。

1991 年 11 月 24 日于百乐斋

（原载《中国书法》1992 年第 2 期）

保持艺术新鲜度

艺术的经典是永恒的，然而，经典又总是有保鲜期的。

清人赵翼曾从文艺发展史的角度洞察："李杜诗篇万口传，至今已觉不新鲜。江山代有才人出，各领风骚数百年。"历史在前行，审美在演化，创作者在求索，后人在期待，故而，既往的经典虽是永恒的，但其"新鲜"也是有限的。

明末汪关借鉴汉印及元朱，开创了精妍雅逸的印风。程邃以朴茂古厚的情调出之。嗣后，丁敬以古拗生拙的印格，横空出世。接着，邓石如以书入印，以婉畅流美的新腔，气压万夫。清末吴昌硕纵横捭阖、雄恣壮伟的作为，名扬印坛，而几乎同时，黄士陵则以其光洁清纯的面貌，惹人瞩目。

上述印坛巨匠个个独领风骚，有着不可动摇的地位，但其作品的"新鲜度"却随着时间无情消减。作为人类不可或缺的精神食粮，艺术应有新的创造，才能有大别于前贤的新品种、新风味和新鲜度。

"新鲜"与"创新"，二者有一字之别却相去甚远。当今，一些印人努力创作出某些颇见"新鲜"的作品，它们也许是"创新"的前奏，却缺乏艺术要件的滋养、充实，必会昙花一现而凋谢。从本质上讲，真正"推陈出新"的作品，才称得上开生面、领风骚，才是"新鲜"的创新。

鸟虫篆，是滥觞于周秦时期仅见于印章及偶见于铜器、铜剑上的文字。鸟虫篆印的基调接近清丽静逸，而又别致得像花腔女高音，正是印人想换换"口味"而出现的一道新鲜佳肴。它有趣的特色是对篆字的笔画、偏旁以龙夔虫鸟之类的动物做变形进行衍饰附加，是基于做加法、做乘法的艺术劳作。这几十年来，就鸟虫篆印创作来说，印人众多，习作亦丰，而考察其成绩，大多还未能实现"新鲜"的创新，如何突破这一瓶颈？我认为应注意以下几点。

其一，树有根，水有源，创作鸟虫篆印，务必要潜心研习上古鸟虫篆文字。周而复始，自有常学常新、固本健体之效。今日鸟虫篆资料之丰富令前人艳羡，亦是我等后来者的福分。上古鸟虫篆文字，点画造型浪漫，变化多姿，风情万种，是古人呕心沥血、精心锤炼的成果。博取遍览，或临或摹，或读或记，目识心悟，得其奥窍，裨益无穷。

其二，鸟虫篆印，当以有据有本的篆字为载体，用字无论是采自甲骨、金文、小篆还是缪篆，都宜求正确、少讹误。诚然，艺术、美术那浪漫宽泛的本心，多少区别于严谨不二的学术文本，少许做些变相而无伤本旨的处理，是不必厚非的。《中国书法大字典》中，一个单字能表现为几十种相貌乃至结构大异的书写形体，正是历来诸多书家自设自创而逐渐增添的体貌。但是，荒诞的信笔由缰、自我编造绝不应提倡。母体有据，饰而美之，艺术、学术兼优，也易赏者释读，此为"万变不离其宗"。无据地杜撰造字，乃至背离美感地萦绕盘曲，还沾沾自喜为"游目骋怀"的离奇花哨要不得。读鸟虫篆印，应好似邀观者猜哑谜，诱人上心着意，但一定要设有柳暗花明，忽地令人开朗、开怀的谜底。有深度的迷蒙，绝非浅薄的糊弄。

其三，以优雅且形变的鸟虫一类繁饰篆字时须知，繁饰并非挤对、替换原字的形体。精心美饰，不是脱胎换骨。字，毕竟不是画，主次是不可颠倒的。作为美饰的众多鸟虫夔鱼等物种，形态不宜也不应是写实和逼真的，要善于提炼浓缩物象，发挥浪漫变通力，化一为十。多接触商周铜器上变形奇诡到出神入化的人物、禽兽图饰，有助于拓展艺境，加强提炼能力。

其四，勿犯缠绕过度、叠床架屋之弊。鸟虫篆印决定了它不能摆脱描龙绘凤、极尽添饰的属性，但堆砌、芜杂、拥塞、板滞、纤巧、俚俗皆要尽力避免。鸟虫篆印，在浓妆艳抹之际，尤当注意在加法里做减法、在乘法里做除法，不蔓不枝，虚实相映，方显出金刚手段。创作鸟虫篆印，理当绕萦不失庄严，迁荡不失筋骨，气满不失神清，妩媚不失内质。既经营于"无中生有""尺水兴波"，又落实到"清水出芙蓉，天然去雕饰"。如此高标准，当然难达到。然而，"难"正是曼妙艺术的特质和魅力所在。

其五，重视对用刀、运刀技巧的理解、感悟和把握。篆刻艺术，忽视、藐视、蔑视用刀，都是观念上的大碍。"篆刻"一词清晰表明，"篆"虽重要，但若失于"刻"，何来上佳的"篆刻"？印人七寸钢刀在握，妙在令线条柔而刚、畅而涩、圆而方、健而韧，乃至有"折钗股"般丰满的书写感。我以为应强调刀之角、刃、背兼使，切、披、勒并用，刀作笔使、八面运锋，在流动中求古淳，在盘搏中见空灵。如行云流水，若轻烟缭袅，让刀在窄迫到方寸的八卦阵里舒心畅达地环游。笔断续则意味长，刀生韵则其味厚，印空灵则其味鲜，以期生大自在，得真烂漫。不过，"刻"毕竟是"篆"的后继，再精妙的用刀技巧，也只是创作中的一环。刀法永远不可能越界去弥补此前配篆与章法上的缺失。篆之失，是本之失。因此，要创作一方出色的鸟虫篆印，先得下大气力推敲配篆和章法。我至今还存有一印的构思稿，先后修改了五十三次。九朽一罢，知白守黑，抒情畅神，始终是第一要义。

其六，要思路活跃、敢于尝新，力避老调重弹、千印一面。鸟虫篆印中有近似而内质不同的百般风味，喻之以佳茗，即有龙井、猴魁、冻顶种种之别，滋味各异。因此，创作鸟虫篆印，切不可凝固、止步于一腔一调一式。我创作鸟虫篆印，在配篆及章法上，往往不是按老例先设框架、模式去套用，而是先着眼去玩味入印的印文。印文，始终是这方印的真正主角。汉字本身个个有体姿，更有性情、生命。由印文生发出感悟和情趣，从而作鸟虫的提调、佩饰，追求一印一世界、一印一风情的诗心表达，与丹青里的"应物象形"和"随类赋形"相似。譬如创作三字印时，应由"字"生发，灵变而合理地营造错综复杂的矛盾冲突，其间系铃解铃，巧妙地将矛盾和谐化解。

其七，跳出圈子，广采博取。创作鸟虫篆印只是今人"推陈出新"征途上多元、多向探索中的印苑一格，是繁星中的一颗，而非唯一。若单从历代鸟虫篆里去讨好处、吃营养是远远不够的。兼习先秦两汉玺印，遍览明清百家佳作不可或缺。若狭隘地偏门专攻，则有路窄道险，内涵空泛、贫瘠之虞。作为印人，还当会十八般武艺，读书、赏古、善书、擅画，乃至像张旭、怀素般用心观察生活，打通艺心，才能印外求印。

否则，长期仅作鸟虫篆印，其固有的缭绕繁饰的习气，将有碍自身进行风貌多元的印艺创作。

喜看当前印坛，鸟虫篆印的创作方兴未艾，众志成城，持之以恒，丰收可期。

（原载《人民日报》2019 年 2 月 24 日）

传统万岁，出新是万岁加一岁

作为艺术工作者，回避不了继承与出新这一题目，这跟人来到了世上回避不了衣食住行一般。

自有艺术的诞生，继承发展就是与生俱来的基因。然而在它生命的过程里，是强调继承，还是强调发展，是对立还是互动，却一直有着激烈的冲突，乃至搏斗。

只须追溯一下有清一代的历史，重继承，乃至视摹拟为继承、为发展的陈腐观念，成了那漫长时期的正统与标尺。笔笔有来历的"四王"被捧上了天，而极具个性与生命活力的"扬州八怪"则被视为不登大雅的旁门左道，出新似乎成了"野狐禅"的同名词。今天看来这种滑稽而倒置的认识，这种丑陋而不可容忍的歧视，却是存在了许久许久且大行其道的史实。封建末世标榜的"中庸"号子，反映在艺术上则表现为抵抗出新，打击发展，甘于守旧，袒护落后，是与历史背道而驰的。

没落的制度，扭曲、倒置的观念，必然导致艺术的衰败与落伍。即使有为数极少的清醒的、极具创造力的艺术家，往往也不能、不敢公开地祭起对垒保守、决然出新的大旗，其中的大智慧者，就免不了打迂回战术，采用彼时主流社会所能接受的手法——托古推新。用旧瓶装新酒，其实瓶也是新的，但无奈地要"做旧"了面世。如此可以避免与天高地厚的陈腐势力做正面冲突减少阻力，为自己的我行我素的个性作品换来可以过关放行的"通行证"。此类曲线出新者不一而足，如浙派首领丁敬，明明是创新的作品，却每每冠以"追秦摹汉"：如国画大师吴昌硕，在其出新风格的书画作品上，每每冠以"临石鼓文""摹张十三峰"……这都是用心良苦的例证。

时代不同了。中华人民共和国成立以来，特别是改革开放这二十年，创新已经成了时代的强音与主流，创新不仅不会受到压制，相反会获得一致的鼓励支持。这正是我们生活在这个时代的艺者的幸运。这也真足以叫地下有知的前期艺人妒煞。

在如今，要不要创新，这个命题的高论似乎已经偃旗息鼓。然而，如何创新的严峻课题依旧摆在我们的面前。这不是一个纯理论的课题，是要靠实践来论证、兑现的。我们从不轻视坐而论道与纸上谈兵，但是离开实践，谁也不可能触摸到实实在在的出新成果。同样，离开了传统，就难以检验出实实在在的出新成果。

在艺坛上，当创新成为一种共识，人人都高呼创新的口号时，当一种有意无意地忽视乃至否定传统成为一种潜流时，我们也到了对继承与创新要重新审视的时候了。这就叫防止一种倾向掩盖另一种倾向，防止一种数典忘祖、民族虚无的倾向。

拙以为，技术与艺术的发展行径是极不相类的。科学技术的发展是革命式的、淘汰制的。诸如电灯的发明，无须从先前的蜡烛与小油灯中去讨好处，其间的确也没有一丝的内在的传承。同样，电灯的盛行，它的"前辈"也就无奈地寿终正寝，失去地位与辉光。而艺术不然，艺术的发展是渐进式的，是递加型。以往的优秀传统（无论中外）有取之不尽的养料，要入门，要发展，要出新，就必须"推陈"，不知陈、不推陈的"出新"，不是自欺就是欺人，是站不住脚的，也是不可能的。在文艺领域里，新陈可以百世同堂，互不排斥，各领风骚。试想，在国画方面，为什么崭新的齐白石、黄宾虹出现，举世公认；然而，陈而又古的石涛、八大、青藤，乃至荆浩、范宽依旧令人崇敬。在书法方面，于右任、沈尹默新风的出现，举世公认，然而，俱往矣的伊秉绶、傅山、黄道周、董其昌，乃至米芾、王羲之依旧令人神往。在篆刻方面，吴昌硕、赵之谦的新风的出现，举世公认；然而老刀手邓石如、丁敬、程邃、朱简乃至周秦两汉印，依旧魅力不减……新的光彩夺目，陈的雄风犹存，何以如此？缘于科学技术讲替代，新的淘汰旧的，摧枯拉朽，毫不留情；文学艺术讲积淀，新的充实陈的，百花争艳，各擅胜场，源远流长。

在文学艺术里，传统的"陈"东西，是陈而不腐的，是陈而弥香的。这些"陈"的传统，能承传至今，就在于它们本是历史的各个时期大放异彩的"新"东西。其属性是永恒的"不可无一，不可有二"的"新"。就个体来说，它创造的新面，是前期所无，而又后世无可替代的，是长新不旧的。只是时光的推延，使它们归于以往，归于传统，其内核是历千年而毫不黯淡的、历千年而不失其营养的。这珍贵的文化遗产，这丰厚的优秀传统，永远是乳汁丰满的奶娘。后人不吃这口奶，恐怕是长不大的。这大概也就是素有文化遗产之说，而未曾听说过有科学遗产的缘故吧！要之，文学艺术当奉行不薄古人爱今人的准则，这不是权宜的策略，而是艺术固有的规律使然。一个精进求新的艺者是不应轻视传统，更不可否定传统的。从辩证的角度看，否定优秀传统也是否定昨日的出新，即使今日出新有成的大师，它也不可避免地将成为明日之陈。否定优秀传统不仅是否定前人、他人，也是彻底地否定了自己，否定了整个艺坛，是不可恭维的虚无主义。所以，坚持创新，但又重视继承，继承的目的只是为了创新。这才是可取的态度。鉴于此，从宏观的史的角度我常戏言：传统万岁，出新只是万岁加一岁。

出新是进取的哲学。出新成为社会与时代的主导观念，是来之不易的，值得珍惜，而更贵在践行。出新固然要重视传统，但又要时时警惕成为传统的俘虏；出新贵在行动，要防止成为空泛的口号和只具赶潮流赶时髦的躯壳；出新，更不能投机取巧，以旧酒装上新瓶去欺世招摇。出新为主导的时代，依旧会有打着出新的旗号的鱼龙混杂。自鸣的或纯炒作的出新与真正意义的出新有天壤之别，有质的差别。时代需要出新，时代召唤出新，但对出炉的新东西，是真是赝，也还要经得起严肃的检验与考察。因此，快速而轻率地"棒杀"与"捧杀"都不是对待出新的可取态度。而作为有志出新的艺术工作者，立志创新，但又切忌浮躁心态与市侩手段。不甘寂寞，急功近利，自吹自唱，哗众取宠、一味炒作、巧取虚名……似乎都是攀登路上的重重绊脚。

艺术工作者，不锐意出新，何必攻艺？然而，出新之难，的确是难于上青天的。出新，对于一个清醒而诚实的艺者来说，是一个漫长、艰辛、淌汗滴血、神魂颠倒的过程；是万舟竞发，到头来偶有一个幸者可达彼岸的险路畏途。汗加血，险且艰，但我们还得义无反顾地走这条路。唯有走这条路，才是艺者无怨无悔的成功之路，才是一条即使一无所得也一生意满心甘的金光大道。

2002 年元宵于豆庐新寓

（原载《书与画》2002 年第四期）

郑板桥与"六分半"书

郑板桥，名燮，出身贫苦，是清代乾隆时艺坛"扬州八怪"中声名显赫的闯将。

古往今来，在书法家的范围里，郑板桥是一位为街头巷尾、妇孺老少渲染得颇为频繁的人物。这大概是跟他为人正直，具有平民的性格有关。中年时期，他有过十几年的宦游生涯，在山东做七品知县官。他为官秉公清廉，能关心民众的苦难。"衙斋卧听萧萧竹，疑是民间疾苦声。些小吾曹州县吏，一枝一叶总关情"这首题在竹图上的诗篇，抒发了这位地方长官要与老百姓共甘苦的誓愿。

作为地方官吏，他不仅讲得真切，也确实有些实际行动。一年潍县遇上了大水灾，百姓苦难深重，他等不及上司的许可，就拨款救灾济贫，在封建王朝里，这类正义壮举的结果当然是善有恶报，他被治罪，罢官回了老家。由爱其人而喜其字，这也正是几百年来百姓不能忘记他和热爱他书画艺术的一个缘由。

郑板桥的艺术性格也是颇具平民性的。他声明自己的艺术是"用以慰天下之劳人，非以供天下之安享人"，辞官回到扬州后，他以卖字画为生，他绝非见钱眼开，求者必应。他喜欢吃狗肉，送他狗肉吃的小贩，也能慷慨地用自己的书画回报。可是富商大贾，出重金也很难得到他的片纸只字。有一个大盐商，求不到板桥的字，托人求到书法作品，也都不写上自己的上款（即在作品上写上求索者的名字）很感到没趣。之后，盐商就设计求字。有一天，板桥外出闲逛，听到琴声悠扬，即循声探寻，走入一丛竹林，见内有一大院落，很雅致，进门看到一位气宇不凡的老人正在操琴，又嗅到狗肉扑鼻的香味，就上前寒暄："主人也喜欢吃狗肉？"老人说："百味莫佳于此。"好，居然嗜好相同，二下竟未通名报姓，就坐在一堆，大吃狗肉来了。此时，板桥见其四壁白洁，就是一无字画张挂，十分空荡，问他何故，老人说："没有精彩的字画，宁可不挂，据说此地有个郑板桥，名气很大，但也不必上门求索。"板桥听了欣喜，说："我就是郑板桥，现在就为你挥毫吧。"老人就取出纸笔，板桥一鼓作气，写了许多，刚要写上老人的上款，一看名字却跟先前那大盐商相同，而老人称："我取这名字的时候，那盐商还未出世呢，清者自清，浊者自浊，同名何伤？"板桥觉得言之有理，就一一写上了主人的名款辞别。之后，这个狡黠的盐商托人硬是把板桥邀到他的家中，板桥回顾四壁尽是悬挂着那天书写的作品，才知道是中了大盐商的"狗肉计"。生米成了熟饭，无可奈何，但心中颇为耿耿，以至于懊悔终生呢。

前人有把郑板桥的书法称为怪字，他也自称为"六分半"书。我们知道，书法的字体，有篆、隶、草、楷之别，郑板桥独创一格的书体，是以古人称为"八分"的隶体字，掺入了篆、草、楷的笔法、结体融冶而成。正因为以"八分"为主，又不完全是十足的"八分"，因此，他才别出心裁地冠以"六分半"书。这类书风的特点，我们可以从他手书的书画润格里获得印象。如第一行多以行楷书的方法为之；而第三行"送礼"两字、第七行的"佳"字等，均采用隶书方法；第二行和第十行"倦亦不能陪"等字，多采用草书方法；第六行的"则"字、第十行的"神"字是采用篆书的结体以行楷的笔法写成。郑板桥的书法，将篆、隶、草、楷合而为一，但没有明显碍眼的不协调感觉，这是因为他通篇的用笔方法基本采取了生涩瘦硬的"蹲笔"，用和谐的笔法来统一多相貌的结体，宛如是用一根银线把五光十色的珍珠贯穿起来，所以能不至于杂芜零乱。

郑板桥书法亦具有形态变幻多端的特点。字写得或大，或中，或小；姿态或歪，或偏，或正；字形或长，或扁，或方；意趣或险峭，或冲和，或憨拙。几种方式，参插兼施，为整幅书法制造了"乱石铺街"的艺术效果。吸取狂草书奇诡莫测的章法布局，改头换面，用来表现他"六分半"书的章法布局，也可算是郑板桥在章法上的新变局。

郑板桥书法的另一特点是作字如作画。他的书法除去借鉴篆、隶，得力于宋代书法家黄庭坚为多。他从黄庭坚的字里，玩味到画竹的情趣。他书法上惯用的特长笔画，正是黄字的变本加厉，饶有"波磔奇古，翩翩生姿"的奇姿异态。清代书法家何绍基称"板桥字仿山谷，间以兰竹意致"。的确，他书法里那些长竖、长横，就像是一节节的竹竿，那些长撇、长捺，就像是迎风摇曳的竹叶，特别是第十二行的"也"字，那意态各别的三笔，宛如秀发的兰叶，显示出跳荡洒落的画意。

清代初期，是书法史上行楷书走下坡路的阶段，在千字一面，千人一腔，以乌、方、光为艺术准则的馆阁体风行的沉闷气氛下，郑板桥以叛逆的性格，打破桎梏，强调"自出己意""自树旗帜"，广泛吸收帖的好处、碑的精神，终于自成一家，得到了后世的公认。尽管他的书法还存在着稍微造作、欠缺自然的缺陷，但毕竟是前无古人的书林别调——"六分半"书的开创者，也是打开以后篆隶书法盛兴并取得晋唐以来不可抗衡的巨大成功的先行者之一。人品甚高，书品亦佳，碑意帖写，启迪后人，应该得到我们的称道。

（原载《大世界》1980 年 3 月）

齐白石的《荷花影》

　　齐璜，字白石，是继吴昌硕之后的一位阔笔大写意画家。区别于吴昌硕古朴雄浑的画风，素以稚拙简漫见长。以寓意和情趣论，齐白石似乎更多地捕捉和开掘了底层民众浓郁的乡土生活气息，更多地塑造和提炼出画外求诗的艺术语言。

　　齐白石九十二岁时所绘的《荷花影》，即是这方面的一件代表作。画面上一干斜出盛开的荷花，其倒影映于水面，一群稚气可掬的小蝌蚪痴情地追逐着水面的花影。

　　以色彩论，画家以红艳的色块写荷花，分别以浓、重、淡、清四层次的墨色写花蕊、干枝、水纹、蝌蚪。简括明了的红、黑交映中，显示着画面的强烈的对比与和谐。

　　以章法论，画家巧妙地以荷花及下方花影间横干斜所出现的空间，沿其右侧书写了四行参差有序的题字，组成一个大块面，从而以画面般的题字充实和丰富了画面，使画幅空间分割更见起伏、合理而更具美感。

　　印章在画幅上的作用是不容低估的，而这往往是一般读者忽视的。此画白石老人仅钤以一方朱文"木人"小印，其妙处在于朱文小印，不至于抵消和削弱对红艳荷花的注意力。倘使钤盖白文大印，就有喧宾夺主、主次失调之嫌了。其妙处还在于"木人"印钤盖的位置，是处理于

齐白石作品《荷花影》

两块艳红花朵的呼应范畴之内，且成不等边的三角形，这样，既不损害画面的紧凑和完美，又可以小印泥之一点红，衬托上下两方色度有浓淡的红荷，产生出顾盼有情、节奏跌宕、开合有致的艺术效能。

除去这些技法上的匠心独运，此画更有寓意上的独到。画家此作似乎刻意地在做一篇生活中根本不可能存在、有违科学性的文章，而它比照抄生活、貌似科学的画图更深邃、更科学、更具艺术感染力，堪称是一篇纯情的、高深的荒诞体文章。

生活告诉我们，水面荷花的倒影，是日光侧照的自然现象，由荷花观察到它水面的浮影，也只有处于水面上的某一位置。所以这荷花的倒影，是居身于水中的任何生灵，包括蝌蚪在内都决无眼福的。生活中不可能存在的事，在画家的笔下，就可以合理地显现出来。当我们出乎意料地欣赏这一队摇曳着尾巴，敞开心怀的小生灵天真、浪漫地去追逐那本来乌有的荷花倒影时，有谁能不为之所感染、所动情呢？又有谁不为画家那神奇的构思、纯洁的童心所企佩、所赞叹呢！

齐白石先生的《荷花影》明确地告诉我们：艺术需要奇思妙想，艺术领域里自有其特有的科学性、真实性。《荷花影》不失为一幅超科学的、脍炙人口的画坛佳构！

1988 年 4 月 12 日夜深时

鲁迅《蜕龛印存》

在《鲁迅全集》第七卷里，我们可以阅读到鲁迅生平唯一论述中国传统艺术——印章（篆刻）的文章《蜕龛印存》序。它对印章艺术的来由、出现的时代及其源流遭变，做了言简意赅的提纲性的阐述。

以往对印章的来由是众说纷纭。《春秋运斗枢》说："黄帝时，黄龙负图，中有玺章，文曰'天王符玺'。"这是说印章最初出现于黄帝时代，是由遨游四海的蛟龙捎给传说中的这位帝王的。而《春秋合诚图》则说："尧坐舟中与太尉舜临观，凤凰负图授尧，图以赤玉为匣，长三尺八寸，厚三寸，黄玉检，白玉绳，封两端，其章曰'天赤帝符玺'。"煞有介事地把印章最初的式样形制都讲得很叫人相信，但露馅之处是由谁也没有见到过的凤凰授给圣明天子的。此外说法颇多，而其实则一，即对事物做主观臆造的解说。

鲁迅在《蜕龛印存》序里精确地指出，印章的产生"始于周秦"，这门艺术的来由"在于致用"，其用途是"执政所持，作信万国"。即是说印章是政治的产物，是作为阶级社会里权力的象征、取信的证件。鲁迅运用唯物史观力纠邪说，廓清了笼罩印坛的霾雾。《蜕龛印存》序当是我国印章研究史方面占有重要地位的一篇精辟论文，值得重视。

然而，细读序文，感兴趣的读者总想进而了解一下蜕龛是何许人，其篆刻作品的风貌如何，鲁迅与蜕龛有何种关系……以往苦于资料短缺和孤陋寡闻，不得而知。这次笔者偶有山阴之行，公暇走访讨教了沈定庵、孙孟山等先生，他们热心地出示资料，提供情节，使我粗得梗概。

《蜕龛印存》是一部汇集篆刻作品的书籍（即印谱）。作者名杜泽卿，绍兴人（今属上虞），1876 年出生于一个败落的书香门第，自幼爱好书法刻印，在这个艺术迷宫中辛苦了一辈子。他长期在杭州以书法篆刻营生，曾偕同善画花鸟的沈远（华山）在上海举办过一次金石书画展览会。笔者曾在同好处见到杜泽卿的篆刻作品数方，虽豹之一斑，但足以窥见他掌握秦玺汉印的传统功力，和在自出新意方面所做的多风格的探索，是一位颇有成绩的篆刻家。由于国民党反动派摧残文化艺术和伤害知识分子，1933 年秋，他在贫病潦倒中死于绍兴，终年五十七岁。据蜕龛堂弟杜念贻老先生的回忆分析，《蜕龛印存》是杜泽卿中年时期作品的选编，分为四本和六本两种连史纸线装稿本，印花均由作者精心钤盖后再粘贴于册中。四本装有《蜕龛印存》的书签，是由当时享有盛名的金石书画家老缶（吴昌硕）手书，这也给这本准备付印的印稿增添了艺术风采。可惜，因杜泽卿困于经济，印稿终未付排出版。在他去世后，家人将这两种稿本折卖给了上虞、嵊县的爱好者，其归宿至今不明。在落实中央抓纲治国战略决策，文艺园地百花争艳的今天，努力让读者重睹《蜕龛印存》的本来面目，也应该是文物搜集工作中一项小小的任务。另据年迈八旬的孙孟山先生说，杜泽卿谢世时，曾遗留下一筐篮手刻的印章，他夫人要赠送给孙先生，孙因家境清寒不能给杜的家属资助而未去领收盛意。嗣后，这批蜕龛摩挲了一生的作品都散落殆尽。

确如鲁迅所述，杜泽卿与他并未晤面过。杜是源于其姊丈购置了先前是鲁迅后归朱阆仙的住宅，而与周作人相识，印存序原先是周作人所撰。这也就使我们解开了这篇序加有"代"字的疑窦。对此，在鲁迅日记中也能寻得佐证：丙辰日记（一九一六年）六月十三日小雨，上午得二弟信并《蜕龛印存序》一叶。二十一日晴，上午寄二弟信，附改定《印存序》一篇。可见收入《鲁迅全集》第七卷的这篇序文，是由当时在北平的鲁迅认真改定后寄给周作人，转交杜泽卿的。此外，体会改定的《印存序》的文意，内"岁丙辰三月，张梓生示《蜕龛印存》一卷"句，当是原序固有，张梓生当是周作人的乡友。

光阴荏苒，而手泽犹新，重读改定的印存序，可以想见，精于金石文字学的鲁迅以如椽之笔，对周作人的原序，做了本质性的斧削和再生，改"一叶"成"一篇"，以致周作人都不敢掠人之美作为自己的手笔，后遂署以鲁迅的笔名发表于翌年的《聂社》杂志。如今，对周作人写的原序大概是不可得见了。倘能将一位高尚的革命家跟一个卑鄙的汉奸文人发表的截然两致的观点做一番研究和评判，也将是一件很有教益的事情。

（原载《解放日报》1978 年 2 月 7 日）

发老印事

先说句大话也是实话，谈中国绘画，绕不过 20 世纪的海派艺术。而谈到海派艺术，又绕不过作为海上画派代表人物、个性独到的程十发先生。但是很多人并不知道，程十发先生不仅会刻印，而且刻得极有个性和艺心。他名程潼，1938 年在上海美专读书时，老师李仲乾为他取字"十发"。《说文解字》称：十发为程，十程为分，十分为寸。"发"就是头发丝粗细的一个咪咪小的计量单位，取这个字对发老似乎有大才宜自谦的期许。

画家刻印在历史上并不新鲜，从明代流派印章开始崛起，画家就始终是篆刻领域的一支重要力量。晚明"画中九友"之一的嘉定李流芳，他的印就刻得很好。清代初期的垢道人——程邃，是影响了有清一代的篆刻高手。还有金农、高凤翰，也都精于刻印。到了近现代，绘画大师们大多擅长篆刻，比如吴让之、赵之谦、吴昌硕、齐白石、黄宾虹……这些大师不仅印刻得好，其中有一些最初还是以印立身、以印成名的。至于现当代画家，像傅抱石、张大壮、陆俨少、唐云等，也都会篆刻。发老同样对篆刻颇为熟稔，但由于高度近视，他较早地放下了刻刀，把精力主要集中于书画。对近现代的大书画家而言，金石篆刻对他们书画创作的滋养，是非常重要、不容忽视的。大师们往往集诗书画印诸艺于一身，倘若书法家只重书法，画家专攻画画，诗人只是写诗，篆刻家只事刻印，单打一，未免路太狭窄。我历来主张艺术领域品类之间，要打通"马蜂窝"左邻右舍的蜂穴，触类旁通，扩容互补，令其产生"一加三大于四"的复合性的化学效应。

发老所刻的印作，现在能看到的印也就二三十方，数量不多，因为他主要是自刻、自娱、自用，或者偶尔刻给非常亲近的朋友。发老的印风，我们很难给它归类。它既非周秦古玺，也非浙派皖派，他的印没有这种疆界。他是以绘画的技法、章法，以及他对书法的独特认识，融入他的篆刻当中。所以他的印风，非秦非汉非明清，讲空间感，讲音律感，讲灵性，讲随意生发，无拘无束，才气逆发，新奇耐看，经得起咀嚼。发老的印，无论是篆法、章法还是刀法，都和他的画风一样，有自己的排古、排他而存乎己意的特点。当然他年轻的时候也刻苦钻研，学习吸收了古典篆刻的优秀传统。他是天分特别高的人，学到的东西能够立竿见影，咀嚼、消化、吸收、演绎生发一条龙，所以他的印自然天成地出人意料，别具一格，令我辈印人羡慕到气短。随着画名的显赫和求画者如云，发老在五十岁以后将这类雕虫小技之事，也就托付给我了，今天想来犹觉荣幸。

发老刻印化古为今、推陈出新，自成家法，诚是"恨二王无臣法"的一类，这跟他的艺术理念有很大的关系。他经常对我讲，"谁不学王羲之，我就投他一票"。王羲之是书法艺术的一座高峰，但右军有一个就够了，再生的都属复制。发老曾叫我刻过一方印，文为"古今中外法"。搞艺术不分古今中外，不论中餐西餐，酸甜苦辣，好吃的都要吃。这是

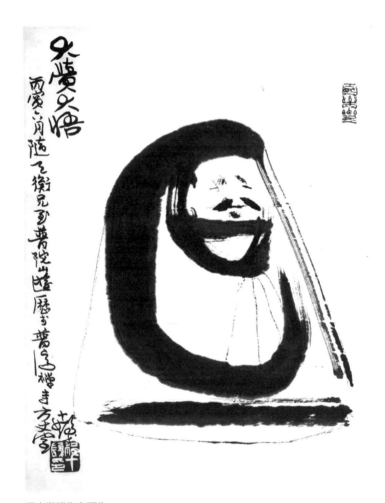

程十发赠作者画作

发老不守旧、不信邪的理念,不仅表现在他的篆刻上,也表现在他的连环画和国画、书法上,诚属一干多枝,繁花勃发。

值得记述的是,20 世纪的大书画家都特别讲究印章。不管是吴昌硕、齐白石,还是后来的刘海粟、张大千、李可染、陆俨少、谢稚柳、唐云、程十发,老一辈的画家,即便自己不刻印,用印都非常讲究,印章一定要用一流的,也讲究钤印的布位和上佳的印泥。20 世纪 70 年代中期,我有幸受到南北一些大师的错爱,嘱我为他们刻印。怎样在篆刻中既表达自己的风格,又与他们作品的风格相统一,始终是我思考、琢磨的课题。这宛如给一件名牌服装配纽扣,虽然面积不及服装的千分之一,却同样地重要,务必随机应变,浑为一体。如为李可染先生刻印,我表现的是凝重;为刘海粟先生刻印,我表现的是滞重;为陆俨少先生刻印,我表现为灵动之重,这之间是有微妙差别的。为谢稚柳老师刻印,我追求的是清逸;为刘旦宅先生刻印,我讲求的是娟秀;给唐云先生刻印,就要表现他巧七拙三的才情。相应地,给发老刻印,就要讲究自在奇崛的章法、篆法和用刀。总之,必须做到画、印神洽情融。倘若将陈巨来的印钤在吴昌硕的画上,或是吴昌硕的印用在张大千的画上,虽然都是大家之作,但凑在一起未必锦上添花。其实,在 20 世纪 70 年代初,发老独特画风形成前也使用过一些名印人的印章,之后则束之高阁了。这也许正是如我所言,是注意到了"服装"与"纽扣"匹配得体的道理。印章和书画要讲顾盼生情,添彩增色,所谓违则相冲、合则双美。同时,我这样的求索,也确保自己的印风不被陈式所围,不为惯性拖累,而大胆地去做清新而多元的尝试。

发老成名非常早，喜欢发老的画的人多，往往也有好的印石送他，发老就令我篆刻。这样我给发老前后刻印甚多，其中有一些，他在世的时候就已不在画案上了，有一些在他过世以后出现在拍卖行里。这次程十发艺术馆的展览里，我刻的印仅四十来方，不免为之怅然。

20世纪90年代，画院有位画家跟我说，人家有一方你刻给发老的"云间"印要出售。发老是松江人，松江古称云间、华亭。云间蛮有诗意的，所以发老也常用"云间"这方小印。那位画家打了个印蜕给我看，确实是我刻的。我转身就去问："发老，你这个印章怎么丢了？"他意外地说："唉，多啦多啦……"我给发老刻印，从1972年相识一直到他晚年，前后三十年，不会少于八十方，这里面有很多上好的印材，刻来叩石生韵、心手双畅，美妙的石头是会唱歌的。

发老懂印，对印的内容也重视、讲究。他经常以印明志、以印载道，通过印章来表达自己的艺术理想和追求。比如他叫我刻过两方"大象"押角大章。这在他七八十年代的画上经常钤盖，现在也遗失了。我跟发老接触近四十年，尽管他有那么高的名望，但他是一个非常谦逊的人，我从没听到他自诩过自己的字画。刻"大象"印章，是"大象无形"成语略去了"无形"两字。的确，若径用"大象无形"四字，就多了自夸的成分。他追求的不是别人那种直白的豪气满怀，而是低吟浅酌、恰到好处的表达。在画上钤盖"大象"两字，追求和体现了去形求神、包罗万象、技进乎道的境界。

发老还叫我刻过一方"岂有此例"。这四个字，刚好反映了他在书画创作上追求古人没有先例的风格，和超脱古人成法、突破古人藩篱的理念。所以这个"岂有此例"是很有深意的。

他叫我刻过一方"画匠十发"。发老曾到云南跟瑶族等少数民族长期生活，从民间艺术里吸取了很多新鲜的营养，他感觉到文人必须走出书斋接触地气。以往文人最忌讳的一个是俗气，一个是匠气。发老偏偏叫我刻"画匠十发"。他的画好在有"仙气"无"匠气"的"岂有此例"。他善于做加法和乘法，画求繁，繁到化一为百，化千为万；他也擅长做减法做除法，删尽枝蔓，万法归一。

1985 年，我跟随他去普陀山采风期间，他只用几根线条就神奇地画了一张达摩。一个大的"C"下面加一横，然后，用细笔很简单地拉几笔，一个栩栩如生的人物即跃于纸上，堪称以一当百，出神入化。后来在展览会上，那些画人物的画家都对之叹为观止。发老这般的本事，可说是梁楷以后千古一人了。他曾嘱我刻过一方印章，印文为"十发减笔"。如上述的《达摩图》，用很概括的几根线条去浓缩呈现万千气象的物事，就是生动的诠释。还有像"一笔定三生""三釜书屋"等印章，都承载了他的一种超迈寻常的思想寄托。

十发先生非常幽默，但他绝非插科打诨，他的幽默是信手拈来，且有深度的。十发先生为人厚道、大度，同时他又是一个非常敏锐、谨慎的人。有人刻图章送给他，我有次去他府上时，他就拿印章给我看。他说："天衡，你知道它这里有啥花头吗？"我不解。他说："这方印章送给我之前，料想他已经在空白宣纸上钤盖几十份了。我只要用过这方章，他做假画，就有了旁证，说这方印章是程十发在画上用过的，画不会假。"他在这方面有着高度的警惕性。发老用谁的印，一定是对这个人信得过

程十发印作

韩天衡印作

的。印者信也，是辨伪鉴真的重要一环，马虎不得。从 20 世纪 80 年代开始，假冒程十发先生的画就海内外满天飞了，他谨慎使用别人给他刻的印是可以理解的。

发老还是一个爱石的人。石跟印的差别就在于前者要讲究印材，后者是讲究印艺。他喜欢印石，对石头也很有感情。1988 年我们带领上海中国画院的中青年画家到苏州西山，给上海总工会疗养所创作一些公益性的书画。因为程先生和我有共同的爱好，喜欢收集字画古董，我们经常一起逛古董店。那次，我俩就抽闲逛了苏州文物商店，在二楼，看到锁橱里面放着两块田黄石。说来也巧，店员问我："你是上海的韩先生吧，我是这里的销售主任，叫韩信。"我随即跟他介绍了程十发先生，并请他取出那两块田黄石上手一观。一块是方的，至少有四两；还有一块小的，一两多，没标价，两块田黄都是"开门"的，正宗的。我问韩主任什么价位，他就进去翻本子，然后讲，韩先生如果喜欢，按照进价加百分之二十给你，大的四千五百元，小的一千八百元。我知道这纯属友情价，当即表示这两方都要了，不巧的是偏偏没带现钱。六千三百元在当时算是巨款了，谁知韩主任爽快地说："韩先生你先拿去，下次再来付钱。"踏破铁鞋无觅处，得来全不费工夫，真是缘分噢！两石在手，我转身把大的递给了发老，"你拿大的，我拿小的"。然后我们就满怀喜悦地赶到了西山的疗养院。我们两个人的房间相邻。老先生晚上吃过晚饭，门半掩着，我就推门而入。房间里的台灯灯光是黄色的，光线比较暗，只见老先生摘掉眼镜，正把那方田黄贴着鼻尖，放在眼前，上下左右地细细盘玩着，足见老先生好生喜欢。

我从 20 世纪 70 年代初即呼程十发先生为"发老"。上海话里"发老"和"弗老"谐音，寓意永远不老。后来，人们都尊呼他"发老"了。他的艺术才华，他的幽默风趣，他为人的洁身自爱，在我心里的确是永远不老。在即将迎来发老百年诞辰之际，程十发艺术馆别出心裁地举办《山花烂漫——程十发用印展》，其中也展示了海上前辈王个簃、钱瘦铁、来楚生、陈巨来、方去疾、叶露园等篆刻大家为发老刻的佳作。老辈风流，睹印生情，正是有了这批印格迥异、各领风骚的前辈的引领，上海的篆刻至今依旧是全国的一个重镇。故作此文，缅怀发老，也向发老和印坛的师辈，致以深深的敬意。

（原载《文汇报·笔会》2020 年 7 月 28 日）

读范存刚画随笔十则

范君存刚花鸟画属于大写意一路。"大写意"一说，为近今称谓，溯源上自吴道子，梁楷，牧溪，近世则称吴昌硕、齐白石为翘楚。范君堪称是出色的后继。"大写意"顾名思义，"大"是首义。"大"非指尺幅之大，而是醉眼向天，解衣磅礴，直抒胸中块垒，虽盈尺之画，具百寻气象。老杜有句"大城铁不如，小城万丈余"似可况之。

"大"要具雄闳气格，气格注定大小，雄闳自生大气，除却范君的天生笔性，其背后是弃小巧、拒雕凿、汰烦琐、求洗练的由心智到笔墨的长期艰辛历练。技进乎道，道助乎技，道技相长，方能意气勃发，天风海涛，涉笔即至善处。真正的雄闳，堂正、朴茂、敞亮，是胆与魂的黄钟大吕般的交响。舍此则"大"必失当，"大"必空乏，"大"必坠于妄荒，则不足以"大"称之。

范君的画好在得"写"字诀。六法贯通八法，画艺与书艺相辅，如此始有信笔得趣的独特书写性。通笔法，善使转，则无论粗细、方圆、渴润、浓淡、畅涩、虚实，皆能篆隶行草交替生发，得耐人咀嚼的滋味。故而，"写"在大写意画风中始终具有"脊梁"的意义。在范君的佳作里，每每感受到这一点。

范君的画是"大""写"且生"意"的。"意"者，非画者自以为是的"惬意"，也非浅表性的似有若无的"有那么点意思"，更非徒存外壳而其失内涵的糊人之"意"。大写意之"意"，应是历来文人画的深邃而又浓缩后彰显的意趣、意境、意象。是由形而下的笔墨色，升华到形而上的具备高妙艺术哲思和美学高度之"意"。

大写意要的是万法归一的精粹提炼，给读者以由一化万的丰厚、醇郁的寓于目而驻于心的悠长美感。缺失下笔前的千锤百炼，缺乏挥运中的笔精墨妙，决无真正的大写意，其结局难免"废画三千"。

大写意，别以为可以忽略、摒弃"精微"。精微始终是内在的灵魂。阔笔泼洒的画作理应是灵魂的外化。从另一层面讲，大写意画往往可以精微的物事相衬托、呼应，于细枝末梢处生矛盾、起波澜、见匠心。齐白石堪称是典范。

范君的佳作，不只是能让人读到笔挥墨泼的乐趣和妙处。我注意到他深谙印学中"计白当黑"之道。着力用心于空白处，苦诣经营。在无笔墨处生笔墨，布局大空间，留神小空间，给人以空白也是精心"画"出来的感悟。可贵可喜。区别于不少大写意画家对空白的漠然忽视，足见范君的睿智。

艺术的本质迥别于科技。仅举一例：科技的革命注定是目空古今，否定基因的，而艺术的创新务必讲基因、讲承继，"推陈出新"是千岁不败的论。范君重视传统而不泥于故常，有取有舍有我，他的画吸吮过吴缶庐、齐白石的乳汁，以笔墨色论之，较之缶翁，他避其老辣而取其秀道，较之白石，他避其生拙而取其爽润，孜孜探索，令自己的绘画与蜕变中当代的审美合轨同辙、推波助澜。

高妙的大写意画风，其受众不为时空、地域所囿，然好尚自多差别，大致北人好拙朴雄豪，南人好温润静雅，外人好奇谲丽色。范君有广阔而独立的文化思考，诗心文胆、放魄守魂，狂其貌、练其质、妙施彩、静其性。存刚君青春正富，性笃气厚，愿景可期。

国力决定前程，开放揭示未来。大写意画风在当下，不乏坚韧、顽强、自信的锐意求新者。他们大多具有清醒的世界视野，有担当、有理念、不崇洋、不迷外、不薄今、不恋古，且凭借五千年华夏绚灿文化的依托和滋养，坚持姓"中"的特色中国画，无论是工是写，必有与大国强国匹配的地位，并以更深广震撼的影响力屹立于世界艺坛。相信范君与余都有极乐观的期待。

2021 年 11 月 6 日于海上豆庐

礼忠君的寿山石雕

　　寿山石雕艺术的勃兴，当在清康熙时代，彼时名匠迭出，如杨玉璇、周尚均两家，即个中翘楚。杨作雄道大气，周作精湛富美，至今尤为藏家宝爱。纵观三百年的石雕，遵循的是具象、细作的路子，似乎也只存在这一条路子。见到了，好的确是好，但形式相对单调，似乎少了些群芳争春的丰赡性。

　　这些年，在寿山石雕界出了个陈礼忠，堪称石雕大师。如今各行业，大师可车载船装，就中固有艺高神妙者，但也许是出于私阿，令我震撼到刮目相向的，陈礼忠可称是不多的一位。

　　礼忠君的石雕，区别于他人和前人，有一种解衣磅礴的豪气和意料之外的奇气。他的石雕既雄道大气，又灵变多姿。气场喷薄，在十米外，目接于石，就会被强烈吸引着走近去看个究竟。的确，他所作的沉雄开张的枯荷小鸟，活力四射的春山行旅，睥睨八极的展翅雄鹰……这张力、魅力、表现力，是我以往欣赏寿山石雕艺术时从未见过的，有别样的新鲜。

　　礼忠君的作品，拒巧靡，尚阳刚；拒做作，尚自然；拒平淡，尚奇崛，的确给人以新鲜的玩味。而究其深处，新鲜的内里是理念的出新。出新，对于许多艺人来说，往往是穷其一生都不能的，而他做到了。他两次应邀在国家博物馆举办个展，被收藏的石雕作品竟达三十多件，这殊荣也能从一个方面证明他的了得。

礼忠君二十年前由公武兄伴同来过寒舍，给我看了一些他当时石雕作品的照片，基本上是传统路数的。最近，他见到我，说当时我曾对他说："艺术，一定要在风格上区别于古人、他人和故我。"他还说："我特别记住了你说的八个字：'刀下留情，石上寄魂。'"这赠言，我自己已然忘却，但表达的意思符合我一贯的理念。作为一个当代艺术家，最终的创作属于当代的有新风貌的精品力作。传承是不可或缺的，但传承又务必出新。这是责任，是使命。

艺术品，一类是贵在材质的，如金、玉、犀角、沉香、珉石等制作的艺术品，是载体与创作并重的；另一类，材质往往可以忽略不计，如书画艺术，赏书画，一般不会先去研求材质。而对石雕艺术，赏者首先会看其材质，且嘴里会习惯性地、念念有词地报其名目：田黄，芙蓉，鸡血……也就是说它这载体是值得重视的，是珍贵的、值钱的。礼忠君的可贵在于突破了常人创作和欣赏石雕的惯性。他懂得，艺术品真正的存在，其实是艺术创造，而不必太在乎作为载体的材质贵贱。如镌雕枯荷，他一反故常，没有选用田黄，而多选用前人弃之不用，视为劣石、废料的价廉而色质萎暗枯黄的焓红石。这恰恰更能体现出深秋里"留得枯荷听雨声"的意趣和况味。选用黑不溜秋的老岭石来雕刻苍鹰，也更适合于表现目空八极、雄视天下的岩巅苍鹰的气概。本是石雕家弃而不取的顽石劣石，因他的相石运色巧作，从而有了用武之地。对冷落了千年的顽石劣石，这何尝不是幸运，而对礼忠君来说，也借此彰显了雕刻自身的艺术价值。这也恰切地应了一句老话：化寻常为奇崛，令腐朽成神奇。这不能不说是寿山石雕在择材上的一大突破。人弃我取，另辟蹊径，"天生我材必有用"，太白的名句是慰藉顽石丑石的，也可以用来赞美礼忠君。

笔者还认为，礼忠君的更大突破是理念支配下的风格独特，自树高标，让传统上只是桌上放、手上玩的被视作雕虫小技的石雕凸显出精气神十足的雕龙气象，小中见大，由微见著，呈现出宏大壮伟的气格。总而观之，他的石雕是变形适度的、轩昂开张的，是内涵丰富耐看的。妙在从对象出发，相石俏色，极力去提调它的文胆与诗心，型无定型、式无定式、法无定法，物由心造，艺随象生，变幻多姿。将传统雕技和自创的技艺交替为用，乃至巧用顽石丑石怪异且内敛、沉郁的色泽，和天成而粗粝的皮相，不着一刀而尽得风流，让手下的物事活起来、神起来。

赏玩礼忠君的石雕艺术，可以清晰地释读出他对古今中西雕塑、雕刻诸多品类的熔冶贯通；他对近现代大写意花鸟画艺术的触类旁通；他对传统优秀经典文化内质的感悟打通；他对生活的入里观察和艺心提炼的契合融通。也让人感受到他天赐的禀赋，抵御市场经济诱惑的定力，和几十年如一日焚膏继晷地勤奋劳作。也正因此才能对传统的寿山石雕艺术，从理念、技法上有如此大跨度的扬弃和突破，形成区别于先贤和同道的特立独行的奇诡博大的风格，一种令人惊艳的、纯属于今天新时代的陈氏风格。这风格贵在小题大做、棋走险招，刀下留情、石中寄魂，映现的是泱泱大国昂扬的魂魄。陈礼忠守正创新的石雕艺术，在寿山石史上书写了崭新而浓重的一页。

2019 年 7 月 7 日自武夷山归沪

（原载《文汇报·笔会》2019 年 8 月 11 日）

豆庐印说（节选）

篆刻艺术与其他艺术一样，自有其审美标准。这审美标准，既出自规律，又出之人为。它既是神圣的，但又似乎是可反叛的。神圣与反叛的合理叩撞，将会给我们创造性的启迪。

明季五大家，文、何、苏、朱、汪。文彭、何震对于引导文人进入篆刻领域自有开天辟地之功，惜乏影响后世之力。稍晚三家，苏宣以壮伟浑雄胜，得"豪"字诀；朱简以奇崛劲涩胜，得"生"字诀；汪关以雅驯典丽胜，得"秀"字诀。作风而能捕捉到一关键，故后劲自是不同。若苏宣出，则后有程邃、邓石如辈之名世；朱简出，则后有丁敬及西泠诸子之名世；汪关出则有林皋、巴慰祖、翁大年诸子之名世。由此可见，艺之发展，自有其脉络可寻，数典忘祖者则不足以语传统，同样也不足以语出新。

攻印之道有两重：一重为模拟古贤，追秦摹汉，得规中矩，自可名家。一重为由模拟入，由自立出，有古有我，则为自成一家。印史皆由古来出新的风貌所编织，自成一家者名垂青史。而模拟者终究成一时代之附庸，不入千秋功臣榜。

问学当用眼、耳、鼻、舌、心。眼者博览也；耳者广闻也；鼻者强嗅也；舌者遍尝也；心者帅也，统揽全局，集思广益也。问学者，当把眼、耳、鼻、舌的触角放得开、撒得远。上下古今，无所不及。而心者宜合得起、想得深。取精用宏，汰沙淘金，一为我用。能及此者，无有艺不精进者。

吾妄为授徒二十春，问道于盲者不下千人。深知家昌黎公"师之传道解惑"之义理。然"传道解惑"中，颇得技艺反馈之乐。徒生偶有一印、一字、一刀之奇妙出人意者皆可借鉴自运，以徒为师。故师人者，既师于古，复师于人，又师于徒，方为良师。

艺者，道也。有高下、文野、雅俗之分，无辈分老少、资格深浅之别也。

吾尝定明以前印章为铜印时代，而以明末以来印为石章时代。铜印时代起自周，大盛于汉，而衰于宋元。由盛至衰上下两千余年。石章时代至今方四百春秋，如日中天，轰轰烈烈，生机勃发。谁都不怀疑还会演绎出可歌可颂的一出出活剧来。

让翁印妙在随便，味在刀；㧑叔印妙在机颖，味在意。意不易学而刀可师法，故习让翁为入门之一途。

人与艺术的生存基本上都是"呼吸"两字。人之生存，吐出二氧化碳，吸进新鲜空气；艺术之生存，同样要吐出陈旧的、渣滓化了的废气，而吸进新鲜活物，这是从自身生存来讲。而从艺术的责任来讲，又是自我抢救，务必时时用新的意识来充实延续艺术生命力。以为老把式、老资格而即可吐而不吸，作茧自缚，是幼稚得可以的。艺术家奋进的一生就是呼吸与共的一生。

对科学技术的创造，后人可以直接使用前人、他人已有的成功积累；而在艺术领域里，直接利用前人、他人已有的成功积累，则是模拟而非创造。从这个意义上讲，科学总是站在前人肩膀上登高，而艺术只能老老实实踩着前人的脚印起步！

"失败者，成功之母也"，乃中国古谚。然"否定之否定"更是马列箴言。合而为一：成功是一种肯定，而否定正是肯定之母。有持之以恒的"否定之否定"，才有不断去芜存菁的艺术成功。

印章艺术同样需要批评。听批评，要有菩萨心肠，坦荡豁达，不怨不恼，不卑不亢，照单全收。讲自运，要有火眼金睛，辨其是非，明其优劣，察其文野，择善而从之。

刻印入门以师法古来佳作为唯一途径。故当虔诚地以古人为师，切勿自以为是（师）。初学者以己为师，学无渊源，必一无所得、一无所成。

刻印的诀窍在于将诸如黑白、粗细、方圆、顺逆、润燥、正敧、虚实、平奇、快慢、直曲、挪让、聚散、刚柔等众多矛盾放进这枣栗之地，令其乱、令其吵、令其闹、令其纠缠纷争，而最终能复归于大团结、大拥抱。敢于矛盾冲突，善于矛盾调解，论其本质，即是三个字——辩证法；又刻印的本质若是辩证法，则其生命又在于想象力；弃人之有，得人之无，又善于无中生有，以一生万，天马行空，别开新天。

变，推陈出新是本事。不变，不轻率随大流、赶时髦，我行我素也是本事。又，创造时髦者为豪杰，赶时髦者为庸才。

盲目顺着前人的走向是刻板者，有意反着前人的走向是机敏者。四面探索、自向突破则是大智慧者。

师古不泥，师人不奴，洗心涤迹，变通演化，方能在古人、他人之外有自己一席地。

治印虽小技，自有其学问在，唯有深沉方有得。浮光掠影，知其然而不知其所以然是大毛病。试想，浮光岂能把握，掠影岂能有获？

大家之为大家，岂单自开径畦，又当启迪于来者。如赵之谦，对古器文物，目收心领，一一化出，风貌多方，古来无匹。风貌多方，正为后人留有出新发挥之余地。如所作"丁文蔚"印单刀直冲，为白石翁化一为万；又若"郑斋所藏"印，实牧甫立身之蓝本。若论两家得失，白石猛利强悍过之，而略少蕴藉；牧甫明洁温润过之，而似失之于刻意。然，中性无面目，"过之"本不可厚非，然其中自有分寸在。

自立的风格必有自立的特色，自有其浓烈的摄人心魄的魅力，从而为人击赏、留恋、追逐。然而，特色又不免与习气共生同存。从某种意义上讲习气即特色，若影之随形也。但习气毕竟有变本加厉、哗众取宠、过犹不足的症状。若三庚婀娜而近于媚，次闲娴熟而近于随，胡镬生拙而近于僵，白石猛利而近于霸，以余拙见，白玉微瑕，不失为大家风范，而我辈学人当以捕捉其特色而摈弃其习气为正轨。不善借鉴者照单全收，似得真传，其实必坠入得其习气失其特色的歧途。

学识、书法固然是治印的基础，乃至是其造极的根本。但学识高、书法佳，捉刀非任者古不乏人。故一艺之成当自内外两端追求之、结合之，舍其一则登峰乏术。

综观明清大家，印风之确立务求篆法、章法、刀法、境界的通盘变革方能自成径畦。仅求一端之变，可以名家而不足为大家。故有志推陈出新者，当不以画眉染唇而自喜。

新风格初出，必会招致批评，如缶老创格，即为罗振玉、陈浏、马衡诸家抨击，然历史是最好的证人，缶老印风终被公认并广泛地影响后世。诚然，新不等于即有持久生命力，人亡名灭者亦世不乏人也。

印风求新，在思想上要善于变更固有的思维定式，要善于逆向、反向乃至多方位去摸索新的思维方式。思维支配刀石，这是变之本、化之根，成功的出新者无不如此。

读印当读原钤印，方得真趣，倘能读真刻，浏览再三，目读心记，必有长进。

昌硕深谙印当爽挺，然后有乱头粗服之制；牧甫深谙刀当圆浑，然后有以光洁为佳之说，即使赵㧑叔，每每有目空一切之论，而其正在于看穿一切、通晓一切。此所谓知其两极，而发之一端，遂开自家门户。若一厢情愿，西望东墙，虽胸怀大志，然终难大成。

初学者由传统入为唯一途径，舍此则无以登堂入室。闻有人称：学老师面目是新腔，而师古人则是步陈调，非也。苛求地说，凡是存在的都是传统的，有先后之别，无新旧可言。进一步讲，新风皆由推陈中来；故吾尝称："传统万岁，出新只是万岁加一岁。"

印坛无裁判，即使有裁判，印坛亦自有判裁判者。故借鉴学习，不在于懂得治印之规则，而要在理解艺术之本身即规律。以此说鉴前人，致力于规则者，循规蹈矩，步步为营，知法而泥于法，终欠大成；致力于规律者，通其内核，左右逢源，举一反三，知法而能生法，必有大成。

艺术忌中性。逆向发展是出新印艺的大方向。若篆法尚方之转而尚圆，刀法尚冲之转而尚切，章法尚稳之转而尚险，情调雅驯之转而为狂放……随时日之前进而作反向的，但却是向纵深、清新意义上的运行。故一般论，初学者当尊重传统，顺向渐进，已具功力当逆向脱出。然逆向非单向，当有别于古人、他人，乃至故我方是。

学习传统，犹如饮食，当以不偏食，接受荤素多种营养食物才对。不偏食，至少是不能单一地学习一家一式，至少是要双向吸取，一是向印内求，一是向印外求；一是向西方的艺术精华中求，一是向古代的尚未被认识研究的艺术精华中求。以往的闭关自守，不单是关闭了对外的国门，也关闭了对固有传统认真借鉴这扇后门，两门敞开，全心借鉴，化洋为中，开古化今，攻艺何愁不出新气象！

攻艺励治图新，贵在对现状及传统通晓"顺之者亡，逆之者昌"的道理。代表新生命的新风貌总是由顺而逆的反戈式的演进结果。考察明清诸开山者的足迹，当知吾言之不妄。

艺之入门，从兴趣出发尤胜于从功利出发，因兴趣出发，成败不计，反收"无心插柳柳成行"之果；自功利出发，急功近利，包袱沉重，常获"有心栽花花不发"之果。又，攻印艺不可走捷径，只有仔细地研究一番古往今来的印作，方能知其来龙去脉，由表及里，推古及己，自探新路。走捷径，简单地把一家的面孔搬过来、接过来似乎容易轻松，年长日久，必有欲罢不能、挥之不去的困苦和沉痛。

论印因人而异，不足为怪。此审美观决定品味也。一般论印多有"工""放"之说，有以"工"为佳者，亦有以"放"为上者，然"工""放"皆关乎形式，形式虽涉本质，而终非本质，论印当去皮剔骨，以"好"字论英雄。

古人立足于一隅，见识欠广，信息欠多，评论印人多溢美之词，通读《印人传》，似乎人人皆是一代名手，然诚实而言，开派大师亦屈指可数，名字亦不出百数。可见对古人评说亦当深思慎取，不可盲从也。

周亮工为清初印坛解人，尝读其评赞黄济叔印，大有空前绝后、古今一人之势态。后得读黄氏印谱，所作俚俗，无大技巧，无大意趣，尚不足以与彼时名家相列，而周氏居然奖褒至此。其对艺术评定的轻率、欺世态度令吾反感！然而，历史会还事物以真面，黄济叔之享名一时而沉沦后世，足见艺术标准的客观无情，周氏作为有真知灼见的印学家，也给印史留下了一段笑柄。仅此一例，也可警告吾辈评论之当求真务实也。

殷商之际，基本无印之存在。近人以甲骨入印，虽乏老例，然也不妨自我作古。艺之立，不在古之有无，要在入理得体，独具艺胎，广得赏者。

印宗周秦两汉，是经过几百年印人实践证明的一条坦途。如前所论，周秦两汉印，总体水平高，但也不乏差劣者。但又必须知道，今日，所能见到的彼时古印多为明器，其水准又低于实器，故我以为彼时封泥多钤自实器，多加研习借鉴，必有大裨益。缶公之得力于封泥印是一个好例子。

清初周亮工与清末魏稼孙，皆是有功印学的两大印论家，而周氏不及魏氏者，在于以友情笃好的感情色彩有意无意地带进到严肃公正的学术领地，以致有色眼镜影响到他评艺论人的客观准确性。而魏氏则大不同。魏氏为赵之谦至友，而论印则对赵氏印之未来走向居然多存疑虑，甚至不看好。对同时代的钱松印作则赞曰："余于近日印刻中，最服膺者，莫如叔盖钱先生。"不因亲疏论英雄，正是魏氏自具英雄本色。

印之成，领悟重于操作。诚然领悟多从操作中来。让翁一生刻印逾万，扬叔一生刻印不逾四百，而山堂印，遍览古来谱录，不出五十钮。足证"悟"字之紧要。操作者手，领悟者心。心手相左治印十万又何益，心手相应治印百十又何妨？

古人治印苦于资料少，也好在资料少。资料少，率心精研，即得一印一谱，也足以成家名世。今人治印好在资料多，也坏在资料多，资料多，印谱满架，置而不用，用而不实，至多以藏谱家名世。

"虚实"两字，道尽篆刻机关。"虚实"贯穿于配篆、用刀、布白，乃至意念。然考察入门途径，求艺者往往实易求、虚难得，盖"实"者为可见可为处，而"虚"者为若隐若晦处。印人艺之不立，十之九病在尽得其"实"而舍其"虚"。故强化对"虚"的理解、调节、运用至为重要。

明顾炎武读书法，以每年花九个月时间读新书，三个月时间温习曾读之书，治印也当如此，即名家忙于应酬创作，抽暇温读古谱古印，犹不可废也。

（原载《书与画》1995 年第四期）

谈篆刻

关于传统与创新

对传统与创新的问题，我多次发表过意见，好多报纸杂志也刊登过我的文章。对传统与创新我曾经归纳过一句话，也是现在有些人经常用的，就是"传统万岁，创新是万岁加一岁"。讲"传统万岁"是讲它深厚的文化积淀，这是非常珍贵的遗产，是我们多少代人多少个篆刻家智慧的结晶，是不能抛弃的，所以有个口号叫"传统万岁"。讲"传统万岁"是不是意味着我们守旧呢？不是！我们每一个现代的印人都应该为创新去努力、去奋斗、去拼搏，所以我们讲如果不去创新，传统对我们一点意义都没有。传统作为一种养料，一个跳板，在这一点上讲，传统就显得更加重要。我们讲"创新是万岁加一岁"，绝对没有贬低传统的意思，任何一个最伟大的艺术家的创新，在历史的长河里他也就是增加了一岁，他绝对不是万岁加万岁，包括赵之谦、齐白石都是万岁加一岁。这就说明创新是在传统基础上明显迈出了一步，是一种进步，是一个推动，但是不能把每一个创新的东西看得比传统更伟大。为什么？过去被我们认为优秀传统的东西在历史上都曾经是创新的东西，今天创新的东西随着时间的推移，它也会成为传统，所以，过分夸大传统的意义，过分夸大创新的意义都是不科学的。我们应该看到传统与创新之间相互依存、相辅相成的辩证关系。

我曾经说过科学技术和文学艺术是不一样的，科学技术是讲打倒的，是讲推翻讲顶替。比如说电灯发明以后，在一般情况下不会有人再去点蜡烛和小油灯，电灯与蜡烛没有什么内在的联系，所以科学技术就是一个打倒一个，一个推翻一个，一个替代一个。文学艺术不是这样，它是讲继承、讲发展、讲叠加、讲推陈出新的。所以，历史上有吴昌硕、齐白石的创新，八大山人也同样光彩，任何时代精彩面目的创新的出现并不构成对传统的威胁，只是使传统的内容得到了充实，使历史的长河又向前迈进了一步。所以在篆刻上还是推陈出新的，一味守旧，讲传统万岁万万岁，是没有出路的。把传统作为养料，作为继承，加以吸收，在这个基础上再去发展，再去创新，我们就一定能成功。

关于想法与技法

搞艺术有想法非常重要。技法功力是在实践当中不断磨炼、不断提高的，而想法不是在技法上能解决的，它是另外一个层面的东西。我们讲技巧，它是形而下的东西，而有没有想法，有没有思想，有没有观念，是形而上的东西。所以我经常跟我的学生讲，你们最需要解决的还不是技法问题、功力问题，是对艺术的整体观念和想法的问题，这一点很重要。你站在泰山脚底下，头颈伸得再长，就是拿望远镜望，也望不到五公里以外的东西。你爬到泰山顶上就会看得很远，此即古诗里的"会当凌绝顶，一览众山小"，孔夫子所说的"登泰山而小天下"。为什么在山下的人看不远，到山顶上就看得远呢？站得高望得远，这个站得高就是有思想、观念、想法，这个决定了你是站得高还是站得低，这一点非常重要。我跟我的学生说并不是不要技巧，不是技巧还叫艺术吗？但是只有技巧没有想法这还是大艺术吗？

有想法怎样表达出来，就这需要技巧。反过来，有了技巧不等于有了想法，一辈子只刻赵之谦、齐白石、吴昌硕，或者我的学生一辈子只学我韩天衡，都属于没有想法，只是给前辈或老师做了广告，并没有自己的存在，所以有想法是最重要的。但是这一想法通过什么样的技巧，真正地、饶有新意地、很有艺术内涵地表达出来，这也很重要。

关于线条和用刀问题

有的印人用单刀比较多，单刀的好处是给人的感觉比较苍茫，比较老辣，用多了以后带来的问题是不够内在，不够含蓄，比如含蓄的问题怎么解决？单刀怎样表现线条的质感？我们最高明的办法就是写字也好刻印也好，在平面的纸上表现出你的线条如浮雕一样的质感，它是耸立在那里的，而不是摸上去是平的，看上去也是平的。你要想办法找到像画素描的质感的感觉，在你的一根线条里表现出它的质感来，这就是本事，做到了没有，做到了就是成功的，没做到就是还不成功。

过去大家一直讲刀法，一直没有讲清楚，这跟很多人没有认真研究刀法和总结前人的刀法有关，也可能没有真正悟到刀法里面的诀窍和内在的规律。比如我们刻印，这是一把刀，我们都用这个刀角，这是不错的，但我们放弃了两个东西，这条刃我们没有用，还有这个刀背没有用，这个过去古人从来没有讲过，我年轻的时候始终琢磨这个问题，后来逐渐琢磨出一点道理来。我们现在老是用刀角往前冲，不知道这个刃要用，这个后面的背要用，而不是一味冲刀，如果用刀简单到只是一刀冲过去，那还叫技巧啊？吴昌硕他要解决这个问题，但是他没有办法一刀解决这个问题，所以你们去研究他中年时候刻的印，他的原作刻得很深，他为什么刻那么深，这还不是他刻线条的全部，而是他刻线条的前奏，线条刻深了以后，他可以用这把刀在深的槽里面做文章，然后修啊做啊弄啊，所以这线条让你看起来积点成线，像屋漏痕一样，很有虚虚实实的质感，他是这样干的。

由于我收藏了很多东西，小时候还比较用心，对这些印都认真地去体会，从原作上去看，他为什么要这样去处理，我曾在1981年《美术丛刊》上写过一篇八千多字的文章《不可无一，不可有二》，提到吴让之用披刀浅刻的问题，披刀不是用刀角，一条刀刃，一条刀背，像写字一样要八面出锋，习篆刻者，如能一刀在手，一个刀角，一条刃、一条背都能用上，你就成功了。

要解决块面跟线条的关系，就是朱白印里面，空白跟线条的关系，还有一个就是墨的层次的问题，我们通常说的墨分五彩，还有色彩与整体画面的关系等，还有动物的造型。胆大是好事，还要细心地琢磨更重要，篆刻艺术，没有胆子不行，光有胆子，缺少心细也搞不精。

线条要表现两个字，一个是圆，所谓圆就是要有厚度、要有质感；

另一个是要表现健，表现线条的力度，很有拉力。当然方法有两种，一种是张旭那种折钗股，一种是怀素那种屋漏痕，积点成线。赵孟頫"用笔千古不易，结体因时相传"，结体因时而异，就是讲结体一个时代有一个时代的风气，它必然有这个时代的烙印。我们讲用笔千古不易，用刀千古不易，是指它的规律。圆和健、圆和厚不变。

写字还是基础。历史上篆刻家都是书法家，而且篆书都写得很好！所以书法的线条永远是篆刻的宝藏。赵之谦写的篆书就是那样，用到印章里面，风格很自然就形成。吴昌硕也是这样，齐白石也是如此。所以书法对篆刻的保证这一点我们要牢记。

我曾经教一个学生，叫他写邓石如篆书，写了三个月一点进步也没有，后来他常常来，我就了解他的性格了，我说你那个字可以换掉了，去写李阳冰的吧！结果写了三个月，进步非常快，写得非常好。所以我总结出一条经验来，有的时候，学生搞不好，不是学生之过，而是教师之错，你教师没有因材施教，所以这段教训我是记得很深刻，不是他不好！是我不好！所以一个人做老师是很难的，做教师不是一天到晚拿出教师的腔调去批评别人，作为老师本身也有很多缺点。由于师教不正、师教不当，而使学生走了弯路，要自省，有时候教不好不是学生问题，而是老师的问题。大部分是学生错了，有时是老师错了，也要打老师的屁股。

鸟虫篆这一路非常难刻，之所以难，并不是你韩天衡在刻，别人就难刻，不是这个道理，鸟虫篆这个东西啊，是古代的美术字，古代的被美化了的篆书。它的难度不在你拿很多的图案、动物的形状塞到这方印里面去，问题是你所有的形象放到印里面去之后，首先要告诉别人，我是用字组合成的印，而不是图画组合成的一方印，鸟虫鸟虫，是落实到鸟和虫这两个动物身上的，给人的感觉如果始终是两个动物在动，你是失败的。动物在你的这方印里面始终作为线条存在，不是作为形体存在，结合得好就很高雅，结合得不好就是工艺品，而不是艺术品，所以很难的。肖形也好，鸟虫也好，它表现的不是要像，不是形似，而是神似，要抓住神采。这与苏东坡说的"论画以形似，见与儿童邻"一个道理。

关于印学理论研究，过去并不重视，1982年到1983年我花了一年时间编《历代印学论文选》，找资料找得非常苦，那时到全国很多图书馆的书库去抄，而且当时复印机也没有，照相机不给拍，那完全是手抄，古人异体字、古体字、错字、别字很多，回来以后还得去推敲，这样花了一年多的时间完成了七十万字上下两册的《历代印学论文选》。后来有段时间特别忙，三校样也没校，出版社因时间来不及就上机器印了，错了很多字，一个是我要负作者的责任，第二个跟我的学术水平不够也有关系。但是总算这本书给大家提供了一个资料，所以现在搞印学的朋友觉得这本书还可以翻翻。总感觉里面还有很多的资料，但是还不全，如果求全的话，大概再用三年时间也搞不完。当时1984年正好是西泠印社八十周年社庆，我这本书必须拿出来，当时我写了很多整理文字。每一篇前面都写了导语，很多导语现在看来还可以。也有一些导语被后来的研究家用他们的论证和论据纠正了我的一些不正确的说法。孙向群就写了好几篇蛮好的文章，所以说初创的东西总是需要不断完善的。我感觉过去印学一直是很冷门的东西，清代人基本上没有写出一些有见解的东西来，所以这一点明代人比清代人厉害，特别是明代末期有些人眼光犀利，思想也很深刻，洞察力很强。像徐上达的《印法参同》、朱简的几篇和潘茂弘那几段文字，虽然仅仅百余字，两句名言"空处立得马，密处不容针"，给邓石如、赵之谦写了多少文章啊！甚至有的人还说这句话是赵之谦说的，真是数典忘祖。因此从印学角度讲，确实我们有大量的工作可以做，它是起步最晚、成果不多、前程远大的一个学科，我老朽已经不行，希望你们年轻人能踩着我们这代人的铺路石子走得快一点，走得高一点。

（原载《书法报》2006 年 2 月 1 日）

印石三说

　　而今为印人惯用的石质印材，乃是千万年前生成于地下的叶蜡石或蜡石。作为印材，最初当在西汉时期，长沙马王堆西汉墓出土的一批蜡石印章即是明确的佐证。然而彼时风气崇尚坚贞耐久的金玉之属，故石材在篆刻领域里被真正地引进并成为印坛主干，当是元明之际的事情。

　　世传王冕用花乳石入印，而据笔者读到的最早文字记载，"花乳石"被称为"花药石"。我曾撰文推断"花药石"是王氏采选于山阴府治的肖山石。王冕创用"花药石"，但并未形成气候，真正地让石材在印坛里广泛使用并大放异彩的当数明季的文彭。周亮工在《赖古堂别集·印人传》中详细阐述了文彭在偶然中发现质似玉珉而松嫩如石膏的"处州灯光冻"，并把它引进用作印材的故事。文彭的倡导以及彼时文人治印风气的勃兴，洁莹易刻的石印遂摧枯拉朽般冲击并替代了沿用的金玉印材，成了印坛里的基本印材。从而使先前根深蒂固沿用了20个世纪的铜印时代演化为石章时代。要之，石材在篆刻里被广为采用，对明清时代印起八代之衰，造就出可歌可颂、争艳斗妍的篆刻诸多流派和大宗印家，将古老的印艺推上一个崭新的高峰，是做出了不可磨灭贡献的。

　　明清以降，石质印材的产地已遍及浙、闽、粤、皖以及辽宁、内蒙古、吉林、甘肃、新疆、云南、山东等地。而素来为印人称道并乐于奏刀的当数青田石、寿山石和昌化石。

印材一般都是以产地名而定名的。一地石材的性能质地也较接近，但又非同出一辙。有时坑口的不同，或是出自一坑的石材，也会出现迥然有别的相貌、质地。诚然，这"有别"毕竟是大同下的小异，并不影响对其总体品质的认识。

青田石产自浙江青田，古属处州。文彭采用的石材即是此类。青田石结构紧密细润，最易受刀，刀石交会有心手双畅的乐趣，是历来印家首选的石材。如西泠八子黄易称："求其坚刚清润，莫青田者也。"吴昌硕在刻"安吉吴俊昌石"印时亦曰："旧青田石，贵如拱璧，六字工整刻，重其质也。"就笔者的体验，青田老坑旧石奏刀尤佳，大有书画用乾隆纸的美好感受。其实普通的青田石，质也不赖，青田旧采周村石，青中呈蓝，质较封门诸品为坚，然也是受刀的上品。近今青田石，多以炸药开采，材多龟裂纹，刻印时必须审石构画，小心奏刀，以避石裂伤手之苦。

福建福州寿山乡所产的印石，惯称寿山石。寿山石性一如它的容貌，富具变幻。寿山坑口尤多，清季以田黄、芙蓉、艾叶绿为三大名品。乾隆以后，这三大名品几乎绝迹，即使有上好的问世，也属吉光片羽。从印人刻的标准评论，田黄、芙蓉都是理想的石材。兴来奏刀，大有刀落石开、音律飞扬的韵致。此二品性较青田微坚，然适刀会意却是一致的。艾叶绿是碧如翠玉的名品，其质松腻，时伴砂钉，坚顽胜于钢刀，非老手不能驾驭；又有呈硬涩性情的，则更是中看不中刻了。

寿山石大致以水坑、山坑、田石三大类区别其石性，田石、水坑都是镌刻的佳品，山坑则良莠不齐，佳者有杜陵、高山、善伯、旗降，劣者有半粗、老岭、虎斑、峨嵋等品，受刀或裂或蹦，刻印效果不免会七折八扣。

浙江临安昌化区所产的印石，古来通称昌化石。昌化石总体来说性较松腻，受刀欠爽欠挺，这与其内部分子结构的欠紧结有关，故以昌化石刻印，其实用耐久都逊于青田、寿山，朱文印益易失去刀口。昌化名动天下，皆因其出产艳红如鸡血的含汞印石——鸡血石。鸡血石除通体红澈的"大红袍"，多为在黑、黄、灰色的底章间呈现或紧或散的红斑状。刻印以不含砂钉的灰黄色的藕粉底和黝黑的牛角底为佳品，灰白色的硬底章俗称"水门汀"底的鸡血石，是坚硬不受刀的，今人无奈每以治玉法整治。鲜红的鸡血石和碧绿的艾叶绿，色趋两极而石性一致，是一种玩赏意义胜于雕刻和实用的石品。

对于鸡血石，刻家并不赏识。如浙派首领丁敬，虽是杭人，而对这土产艳品颇乏好感。他在刻到这类印石时，总是引发出不小的牢骚。在刻"庄凤翥印"时即说："吾杭昌化石，厥品下下，粗而易刻，不易得印中神韵，红者人尤珠玉定值，不知日久色衰，曾顽石之不若矣。安有青田、寿山之久而愈妙耶！"他从比较学的角度，道出了古来印人的心声。他在刻"师虎"两面印时更有具体的批评，他愤愤地说："此等石嫩于闺粉，使千里马行败絮上，不骋意气。"并表示"余素拒此石"，言词是相当激烈的。昌化石在观赏与镌刻上的差异是一个事实，但昌化石中也有适宜刻印的上品，如起冻的鸡血和黄油般的黄冻，都具备田黄、芙蓉的石性，惜不多得而已。

从我个人刻印的立场来评判，青田石是价廉物美的理想印材，惜今已不多产，佳者尤少；寿山石亦佳，但因品类繁多，石性大别，当择善而用。昌化石受刀轻便，但乏刀味，易磨损，是次于前两者的。

诚如上述，镌刻与观赏的标准是可以统一，而又不相一致的。对于外观并不起眼的青田石，印人都对他情有独钟，此可谓是"情人眼里出西施"。又如昌化艳胜红霞的鸡血石，在刻家看来，虽若妙龄女郎，而随着时光的消逝，总会由红泛黑，失去往昔青春的魅力。

我们不妨撇开镌刻的标准，从纯观赏的角度来介绍和认识这三类印石中的名品。

青田石的相貌特征，可以用一个"青"字来概括。在三大类印石中，青田素妆淡抹，色泽明显地单调。但它单纯、淡和也正是其妙处，宛如清癯淡泊的高士，显露着它外表平凡而内理丰赡的高雅格调。

青田石在明末以"灯光冻"为最著名。如《考槃馀事》称："青田石中有莹洁如玉，照之灿若灯辉，谓之'灯光石'。"这一名品在清初已属凤毛麟角，今人则更乏有一睹此种名品的眼福了。此外，兰花冻、封门冻（亦名风门）、五彩冻、酱油青、黄青田、兰花钉也都是可圈可点的妙品。

兰花冻，以其色泽透蓝如兰花瓣，表里一无杂质而得名。它也是旧坑名品。吴熙载刻"瑶圃手摹金石文字"即是用的此品。石刻双美，令人不能忘怀。

封门冻，产自封门，故名，色青而泛黄，一如纯净黄蜡，此类石质佳且量多。解放初尚有采挖，今则成绝响矣。

五彩冻，是以色泽的多彩交融而定名，底章青碧通透，内蕴黄、黑、赭、蓝、红等诸色，特具雅妍文静之美。

酱油青，亦是以其色泽定名。一是极佳的青黄冻石，历时久远而渐呈酱色，一是由特殊的品种"麻砂青田"经数代人的不断摩挲，得汗气而演变。故酱油青田无新品。

黄青田，亦是以色泽定名。石色呈深黄，有剔透与石冻两种，极纯粹，打磨后尤觉古雅夺目，为青田中罕见之品。

兰花钉，以石间有铜质的蓝色斑点、斑块得名，蓝斑硬不受刀，本属石疵，然伴生于石，颇具别致的装饰效果，故也是藏家珍惜的品类。

青田石的品类有数十种，其他品类中也偶有珍奇之品，如黄金带、黑青田等，惜不足以成类目，故不赘述。要之，青田石，无论是青色或是黄、赭、紫、黑，其磨出之石粉皆呈白色，此也是区别于他地石性的一大特点。

寿山石种类在一百五十种以上，色彩斑斓，多姿多式是其特征。如果我们喻寿山石为雍容华贵的杨贵妃，那么青田石则是清纯朴素的浣纱女了。

寿山名品首推田黄。田黄佳品都产自上坂与中坂方圆有限的农田深层。它独具的堂皇色泽，晶莹凝润的肌脂，内含萝卜状的纹理，以及间有红赭色的格路（俗称红隔）成了它的典型特征。古来有"一两田黄一两金"的说法，今则"黄金有价石无价"了。由此可知田黄的观赏及经济价值。泛称田黄的佳石，又以其色泽、肌理的差别而区分为黄金黄、橘皮黄、鸡油黄、枇杷黄、桂花黄、杏花黄，以及田红、田白、田黑、金银黄、金裹银、银裹金、乌鸦皮等十余种。总之，田黄无劣石，即使是较次的桐油黄、熟栗黄，也是不可等闲视之的。

白芙蓉是寿山石中区别于其他所有坑口的佳品。色白质纯，前人即有"芙蓉之质与色，直可与田黄冻石雄峙"的美誉。白芙蓉之上上品，都出自乾隆时开采的"将军洞"，石色质或若藕尖，或若象牙，或若羊脂，凝脂通灵，是足以令玉称臣的。芙蓉中还以色泽分别名为黄芙蓉、红芙蓉、红花冻芙蓉者。红花冻富美夺目，尤属个中极品。

此外，山坑中之杜陵（亦名都成、都灵）、太极头、牛角冻，水坑中之鱼脑、环冻、天蓝冻、水晶亦为石中上品，为古来藏家收集的对象。

田黄的金贵远胜珠玉，导致后代不乏作伪者。作伪者或以辽石油煎为之，或以荔枝醉加色为之，或以杜陵、连江黄冒充，手段千奇百怪，藏家是不可不知的。

昌化石以鸡血最名蜚海内外，然同为鸡血，品质往往有天壤之别。此类石以血鲜且集中成片者为上品，通体内外鲜红者称为"大红袍"，是无上极品，极罕见。又有呈红黑白三于一石者，行家目为刘关张（刘指白脸刘备，关指红脸关羽，张指黑脸张飞，此石则以此而得名），也是奇妙上品。若此二品种又呈半透明者，盖称绝品。这里特别要指出，鸡血石之红色仍是汞的作用，汞惧日照，见光则转黑，故鸡血石素少传世妙品。收藏鸡血佳石当置于暗盒内，不受光照，则存之百年犹艳若初得。

鸡血石的高昂价位，使射利者竞相作伪，除以巴林鸡血替代外，高明者以质透之巴林石作表壁四向黏合，中空注以真品朱砂，然后封闭；亦有以化学黏合剂拌真朱砂嵌于石表，与原有之真鸡血斑连片。此类制作，往往乱真混珠，令里手走眼。故在选择时是务必审慎再三的。

篆刻小道，印石当属小道中之小道。然小道中不无大学问，笔者虽素治篆刻之学兼及印石，而学海无涯，兼之纸短意长，浅陋之见，当质之方家学人。

（原载《鉴赏家》1995 年 5 月）

书画印杂件鉴赏杂说

所有的鉴赏中，行家们都说，书画印是最难的。当然瓷器、玉器、杂件的鉴定也有很高的难度，但书画印的鉴赏真伪的难度的确很高、太高。我想先讲三个故事。

第一故事，是我的老师谢稚柳先生的。谢老在美国的时候，有个太太在拍卖行买了他一张画，拿来叫谢老看。谢老打开来一看，说："蛮好，蛮好。"实际上谢老一看，这张画是假的。但因为人家出了那么一大笔钱，把这张画买来了叫你看，所以谢老出于传统文人的那种礼貌，就讲"蛮好蛮好"。谁知道这位太太接下来就说："谢老，您既然说蛮好，那就麻烦您在这上面给我题字。"谢老愣了一下，本来是敷衍地说蛮好、蛮好，结果现在人家说您"题字"。谢老就感到很尴尬，又不能改口说这东西是不好的，只好硬着头皮在上面题了一跋，说这张画是我（谢稚柳）画的什么什么的。所以你想一张假画，作者本人都题它是真的，那后来人鉴定你讲它是假的还是真的？难矣。这是一个例子。

第二个例子，是我们画院原先的院长程十发先生。我们一起去香港，一个朋友拿了一张他的画出来，（我们）一看这个画有问题，但是他（程十发）没讲话。那个朋友接着讲了："程老您知道吗？这张画是某某人，看中我手里最好的高级照相机，就拿这张画来换的。"后来程十发先生想，给我看画的是朋友，拿照相机换画的也是我的朋友，如果我讲假的，得罪两个（人）；我讲真的，两个都不得罪。所以就是这样的人情世故，程十发先生就在上面题了一跋——这张画是我画的，什么什么的……这是第二个故事。

第三个故事是十来年之前我自己的（故事）。山东有两位企业家，有一位收了我不少的书画，所以他对我的作品比较了解。还有一位不太了解，就从人家手里买了一张我的画。然后，另外一位就说："你这张画是假的。"他说："不可能是假的，我买的时候还有一本出版的画册同时给我，说是书里有的。"但是另外那位说："绝对是假的，你不信我们现在就买飞机票到上海。"这两位企业家很有意思，晚上从济南买了飞机票就赶到上海，半夜里到我家里敲门。我就感到奇怪，怎么这么晚有人来。一进门其中一人就说："韩老师，我们是为了这张画来的。他讲对的，我讲不对。如果（你）讲对的，那么我请他一桌饭，如果是错的，他要请我一桌饭。"企业家性格。我打开画一看，假得一塌糊涂，那个老板就讲："韩老师啊，有您的画册为证。"这个画册我手里也有，但是我的画册里面没有这张画的。他把画册带来了，结果我也把同一本画册找出来，同样翻到第三十页，第三十页我画的是一张"翠竹小鸟"，他这一张是"五彩葡萄"。但是，反面的画是一模一样的题材。于是我仔细看了看装订，就知道了怎么回事——造假的人是为了要蒙骗买家卖掉这张画，专门印了一张仿制品，重新装订到这本书里，连书一起卖给了人家。这在当时还是从来未遇到过的新手段。

我讲这三个例子，说明书画的鉴定赏玩真的非常不容易。不单是别人作假的问题。前面两位都是我的师辈，是自己承认自己的假的作品是真的，这又为后来的鉴定带来了很大的困难。所以这门学问是很深的，有很多学问之外的因素会搅局，令人真伪莫辨。但是总的来说，书画印的鉴定的真伪毕竟是有标准的。

一、眼力

下面我想谈谈我对书画印鉴赏的几点心得。书画印的鉴赏我个人把它归纳为六种能力，而第一种能力就是眼力。就鉴定来说，最重要的就是你的眼力。眼力是怎么出来的？是它鉴真别伪的眼光本领。不是天生的，当然也有其成分，但眼力是锤炼出来的。中国书画的作假很有历史，我们知道在王羲之的时候就有一个叫张翼的专门做他的假字，连王羲之自己都很难看出来。他儿子王献之的书法，有时也被误看成是他自己的。我们历史上有一个词叫"吾真大醉"，就是出典于此，大概是酒喝得太多了，糊涂了。唐太宗在位的时候，他也拿过一方王羲之的图章送给他的一位名臣，也是指导他学书法的书法家，叫虞世南，当然这个印章也是假的。所以一千多年来，真真假假，到现在为止虽然科技那么发达，但我们却并没有一个仪器，可以解决这个难题。眼力加上判断是长期经验的积累。眼睛看，是从这件作品的用笔、用墨、造型、结构、色彩、水墨、章法，要对一件书画有一个深度的研究，而且这种研究应当力求全面。我们今天为什么时常有东西会"看错"，往往正是因为研究不够深入、不够全面。譬如说，给你找一张吴昌硕三十几岁写的字幅，你用他成熟的、六十岁以后石鼓文作为标准来比较，那么你如果没有对他一生的艺术演变过程有一个清晰的了解，就会认为三十岁时的这张字幅是假的。此外，如八大山人，他六十岁前后可以作为一个重要的拐点，明显地显示出其用笔线条的特征。所以需要有非常深入全面的把握、研究才行。尽管我们说中国书画的鉴定，要从那么多的角度"进去"考察，但是最重要的一条，实际上就是线条。我年轻的时候跟随我的老师们如谢稚柳、徐邦达、启功、刘九庵先生去一些博物馆等处鉴定字画。博物馆的专家把一卷卷的字画打开，画刚打开上面只要出来一个枝干，或者是出来一根竹梢，或者是一根竹竿，或者是题诗的一两个字，下面的落款都还没有出来，老师就迅捷而饶有把握地报出名字："这是八大的"，"这是石涛的……"为什么那么厉害？实际上中国书画的鉴定要领，有三条也好，五条也好，或者十条也好，但是最重要的一条，就是"线条"。真正是一等一流的，有真知灼见的大鉴赏家，他不要看你一张画，他只要看你一根线条，就可以十不离九地知道这件东西是谁的作品。为什么呢？因为书画家的这一根线条，就跟我们每个人手上的每个指纹一样，都是不一样的。你如果研究深入到这个程度，那么你从一根线条可以看得出他的功底，他的性情，他的节奏，他的修为，他的有自我而又别于他人的特点，这就是他！所以从一个书画家来讲，他的一根线条，内质必然是区别于别人的。但是从广义的角度上来讲，中国书画艺术的深刻就在于，一根线条反映的是中国五千年文明的哲学、美学及文化背景，以及个人的自我修为、习性、功力的统一体，诸如唐宋的字画，国人写的与日本人写的往往一目了然。可谓一人一相，万人万象。以往曾经有一位画家说过一句"笔墨等于零"，这个看法非常偏执且经不起验证。在我们美术界引起过强烈的争辩。当时我没参与讨论，因为不愿卷入争论，一旦卷入了争论，所有手里该做的事情都要放下。为了给自己创造一个安宁的学习和创作的环境，我是一贯不参与进去的，今天，这个风潮已经淡却了。那么我想我可以讲一句，笔墨可不"等于零"。也决不存在"等于零"的问题。"笔墨等于零"这句话是个伪命题。你想除了孩子做算数的时候1-1=0、50-50=0，世界上万事万物，包括书画印杂件，非优则劣、非正则负，你举一桩结果"完全等于零"的事，有没有？没有。所以笔墨，从来就不是等于零的。而且从我刚刚和诸位谈的，中国书画的鉴别，实际上最要害的就是看一根线条。从一根线条，可以判断出是哪一位书法家、哪一位画家。而且，我刚才讲了，如果真正有真知灼见的大鉴定家的话，他可以基本上做到误差率很低。那么你们想想，笔墨既然这么关键，一根线条能够见微知著，识透、看准一位艺术家的作品，有点类似于新文明的"人脸"识别系统。那么你们说，笔墨还等于零吗？今天我从这个角度来讲这个话题，大家应该就可以理解，笔墨从来就不等于零，而且笔墨是那样的关键和重要。所以我们讲书画鉴定，主要看眼力。眼力的要害，在于你要看透吃透、理解透一个线条。作假的人，他可以模仿，画画也好写字也好，结构不是问题，布局不是大问题，色彩不是大问题，构图也不是大问题，关键就是他在表现一张字或者一张画的时候，一根线条真伪。跟原本的作者不一样的，必然是有细微差异。

但话得从两面讲。自古以来，书画的作伪是猖獗的，是诸多文玩中最普遍最泛滥的重灾区，宋元始，尤其是明末、民国，乃至近几十年，假书画充斥市场，吃药上当者不计其数。究其原因，历来作书画者众多，老练的也具备模仿能力，其中之宵小，往往以造假谋利。有的还形成了有钱者支撑，形成造假、贩假、推介的一条龙利益集团。有些是伪造历代大家的，有些伪作传世作品极少，让你鉴定缺乏参数的名家，即便是一张流传有序的名作，至今也会在大专家里产生不同的意见。这样的例子也不少。有些是伪作做一些小名家的，给你心理暗示："小名家去造他干吗？"总之作伪造假成本低，参与人数多，真鉴家少，加之受众的侥幸心理作祟，每每让作伪者轻易得手，利益丰厚。诚然，古往今来缺乏严格的监管和惩处等，都是造假不禁、打假不止的因素。

此外，还必须指出，作伪堆里有高人，例如早年的张大千就是极典型的一位。吴湖帆是出色的鉴定大家，曾花十两黄金买过一张南宋梁楷的《睡猿图》，后来发现是张大千制假的，他发现后出手，卖给了美国人。这当然与梁楷作品稀少、缺乏线条及诸多方面的可比性有关。据介堪先生告诉我亲历的一件事，一次去拜访黄宾虹，他向徐悲鸿、张大千、谢稚柳、方介堪出示了一张新收藏的六尺整张的石涛山水精品。出来后，张大千笑称"这是我画的"，众人颇疑，张说："不信的话，我还裁有边沿的一条留在家里。"

鉴定书画是最难的劳作，即使鉴定大家也"常在河边走，难免不湿鞋"。因此有些传世的名作，乃至一些名家的"双胞胎案""三胞胎案"，也会在专家中产生争议。这也是存在的现实。

所以，上面我们讲了一根线条看本质，但又不是一根线条就能定真伪的。尤其是一些传世极少的名家的作品，上面讲到的作品参数、可比性太少是重要的因素。"存在决定意识""有比较才有鉴别",这是唯物论。此外,出色的鉴定家的老去也是一道坎。支撑鉴别眼力的是清晰的目力,它随着年龄的衰老而退化,心得却随着年龄而增益。很无奈,记得启功先生在暮年请他鉴定有争议的书画时,就有目力不济,迷糊了,看不清楚,有无法做出判断的感受和无奈。

此外,近二十年高科技、复制技术的精湛,单件的复印,可以乱真,连线条和内质都一致。这也令鉴赏家犯难。我也曾遭遇过一次。好在这类高仿的作品,同样可以用高科技的手段去鉴别,倒也不是难事。多长个心眼儿,这类"吃药上当"的事情是可以避免的。我谈了这么多,无非是要说,我们现在中国书画的鉴定手段,还是很原始。解决书画鉴定的真伪,我们今天还是停留在一两千年不变的一种鉴定方式上面,我把它归纳为四个字,叫"目测,心验"。就是用眼睛去看,然后结合你长期的经验来验证它是真的还是假的。这个古老的方法到现在为止没有多大改变,我们期待着科学的新鉴定技术的出现。

我讲一个例子是1986年,我在广州的集雅斋,举办我个人的一个书画展。集雅斋在广州还是一个有名声的文物经营公司。我闲的时候,就去翻看他们的柜台,看到两方吴昌硕刻的大印章。经理跟我关系蛮好的,他就跟我说:"日本的梅舒适、小林斗庵都看过,都说是假的。"我一看这么好的一对图章,怎么会是假的呢?一看边款,原来这一年吴昌硕正好是三十岁,所以他们是拿吴昌硕成熟时期的风格去套他三十岁时所刻的印风和边款文字,这才判断为假的。实际上他(吴昌硕)在三十岁的时候还在借鉴徐三庚,所以风格不同。那么我说,这对印我要了。三千块，买了这么大一对吴昌硕的对章，当然，这个对章我也已经捐给我们的美术馆了。去年春天，北京嘉德公司拍卖一批非常珍贵的印谱。其中有两本，叫《承清馆印谱》，是明代的。它的重要性在哪里？这是中国文人刻印第一次被汇集在一起的印谱，今年正好是这本印谱出版四百年（1617），所以我从北京嘉德拍卖行把它买了下来。就是同一年，只差两个月，日本也有拍卖的图录寄给我，也看到一部《承清馆印谱》，而且是比嘉德拍卖本更早的另一版本，是《承清馆印谱》的母本，更珍贵。我就叫儿子去日本跑一次，把这个印谱拿下来，因为我要搞研究。结果日本人不太懂这些东西，嘉德的那一本拍到了一百零五万元多，日本那边的印谱，我才花了三万多元人民币，就买了回来，作为印谱史的研究，异常珍贵。所以没有眼力就不足以言真，花便宜的价格买假东西是"冤大头"没有必要，花很大的价钱去买假东西，那就更不划算。现在我们一些玩收藏的人花几千万上亿去买一件东西，买完之后大家就争辩。真假往往还是讲不清楚的。刚刚也讲了，我从来不愿意进入这种争论，我不愿把时间花在这上面。所以说收藏的第一种能力，就是眼力。眼力是学问，是知识，是重中之重。换言之，眼力就是金钱。

二、财力

第二种能力，是财力。如果讲没有眼力，不足以言真的话，那么没有财力就不足以言精。好东西都是贵的。当然我最近看一些收藏家发表言论，认为现在已经没有漏可捡了，我觉得不是。当然，从大趋势上讲

"捡漏"的机会相对少了。三十年前我们可以从玻璃堆里捡出大钻石，而今天在被称为钻石的东西里，可以看出不少的玻璃制品。只要有艺术品的交易，只要有艺术品的交流，"漏"，永远是存在的。就看你有没有这个眼光、这个机会，有没有这个缘分。"漏"，总是有的。就像我上面所讲，同样《承清馆印谱》，价格相差三十倍。诚然，捡漏的前提首先是真的。买假的不叫"漏"，是破财"漏"钱。好东西总是贵的，福州的情况我不知道，上海近几年，星期天跳蚤市场上还有两千年前汉代的坛坛罐罐，现在文物法出台，已被明令禁止，几百块可以买到一件。不假，真的。但正因为太一般了，有文物价值而少经济价值，也少艺术特色，就是有久远的年份，几百块也可以买到。但是如果这些坛坛罐罐，上面是有图案的，甚至于有文字的，或者还有年号的，有精美的装饰的。那么对不起，你没有几万乃至几十万，甚至于更贵的价格，你就别想拿下。所以没有财力，是不足以买精的，是买不到真正一等一流的好东西的。

过去在民国时期，上海一位大收藏家，可能大家都知道，叫庞莱臣，号虚斋，他的东西今天有些是散在故宫，有些是散在天津、南京，有些是散在我们上海。他当时的优势就是有钱，当然后来他的眼力也不错。他养了几个专家，在他家里专门给他"掌眼"，所以他收的东西大部分都是非常"精"的。像我们刚才PPT里图片有一张南宋马麟的画，马麟就是有名的大画家马远"马一角"的儿子——这幅画也是庞虚斋的旧藏。虽然说没有财力就不足以言精，但是我因为从小喜欢，往往也能收到些精品。不是有钱，而是往往捡漏所得。

第一种，是从差的里挑精的，东西的价位很低，别人认为很差，我倒认为其实是很精的东西。比如说也是 90 年代，我有个学生拿来一方六厘米大的齐白石刻的"百梅楼"。他讲："老师，人家有一方图章要卖掉，上海有几个名家都看过，都讲是假的，您要不要看一看？"那我就去看，这一看，开门见山，真的。当然这家人也不太注意，就是放在家里，烧得滚烫的锅子就拿它当作垫石，所以那个青田石上有一块是乌黑的。你想，这么大一块齐白石的印章，在 90 年代也都要三十万左右。我说我要，他讲他要五千块，好，我就给他五千块。然后我再去找齐白石的老印谱，结果找到了。还有一方，和这方是一对，是他刻给民国初期的财政部次长凌直之的。这个凌直之也喜欢画梅花，他有一个斋室号就叫"百梅楼"，齐白石为他刻过多方印。

第二个情况，是可以从假的里面挑真的。有的时候，一些非常好的犀牛角杯，大家看不懂，说是牛角杯。沉香里最好的棋楠做的杯子，人家看不懂，也当作一般的木头杯子。实际上棋楠的价格，比犀牛角杯还要贵若干倍。最近几年艺术品市场已经有点理性，但是我记得大前年我去莆田，现在莆田是中国的沉香集散地，我有个朋友跟我讲，最近有个老板到我们莆田来买了十八粒的棋楠手串（棋楠是沉香里的极品），十八粒小珠子花了五百万。当时棋楠的价格是十万一克，而黄金的价格是三百块一克。所以，你眼光不好，他看作是一般的木头，你眼光好，少花钱也能买到金贵异常的极品。

第三种情况，你可以花小钱，去买非常珍稀的东西。就是今年春天，《文化生活报》的封面上刊了一件明代吴彬的《八仙图》，上面有"乾隆御览之宝"，是乾隆收藏过的。这个吴彬我们了解，是我们福建的骄傲。

中国古代书画里，拍卖第一个创造突破亿元纪录的，就是这个明代晚期画家吴彬的作品，就是那么厉害的人。前几年，他的一张画在日本出现，我就叫儿子："你去跑一趟，给我拿下来。这件好东西他们看不懂的。"正因为人家都看不懂，所以你可以用很少的钱，买到非常精的东西。当然，我可以和诸位讲，我从小到大买这些东西是只进不出，没有卖出过一件。前六年，我把自己主要的收藏一千多件都捐给了国家。但是呀，喜欢的东西，就是个"鸦片"，会生瘾、会成癖，习性难改。到今天，我还在玩，还在"捡"。

还有最后一种情况，就是用我自己的"土产"去换喜欢的。前年也是有个拍卖行，要拍齐白石一件工笔的虫草小品，也是画在民国初年，而且是画在过去的一种很粗糙的夏布，也就是麻布上。据我所知，这种材质的画齐白石一辈子就画过几张，都是小品。有一张是北京画院收藏，因为齐白石当过北京画院的院长。我看到了以后就叫一个学生，我说："你帮我去跑一趟，这件东西给我去拍回来。"结果当时场上一连串价格叫到了很高，并且旁边在叫价的是他的一个朋友。价格叫得高了，他就很难为情，认为两个人是朋友，这样顶着干不妥，于是就放弃了。我后来问他，他说："老师啊，一是价位太高了，二是那人也是朋友，硬争难为情。"那么我说那就算了。过了一个月，我到杭州去，就碰到我学生这一个朋友，我学生就跟这个企业家讲："你知道吗，上次那张画就是我老师要的，不是我要和你抢的。"那个企业家赶紧说："那实在对不起，韩先生您把它带回去。"我说："不可以。"他说："真的，我怎么可以和您抢呢？"我说："那这样，我付给你钱吧！"他说："我不要您的钱。"我就说："那么我刻方印给你吧！"他说："我……印也没什么用，我就是喜欢您画的墨彩荷花。"那么我就说好，然后就送了他一幅墨彩荷花。在我收藏的历史上，用自己的土产，就是自己的创作，换来的东西也蛮多的。最早是80年代有个老先生，叫朱子鹤。他到画院里来看我，神秘兮兮地拿了一方吴昌硕刻的图章出来。他是老一辈的画家，比我大概要长个四十岁，那个时候他已经要八十了。他说："我有一方吴昌硕的图章，你喜欢吗？"我一看说："喜欢啊。"他说："那这样，你给我刻两方印，我就把这枚吴昌硕的图章送给你好了。"我想那当然好了，就刻了。当然，这是可遇而不可求的。

所以我说收藏里面，没有财力不足以言精。但是钱不够的时候，眼力可以来补，譬如我的收藏里，很多精的东西不是像那些大老板，一扔几千万进来的。我的钱与他们比是小巫见大巫，但是有眼力，有缘分还是可以收到喜欢的、珍贵的东西。

三、魄力

收藏的第三种能力，我认为是魄力。平时买东西，一件东西放在你面前，人家说五万。我说好，就给他。我还做过这样的"傻事"——这样东西对方说好，叫五万，我看确实好，就说这样吧，我给你六万。对方当然很开心了。为什么要多给他一万？这是有道理的，一是物有所值；二是他下次有好东西，直接想到，韩天衡这个人有好东西他是肯出价的，他就把东西拿到你这里来了。你们想呀，有些人习惯了砍价，对方叫三万就要讲到两万，对方叫两万就一定要讲到一万。就是和对方不停地讨价还价，费了好大的气力把价格讲下来，省了一点小钱。可是次数多了，对方就想你这个人是不肯出价格的，有好东西，他就不会拿到你这里来。这种事情历史上很多，为什么有些收藏家好东西很多，就是因为他们大方。是好东西他们不跟人砍价，所以好东西都到他们家里了。要是碰上一个砍价的财主，那么对不起，这些人就会拿了到处卖不掉的东西，甚至是假的东西到你这里来。你不是爱砍价吗？我喊十万，你砍到三四万，你还很得意，实际上卖给你的人更得意。为什么呢？假的。

我记得在"文革"后期，有一个朋友叫我鉴定他家里的画。一个大的橱子，横过来放满了，至少有两百件。从第一张开始看，我没有看到一张是真的，看得我自己都没有信心了。最后看得差不多了，在大橱的最下面总算看到一件四条屏，任伯年的，是真的。我心里想这老兄祖上肯定是不肯出钱的主，所以人家都拿假的过来卖给他。当然，现在出了大钱，去买了一屋子假货的也不少。我们讲艺术品的收藏要有魄力，亲见的例子也有很多。我举一个例子，我的一位朋友。这位朋友也是位大企业家。有一次，他对我说："韩老师，我想去北京拍点东西，您帮我去掌掌眼。"那天巧，在瀚海，正好还碰到启功先生。他说："天衡啊，你怎么来啦？"我说："朋友请我看个东西，我就来了。"那天这个朋友看中的是一件陆俨少的东西，说："我想要。"我说："这件你不能要，是假的。"看了一圈之后，我说："这件我建议你要，是明代大画家陈老莲的。这是国宝级的，你拿这件绝对是值的。"正好那天的拍卖师也是我的朋友，我就问他，什么价位可以拿？他回答说："二百一十万元应该可以拿到。"我就告诉了那位朋友。结果拍卖完了，我问他："你拿到了没有？"他说："没有，我叫到两百，人家叫到两百十，你跟我说不是就两百十吗？"我说：
"可惜了，这是国宝级的东西啊！"就差了那么一口，十万块钱。第二年，
这件东西又拿出来拍，大家知道，收藏有三种，一类是收藏家，一类是
以投资为目的的收藏，第三类是作为学习和借鉴用的。投资家，他是要
把藏品拿出来不断去市场上滚利的，这件东西2002年在嘉德又出现了。
我那个朋友就打电话给我，说："韩老师啊，我真的很懊悔。去年这个
册页今年又出现了，今年拍了四百五十万元。"一年，从二百一十万元
到四百五十万元了。到2005年，这套东西又出来了。当时我退休以后，
对外界这类事也不太关注，自己都在搞创作、搞研究、搞写作上。他又
来电话了，说："韩老师啊，我懊悔死了呀。"我说："怎么啦？"他说：
"这件册页今年又出来了呀，你知道这次卖了多少钱吗？"我说："我
不知道。"他说："二千八百六十万元。"我就跟他讲："你要想开呀，
你是真的玩收藏，人家是做买卖，要不断地倒，要赚钱的。如果2001
年你二百一十万元拿下来，你不拿出去卖，你怎么知道这件东西今天值
二千八百六十万元呢？这都是缘分，你不必难为自己。"这个企业家和
我关系还是蛮好的，所以我知道，这件事对他的刺激还是蛮大的。所以
后来他就去海外，搜集那些毕加索、雷诺阿，这些油画里的世界名画了。
所以说玩艺术品，在必要的时候你有没有这个魄力，是显得非常重要的。

四、毅力

我们说第四个重要的能力，是毅力。因为艺术品这个东西，你想要，

人家不一定就能让给你，历史上元代的赵子固为了获得定武本《兰亭序》
就花了三十年的心力。这样的事非常多。我们讲一则小的故事，日本有
一位砚台收藏家，他收藏了一方吴昌硕有刻铭文的砚台。吴昌硕一生铭
砚台呢，不是太多，但当时他有一个朋友，就在上海边上有一个小的城
市叫常熟，吴昌硕诗自己写得蛮好，但是吴昌硕年轻的时候，乃至晚年
不少诗多是请常熟的这个沈公周撰写及修改的，所以两个人之间感情非
常深。这个沈公周就是喜欢玩砚台，吴昌硕前后铭的，包括刻的砚台有
一百五十多方。1917 年，沈公周一死，日本人闻风而动，马上就找到
了他的家人，把沈公周所有的砚台全部买下来，带到日本去。一百五十
多方啊，这个日本人厉害吧。沈公周唯一一方没有被拿走的砚台是为什
么呢？因为沈公周属马，所以他死的时候，家里就拿了一方有吴昌硕刻
铭，上面雕了一匹马的砚台一起陪葬。当然这件事过了近百年了，买去
的是一个日本有名的画家桥本关雪，现在那当然也陆陆续续散失出来了。
有的也开始出现在中国的拍卖会上。东京有一个砚收藏家手里有一方，
《沈氏砚林》里出版过，我知道。我就叫我的学生常去沟通，跟他磨。
在三年当中自己也到他家里去了五次。他也是位教授，他就讲："韩先
生您出的价钱到位，但是我还不想卖。"直到第六次，他打了个电话给
我的那个学生说："你请韩先生来，我的砚台准备让给他了。"他讲最
近国内有几个做买卖的，出的价钱比韩先生要高得多。但是他讲："我
感到韩先生因为不是做买卖的，他是自己赏玩，是真正的收藏，所以这
砚台还是叫韩先生拿去更妥，放在他那里，我还常可以去看看。"我很
感动的，好了，第六次我就叫我的学生带着钱到他家里去，一手交钱一

手交货。我们现在西泠印社好几次拍吴昌硕的砚台，也都要四五百万元一方，而且我当时收的那一方是这里面最好的一个坑口，属于大西洞的，砚石本身就是非常名贵的。所以你看一个砚台，我花了整整三年时间，说明收藏确实是要有毅力的，不言放弃。至于第四种能力，毅力，讲大的，那我们大家人人皆知，就是张伯驹先生收藏溥心畬的《平复帖》的故事。这个故事大家肯定都知道，一个有钱，一个不卖。张伯驹是有心人，你溥心畬家人办喜事他给一万银元。你溥心畬家里有愁心事了，给几万银元。张伯驹从来都没有提过这件东西，但是大家都心知肚明，你张伯驹是看中我溥心畬收藏的这件宝贝。直到日本人占领北平，日本人想要掠夺这件宝贝。溥心畬尽管是满族人，他也知道，如果这件东西到了日本人手里，对不起祖宗，对不起国家。就在这个危急关头，他就和张伯驹讲："这件东西我给你了。"这就像是烫山芋一样，就往张伯驹手里扔了。张伯驹给了他四万块银元，你看前后花了好多年才把这件东西纳入囊中。但日本人到处在搜这件东西，《平复帖》也就方尺那么大，张伯驹先生把这件东西视若生命，将它缝在棉袄的夹层里面，谁会知道那么一件国之瑰宝会放在棉袄的夹层里面？逃难逃到哪里，这棉袄穿在身上带到哪里，与生命共存亡。张先生这般的毅力，这等的用心，这样的故事，堪称是千古绝唱！

五、学力

第五条就是学力。什么叫学力？泛指鉴定中的综合知识、旁证材料。

你不能讲看字画就是看一根线条，除了天才，绝大多数人做不到的，所以审定判断线条的内质，还必须有很多旁证资料，多元立体判断，这是必不可少。如有些是历史流传有序的，那你必须对书画收藏历代的很多专著有一个了解。宫廷的东西诸如《石渠宝笈》以及续编、三编。民间的著录，比如说《平生壮观》《铁网珊瑚》《清河书画舫》等，以及近代及当代精审的书画印谱杂件书籍等，这些都是必备的史料，它里面流转有序的，找得到这样一点东西，你就知道，这件东西有来历的。如齐白石所作《老当益壮图》。但是我们要注意，造假的人也狡猾，他就按照那个来历来仿造，如果你字画本身鉴定能力不够，那么就会吃药。此外，我们看一张字画，要看他的墨色对不对，色彩对不对，纸张、绢、帛材质对不对，收藏家的印章、题款的书法年份和人事交往的情况对不对，印泥的氧化对不对。对这些东西的了解，对你判断这张字画的真假都有辅助作用。像用颜料，我们现在的花青，我是不用的，做得很不达标，康熙时候的花青是青的，透明的，就像没有雾霾的那种初秋的晴空一样，蓝得是清透的，你看到这个颜色就可以判断这张画是康熙年间的，你做假本事再大，你今天这个颜料没有了。此外，把握史料也是必需的。当然对于史料来讲，旧存的史料也不能全信的。我1986年在安徽买黄牧甫两方印章。人家拿给我看，说这两方印别人不敢买，他上面的落款日期是他死了以后的，人死了以后怎么还会刻图章？我一看风格也好，用刀也好，边款也好，文字也好，包括印材年代，都真，我讲我要了，晚清大名家黄牧甫的两方大印，一千五百块。然后我到黄牧甫后人家里去了一次，我问你们讲黄牧甫1908年春节后几天死的有什么根据，有没有家谱。他讲没有，凭记忆的。然而我又考证发现黄牧甫在"死了"
的这一天之后还有书法留下，也就是讲把他死的年份提早了，所以我是
买了印之后再来考证他的价值，所以黄牧甫的死从1908年就改为1909
年，如果你相信资料的话，那这个印章今天都卖不掉，黄牧甫也冤屈地
被早死了一年，我也捡不到这个"漏"。所以古人讲，尽信书不如无书。
那么你譬如讲，有些朋友今天买字画，还关注于上面的钤印。此外，今
天收藏书画的朋友，总是去比对印谱，包括文物出版社厚厚的两本印鉴
书。其中，如邓石如、赵之谦的个别印就有讹误。记得二十多年前，在
拍卖会上见到一副赵之谦的红对，叫位学生去为我拍来，学生电话告诉
我，别人都说不对。为什么，说赵的印章比印鉴里的大了一圈，我说反
正给我买来。对联拍来，我取出《印鉴》，是比对联上小了一圈。我又
取出赵氏原钤的旧谱给他看。他才知道是《印鉴》拍照复原时，把印缩
小了一圈，失真了。这又是"尽信书不如无书"的一例。我可以跟大家
讲，民国之前的书画上面作者和鉴藏印章，对于鉴定真假很重要，到了
清末民国以后，印章对于鉴定字画的意义不大了，为什么？照相术传到
中国，可以制锌板、铜板，这方印拍照制作以后，用好的印泥打在字画
上面，印看上去是真的，实际上画是假的。还有，用印章来鉴别书画也
要讲科学、知递变的。如吴昌硕三十四岁刻过一方两面印"俊卿之印"，
还有一面是"仓颉"两个字，他用到五十四岁，这都是我比勘了几千张
吴昌硕的字画得出的结论，到五十四岁这方印章印的四角磨损，印面是
"馒头"状，钤盖不清楚了，他向下稍许磨掉一层，自己又重新挖，所
以从五十四岁暮春开始，他的两方印章的面目跟之前是很不一样的，这

个两方重剔的印章用到八十二岁，偷掉了。好，他就叫刚进门的王个簃临摹了两方，所以吴昌硕八十二岁以后的印章是用的王个簃临摹的那两方，所以就是这个印在吴昌硕身上三个阶段，五十四岁暮春之前第一版，五十四岁到八十二岁是磨去一层以后重新剔的，而不是重刻，是二版。八十二岁第三版，面貌都大不一样。吴昌硕这三方印是什么时候到什么时候用什么印，很多造假的人搞不清楚，你一看那个印结合年份、画风、书风就利于准确判断这张画是真的还是假的，所以印章对字画的佐证还是很重要的。此外，制作乃至其装潢形式，这里面都有助于综合的鉴定。我记得20世纪80年代上海有个出版社打电话给我，他说老韩，人家拿了一张宋代黄山谷的字轴，是他的家乡刚发现的，我们马上要出版，出于慎重请你帮我们撑下眼。我电话里跟他讲我不来了，你那个东西是假的，他说你看都没看，怎么知道是假的。我说宋代没有书法立轴这形式的，书法立轴最早到元代刚开始有，他讲你无论如何还是来看一看。我一看用的墨是乾隆嘉庆后的，字是用的羊毫笔写的，字本身跟黄山谷也没有多大关系，所以，讲装潢形式都可以作为鉴定的辅助依据。还有有些画家形成一个面貌以后一直不变的，有些探索型的画家是一直在变的。比如说像陆俨少先生，他四十岁的画，五六十岁的画，七十岁前的画，七十五岁以后的画，包括各个阶段的书法都不一样，各个时期的用印也都不一样，你把这个东西研究透了，你除了看陆俨少先生画的本身真假，这些都是很重要的佐证材料。所以艺术品的收藏我自己感到"六个力"非常重要，眼力、财力、魄力、毅力、学力、预判力，如果在这六个方面下功夫，那么你收藏就有点门道了。不瞒大家讲，我玩了有六十年，但是我到现在为止，我把自己定位为业余的、民间的一个鉴定爱好者，因为这门学问实在太深。有些朋友跑到哪里他都开口这个是真的，那个假的，他本事太大了。我做不到。

六、预判力

第六种能力，我讲就是叫预判力。毛泽东有句诗叫作"风物长宜放眼量"。我刚才讲收藏第一条就是眼力。眼力和"眼光""眼量"的差别就在于要看得远。要有一种人家都还没有感觉，你就有"未卜先知"的本领。就是我刚才说的预判，或者"眼量"，这也是非常重要的。你有这种预判力，你"领先一步"，这"领先一步"如果用到田径场上去的话，我们是很有体会的。刘翔跑一百一十米跨栏，比人家快了 0.01 秒他就是冠军。那个慢 0.01 秒的，我们在座的谁记得住是谁吗？记不住的。就是快那么 0.01 秒，"领先一步"不简单，也不容易。搞艺术品收藏，预判力的"领先一步"，很重要。我在 20 世纪 50 年代到 60 年代初，吴昌硕的对联是四块钱到六块钱一副，也就是现在一副大饼油条的价钱。在"文革"之前，我们寿山是宝地出田黄石的。当时八十克上下的田黄石是十五块到三十块。我们上海有个老先生，因为"三反五反"的时候，不法资本家被揪出了一大批，他那时是合法户，而且喜欢买田黄。那时好多资本家被罚款要补税，没有钱怎么办呢？就拿家里那些个文物，包括那些田黄都去卖给文物商店。因为他有钱么，所以看到好的田黄就买，前后买了四百多块好的田黄。"文革"抄家是博物馆派人去抄，因为博物馆知道他手里有好东西。"文革"结束了，党有政策，抄家的物资必须发还。博物馆就看中了一方极少见到的好的田黄冻极品。就和他商量你这方东西能不能留给我们博物馆，大概给你一千块的奖金。大家别笑啊，七八十年代这一段的时候，那一千块钱是可以买一栋房子的。现在看到一千块钱，买一双名牌的鞋子，一只都买不到。他来找我问："他们一定要我这块田黄，不给吧，我就怕下次对我有什么问题。"我说："这个顾虑不要有，党的政策是很明确的，凡是'文革'抄家物资，必须发还。当然博物馆看中你（的田黄），你看如果你愿意捐，那么他给你一千块钱；如果你现在不想捐，也可以委婉地跟他解释，我自己还要玩的，等我以后不玩了我再捐给你。"他就按照我的说辞去找博物馆，结果博物馆也因为有政策，就只能让他把这块好的田黄拿回去。当然后来，这位老先生九十四岁去世，这批田黄到哪里去了，就不清楚了。所以这个"领先一步"很重要，包括我们的寿山上世纪后期出了好几种珍贵的石种，也是这个情况。我记得1986年，我们这里出了一种叫荔枝冻，也称荔枝冻石，又叫荔枝醉。1986年开始开产，谁知道这个坑口太小，到1989年就绝产了。但是在1986年到1989年这一时段上，三厘米见方、十二厘米长这种标准的荔枝冻，价格大致五百块一方。当时正好是海峡两岸可以往来的，那这时候台湾比我们富，从台湾海峡一过来就是我们福州。玩石头的一看，从来没有见过这么漂亮的荔枝醉，所以荔枝醉中较好的品类，大概百分之七十都是给台湾同胞买走的。后来我们大陆经济发展，改革开放以后，蒸蒸日上，到二零零几年，这个（发展）差距更拉大了，所以很多台湾买到这个荔枝醉的人就反而回流到我们大陆来挣钱，我记得大概 2005 年，他们卖给我的价格是在五万元上下。没经过多少时间，五百元一方就变成五万元一方了。后来到2012年、2013年，这个荔枝冻如果是带俏色的话，都要卖到二百万元到三百万元了。我前两天问过寿山的朋友，现在一是见不到， 二是确实仍有这个价位卖出去了。我讲这些都是"领先一步"，有预判力的实例。我上面讲了六种能力：一、没有眼力不足以言真；二、你没有财力，不足以讲"精"；三、你没有魄力，那往往就会有交臂之失，一辈子懊悔；四、没有毅力，你不可能心想事成，物归于己，只有不断坚持地去努力，那总有一天它瓜熟蒂落、功德圆满；五、缺乏学力，就失去综合判断的可能；六、你没有预判力，行动滞后，悔不当初。我们有一些老干部，其中一些喜欢艺术品的，在五六十年代买了一大批的书画印等文物，现在对他们的后代来讲都是非常大的一笔财富。所以我想玩书画印的，我们讲鉴定、讲收藏，那么这六种能力我认为是必须具备的。不过，我是业余爱好，玩点书画印及杂件，所谈谬误难免，请诸位姑且听听，是不能全当真的。

三点建议

有很多朋友经常问我谁的画可以收藏、谁的字可以收藏。我跟他们讲，审美是有差异的，个人的爱好也会不一样，当然艺术是有标准的，这个我不能跟你落实到"人"呀，为什么呢？我讲某某人的可以收藏，他想那是韩天衡在里面拿回扣的；我讲某某人的画你不要收藏，他想那你可能是和他有仇吧。所以我想有三条可以和朋友们分享。

第一条，不论是字也好、画也好、印也好，你要看，这个人的作品是不是具备强烈、独特、出新的个人风格。既区别于古人，又区别于他人，更区别于外国人。不要去看名字落款，一看就知道谁的。有强烈的个性风格，这是我认为可以收藏的条件之一。

第二条，就是个人的作品，书、画、印，除了有强烈的个人风格，是不是具有丰富的文化内涵。有些东西第一眼看上去让你觉得很震撼，但你走近再看了五分钟、十分钟，你就会感觉里面很空，没有东西。什么叫"东西"？这个"东西"两个字，我归纳为四个字"诗心文胆"。就是他自身风格的背后，有没有深邃的文化内涵，这个非常重要。不然的话，再怎样风格强烈，就像放炮仗一样的，"砰"的吓你一跳，万籁无声，接下来什么都没了。要经得起回味，经得起咀嚼。就像孔夫子讲的听韶乐，听过之后叫人能够"三月而不知肉味"。

第三条，也很重要，就像山鸡爱惜羽毛，要了解这个作者的创作数量是多，还是少。艺术品，本来是物以稀为贵。我举个简单的例子，明代，吴门四大家，沈周、文徵明、唐寅，还有就是仇十洲。这其中最具有对比意义的即是文徵明和唐寅，唐伯虎。这两个人都是1470年生的，但是唐伯虎就活了五十六岁，而文征明活了九十岁，也就是讲他的创作期要比唐寅多三十四年。而且文徵明当时名声大、生意好，他来不及写、来不及画，还要由学生和儿子代笔。当然就本身这两个人来讲，艺术水平都是一等一流的，不分高下的。从书法的角度来讲，我认为文徵明绝对是在唐寅之上。但是在今天，因为唐寅的作品存世量，粗略估计不到文徵明的十分之一，我们现在好在拍卖行都能看到行情，唐寅的一件作品的价格往往都是文徵明的十倍。所以我们就可以体会到，一个艺术家，他的数量跟他画的价格，往往是成反比。还有一个，他画的总量，和他的存世量的多少，恰恰又是成正比。这是很值得琢磨和玩味的一件事。我经常跟很多收藏的企业家讲，你们不要跟风，你们不要以耳代目。第一条强烈的个人风格、第二条丰富的文化内涵、第三条少而精，这三条缺一不可，是不可分割的。这其中，"少"非常非常重要。我经常开玩笑跟他们讲，我们生活在这个世界上，最珍贵的是什么？有些朋友跟我说是钻戒，也有人讲房产，也有人讲古董，实际上都不是。我记得我1995年在新加坡、马来西亚演讲的时候谈到过这个问题，实际上我们生活在这个世界上对我们来说最重要的是空气。我半天不喝水，一天不吃饭，一生不戴钻戒没问题，可你三分钟不呼吸你试试看。在座哪位三分钟不呼吸试试看，当然我是不敢叫你们试的，是弄不好要出大事的。但是为什么那么珍贵的空气不要钱买呢？还是因为多啊。今天我们那么怕雾霾，怕空气污染，真的有一天空气极度污染了的话，那么清洁空气的价格绝对要比矿泉水贵得多。所以艺术品的收藏，什么人好收，什么人不好收，我讲我不便落实到个人。但是这三条，我想是必须把握的。谢谢大家。

（2017年6月及12月在福建省博物馆和宁波博物馆的讲座的综合记录，经作者审阅）

《韩天衡印选》后记

我学篆刻是先付出血的代价的。六岁蒙童，似乎并不明白钢刀的威风。刻印走了刀，大拇指的肉给割开不小的一片。当时家境清贫，况且自作自受，只得按着指头发愣，老母抓来一把香灰撅上，用士林布一裹，忍痛受灾两个月，居然肉给黏合上了。大概是自认为不能白付出这等的代价，自此，更乐此不疲，鼓刀耘石了。

在很长岁月里，我遵循方介堪老师"不可学老师的样子，而要学习秦汉印"的教诲，以追秦摹汉，探索再现历来印人风貌为乐事，在这段时间里我摹写和临刻了约三千钮古印。

二十三岁那年，登门请益方去疾先生，他仔细地翻阅了我厚厚的印稿，讲了一句话。话多了，像雨丝簌簌，听多了便心不在焉，正因为只是一句话，它才像惊雷般震撼我。他说："你可以变啦！"我当时不无惶恐地回答："我怕基础不够！"话虽这样说，去疾先生播在我心田里"变"的种子，却勃然萌发了。是的，在前贤的印作里探索是断不可少的，但这毕竟是在前贤开拓的路上遨游。对前贤说来是出新的，对我说来则是守旧的，严格地讲，这是"浏览"而非"探索"；从技艺上讲，这只是学习、继承，严格地讲，尚属"模拟"而非抒发自我性灵情感的"创作"，"书非不法钟（繇）王（羲之），而非复钟王"，贵在"始于模拟，终于变化"。

《韩天衡印选》书影与内页

我终于斗胆下了决心走推陈出新之路。我在探索往昔篆刻和印学流派的认识上，开始归纳了"奇中见平，动中寓静""雄""变""韵"的探索目标。我自个儿认为强调"奇""动"的效果，能给人以不凡的第一印象，强化不雷同于人的清新感和写意画情趣。但"奇""动"务必以"平""静"垫底，奇中见平则不怪诞，动中寓静则不油滑。印作"雄"方能壮伟劲迈，有气势，拒小派，自有时代气息；"变"则力求篆法、章法、刀法、意趣上区别于古人、他人和故我，常变常新，才能使艺术生命长存；"韵"是在"雄""变"的基础上求韵致，要有一种令人玩味爱恋的鲜

方去疾题韩天衡印稿"别开生面"

美劲儿，但离开"雄""变"求"韵"，则像用"味精"泡白开水当汤喝，其味必欠醇郁。此外，我还注意到，继承和创新，两者是断绝不得关系的，继承时不忘创新之旨，创新中不忘传统佳处。正像寻路攀珠峰的勇士，探索中要借鉴前人走过的路，重视前人提供的有价值的导游图，这至少可以减少盲目性，防止走悬崖。说来轻易做来难，理想与追求好似都在向前奔驰，目标总是那样地迷惘遥远，欲近不能，求万得一。如今自忖，依旧汗颜无已。

探索不单以摘到果实为乐趣，探索的本身即充满乐趣。它促使你不甘因袭守旧，不以一辈子反复早已熟娴的思路、技法为极则，胸怀着疑无路后又一村的神奇美妙憧憬；饱含着排除苦恼、彷徨，抖擞精神向前进击不止的活力。从去疾先生提议我"变"法，至今又过去了二十个年头。我依旧在求变的道路上艰辛摸索，有变得为前辈行家谬许的"新面"，有变得令人摇头批评的"怪腔"，我认为这对探索者同是珠宝。谬许权作动力，批评诚可深思，合二而一，兼收并蓄，可使自己在永无止境的探索进程中，端正步伐，加快步伐！

1984 年 12 月于百乐斋

我所认识的青田石

说到石头，谁都会以为是平常之物。它无处不在，俯拾即得，何奇之有？其实不然。而今在谈到青田石时，不屑说是人皆知之，声名斐然，即便是走出国门，质之外人，就中也不泛知晓其声价者。青田石，是不平凡、不寻常的石头，它的存在，使石头高贵神圣了起来。就石而言，青田石堪称是石中俊杰、石中经典。

青田石，属叶蜡石科，其硬度远较珉玉为低，约为二度上下，生成当在一亿四千万年之前。青田石素以质地的晶莹、色感的雅丽、硬度可人而为世人重视、采用。使它自被先民认识以来，有趣地走过了一条物美价廉、充替珉玉以至迈珉胜玉、令玉称臣的堂皇道路。这石材，仅产于浙江省的青田县，明代，青田属处州府治，故又名为"处州石"，自清代乾隆以来，则泛称之为"青田石"了。

青田石材的被利用至少已有一千五百年的历史。在六朝之际，即有以其镌刻为卧猪，做随葬明器。然以余之陋见，彼时之石皆得之表层，而非采自深处，故缺乏冻石的温润可爱。

清初周亮工在所撰的《赖古堂别集·印人传》里，有一段关于青田石用途的记载，称"金陵人类以冻石（青田）作花枝叶及小虫，嬉为妇人饰，即买石者亦充此等用"。这段记录明季的文字，很有价值：一、说明青田石中的冻石，在明季已得到广泛的开采和应用。二、说明青田石已具有超越地区一隅的大市场，千里以外的南京即是其市场之一。三、证实青田石的用途是创作成民间衍用的饰物或玩件，以其类玉的外观及其低廉的价格，可以满足低层人士的需求。此时及此前的青田石，其用途或仅此而已。

青田石的大彰于世及登文人雅士之堂，转机当在明代后期。当时篆刻大家文彭偶以青田石充作印材，替代原先金属、牙、骨料印材之用，偶然的尝试，居然石破而天惊，有意而无意地爆发出一场篆刻用材的大革命。宜于奏刀、刻者称便的青田石进入篆刻领域，使宋元以来有治印雅兴，面对坚顽铜印又兴败气馁的文士群，终于寻觅到了自篆自刻的理想印材，从而调动和激发出了文士们前所未有的刻印热情。文彭的倡导，时代的需求，文士的期盼，一时间，以石材刻印的风气应运而生，风靡于天下。这是发生在明末士林艺苑中的一宗大事件，一个实实在在的史实。所以，我们可以毫不夸张地说，正是青田石在篆刻领域里引进推广，使先前沿袭了二十个世纪的铜印时代，摧枯拉朽般地寿终正寝了，代之以文士为主体、个性为特征，流派纷呈、名家辈出、生机勃勃的石章时代。可见，以石代铜，印起八代之衰，在煌煌中国印章史里，青田石有其不可磨灭的划时代的贡献。

幸运的青田石，因时日的推移，用途益广，妙处益显，知者也益众。它既是雕件艺术的载体，又是印材的上佳石选，此外，它还是现代工业中重要、必需的添加剂。

以雕件论，六朝时的各式卧猪，乃至今天就能见到的明代少许的工艺品，其施艺水准都还处于实用为目的的阶段。虽其拙朴之美，而毕竟钤有初生期欠成熟、少文化内涵的烙印。青田石雕件的趋于精美是在乾嘉以后，惜名工巨匠皆不可考，物存名佚，殊为可惜。近半个世纪，青田石雕真正地成为一种文化的构筑，其雕刻技法、风格塑造、情趣意境，都达到了超前的程度。总体来说，青田石雕自成流派，而众多石工又各立径畦，基调体现为写实而尚意、精妙而大器、细腻而见难度、抓形而见神采。手法则不主故常，圆雕、镂雕、高浅浮雕、线刻交替为用。以其娴熟而不同凡响的相石、开坯、雕琢、封蜡、润色工序，使青田石雕具有独特的艺术魅力，成为海内外公私藏家青睐的重宝。作为当代青田石雕件的主将，林如奎、周百琦、倪东方、张爱廷都是各具特性、各怀绝技的高手。

以印材论，上品的青田石本身即是艺术品。它作为篆刻的载体，正如上述，对明清流派印的诞生与勃兴，起到了至关重要的作用。文彭最先引进于印坛的印材即是青田石。无论其质地冻或非冻，石性皆清纯无淬。"坚刚清润""柔润脱砂"，最适于受刀听命，最宜于宣泄刻家性灵。因此，青田石是印人最中意和最信赖的首选印石。古来第一流印人无不乐于选用青田石奏刀即是一大明证。此外，历来印人对它石中看不中用的批评也反证了青田印材是其亲密的挚友。

青田石是一种泛称，因其产区、坑洞的不同而品类繁多，各呈风貌性情。最早艳名于世的是灯光冻，它若封门冻、兰花冻、蛤蟆冻、五彩冻、紫檀冻、蜜蜡冻以及黑色红、蓝花钉、封门青、酱油青、麻沙青、黄金耀等均是个中极品。青田佳品，品类数十，而其主调尚青、尚淡。

即是红、绿、蓝、赭、紫、黄诸色，似退尽火气，绝无火爆刺眼之弊。又，青田石即便是其色大别，而磨出之石粉皆呈白色，此也迥别于他地之石。我素爱青田石，先后入藏颇丰，兴来置石于案头，亦苍亦翠，间赭间黛，或赤或紫，百面千态，和而不犯，同中有异，具雍冶渊静之姿，无取宠献媚之容。我观石，石观我，我赏石，石赏我，两相知，更相依，不知昼去，不知老至，自有一种百看百回头的痴迷。

石不能言最可人。在我的心目中，除了对青田石的爱恋，对寿山佳石，也多中意。寿山石与青田石是极具对比意义的一对瑜亮。寿山主调尚艳、尚浓。田石、坑头、山石，姿色多方，七彩流光，显示出撩人的美丽。要之，青田、寿山皆石中之翘楚，令刻家和藏家心荡神怡，是得一望二、嫌少欠多的宝物。然纯以刻印出发，吾依旧是唯倾心于青田。不过，若要我对青田印石的加工讲点意见，其钮雕则是不协调的薄弱环节。究其缘故，非不能也，乃不为也。青田石钮雕，多出自新手练工，高手则不屑在此方寸间施艺。遂钮不胜石，有碍大雅。我总简单地认为，只要雕刻家们能挤出一点心力于印钮，青田印钮是指日可与寿山石钮争胜，登上新台阶的。

要言之，青田石是无可挑剔的佳石，在它身上记录着许多神话般的，且是真实的故事，轰轰烈烈的故事，经久不衰。惜乎，明清以来，我们受用它、钟爱它，却很少有相应的专著去研究它、介绍它、总结它，使它蒙受了无奈的冷漠和静寂，这是一个理论滞后于业绩的、岁月弥久的遗憾。前几年，我读到几本关于青田石的著录，心窃喜之，然又对其间的挂一漏万、以点概面，觉得不足以解渴，总还有著录的分量远远配不上功绩卓著的青田石的缺憾。丙子夏，老友陈慕榕先生，自故里青田枉顾敝庐，出示新撰著录《中国青田石》，全书构思完备，钩陈索幽，论古道今，力求翔实，图文并茂，足资研习，堪称是一部有分量的介绍青田石史、艺史的力作。浏览一通，顿若清泉之注心田，精神为之一爽，相信它的面世，必能赢得读者的青睐。我可以负责地说，慕榕先生在青田石的研究和推介上已成功地跨出了新的一步。我们感谢他做了一件填补石史空白的好事、大事。我相信，石性通人，青田石也会真挚地感谢他。

（原载《青田石雕论文集》2001 年 10 月）

名家课堂

一、艺术不是方程式

书画篆刻是一门艺术，既是艺术，就不能像解方程式一样，更不是做算术，只能有一个标准答案。解方程尚可有几个途径去解，搞书画篆刻艺术的方法、技巧也有多种多样，但追求艺术，是没有标准答案的。艺术的魅力在于活，不能死在一个标准上。

追求艺术的境界、立意一定要高，起步也要高为好。好比我们立在山脚下，只能看到附近的一片，而走到半山就可看得远一些，到了山顶，视野顿时开阔，能看到周围一切，"会当凌绝顶，一览众山小"。所以，起点、立意都要高一些。艺术是没有顶峰的，登到了山顶，是否就此作罢了，以为大功告成了？不能！还要登天。登天就更难了。王羲之登天了，吴昌硕登天了，确实没有几个大师能登天的。但好多人都在追求，明知登天难，偏向天上行，这就是艺术的魅力。艺无止境，艺术大师可称为"第一流"，但没有"第一名"的。有人问王羲之的字好还是颜真卿的字好？齐白石的印好还是吴昌硕的印好？这是不能评定谁"第一"的。因为没有一个标准的答案去衡量、去评判，只能说各位大师的风格特色不同，不能说谁第一谁第二。

二、单一不称为艺术

有学书者问临碑好还是临帖好。历史上曾有"北碑南帖"论，这就好比在问，讨"北方的老婆"好还是讨"南方的老婆"好。艺术是拒绝单一的，单一即不称为艺术。是临碑还是临帖，不能绝对化。临碑能取结构、取体势，临帖能取笔意、取墨韵，等等。清人推崇学碑，是有一定的历史背景的，康有为等革新派，可谓用心良苦。晋唐后至清代前，书学一直是以学帖为主，学字非墨迹不可，顶礼膜拜"二王"的帖学家几乎一统天下，清代起，随着大量墓志金石碑碣的出土和发现，求新求变的清代书者不再甘心于"帖学一统天下""柔弱书风流行"的死气沉沉局面，力行改革、独创新路，极力倡导学前代的汉碑、魏碑，碑学的兴起，形成了书法史上一个艺术高峰，造就了一批在用笔、结体上前人无法比拟的一代大师，如伊秉绶、何绍基、邓石如、赵之谦等，也使篆隶字体的书写开创了历史之新篇章。可以说，清人的崇碑是时代所迫，是顺应历史潮流的改革之需，我们不能单一地片面去理解。

三、叠加式不"恋古"

文学艺术的创新发展，不同于科学技术的发展，科技一发展，新的技术就取代了旧的，就好像电灯发明了，一般就不再普遍使用油灯和蜡烛，是取代式的。搞艺术不能是取代式的，而是叠加式的。新的风格特色形成了，并不意味着旧的传统就不用了，我们应该在不断研究、借鉴传统的基础上，再考虑开创发展自己的风格。首先是继承，然后才是创新，继往才能开来，推陈才能出新。在创新过程中，同时又要运用传统，而不是抛弃传统。

不少初学者，在借鉴传统过程中，往往只注重分析客观世界，而不注意研究分析主观世界。我们一定要研究自己，分析透自我，考虑一下什么传统适合自己。就书法而言，从本质上去分析，不是所有的传统都与每个人性格特点能相吻合的。就像恋爱一样，要找与自己有缘分的对象，知彼知己，按各自的实际情况，选择适宜自己的传统去研究，重点继承，才能"事半功倍"。否则，路子不对，只能"事倍功半"。

历史上有许多个性风格的形成是有特定环境因素的，甚至是由个人生理上的特征所造成。譬如徐青藤，据记载，他是个神经质的人，在这种特定的条件下形成的作品特点，后人是很难学成的。你现在要把自己装成神经质，是装不像的。再如，八大山人、石涛、金农、郑板桥等人，他们有的是明朝的遗民，有的是政治上失意的下层官吏，有的是终身不仕的布衣。或对现实社会不满，或是带有国破家亡的民族仇恨，或是对自身的遭遇感到愤懑。这些特定的环境因素，所造就的艺术上的标新立异，不是今天我们一般人所能比拟的。

当今有一种"恋古"倾向，自称像谁像谁，毫无创新，一直停留在传统圈子里转，不值得提倡。当然，真正能学像传统，也属不易，是下了功夫的。但从根本上，还要走出传统，要有"自我"。传统的东西好比一个院子，我们踏进门，在院子里兜熟悉了，要留个心眼，开扇边门，随时可走出去，需要时再走进来。只有不断研究传统、继承传统，不断走出传统开创"自我"，才能成就大家风范。

四、追随艺术"永不言败"

不少学书画者容易自暴自弃、丧失信心，急于求成的心理很重，看到某某某同样年龄已功成名就，某某某什么年龄已出版了多少书论，就认为自己一无所成，好像不行。搞艺术要有"永不言败""永不言退"的精神。自然界一年四季都有花，年事不高，已有成就，是春花或夏花，但可以说，历来大师级的艺术家，一般都是冬花，或至少是深秋的花。黄宾虹就属冬天的腊梅花，他是20世纪最杰出的书画家之一，而他在七十五岁前尚未跳出四王画风范畴，直至晚年，准确地说至临终前几年方在笔墨与构图上得以突破，人书俱老，忘形而得意，将注重精神的笔墨功夫发挥到极致，体现出能工而不屑工的艺术效果。吴昌硕通过有力度、有厚度的线条表现苍古浑雄；黄宾虹则是用洒脱的线条体现外柔内刚，确实"前无古人，后无来者"，他们独特风格的形成，均至晚年。再如，齐白石、徐悲鸿等大师，可以说，都属深秋的菊花。春天、夏天就能开花的，在艺术界只能是少数。不少人往往只看到别人的成功，看不到别人的付出。追求艺术，需要有一种执着的信念，终生付出，未有成就，也不枉为一生，因为追求的过程，就是一种乐趣，就是一种享受。

五、十音成章

节奏，体会在书画、篆刻艺术上，实际是一种感觉。节奏来自音乐，试想，单是一个音调平音"哆、哆、哆……"是不能组成动听的音乐的，必须有"哆、来、咪、发、嗦、啦、唏、哆"等不同的音符，才能成为节奏和乐章。文章的"章"字，由"音"字和"十"字组成，即告诉我们，十音方能组成篇章。我们在艺术上的追求，如果不研究节奏上的变化，就不能称为艺术表现。虚实、黑白、刚柔、大小、粗细、枯浓、提按、缓疾等，均是一种节奏感的体现。这种艺术上的意境，往往又不是刻意的，而是自然成天趣的。凡大师都能做到自然与"精到"的结合。好的艺术品经雕饰但又近乎自然，这才有感染力。如庄子所说的，既雕既琢，复归于璞。

六、书不是藏的，而是用的

现在学艺，条件确实十分优越，根本不像古人那样艰难。书籍、碑帖、印谱，各种各样，应有尽有，随时可觅。好多人资料不少，研究却很少，前人的经验也好，碑帖也好，印谱也好，要靠自己去咬嚼、品味，消化吸收，只有这样，才能提高。买来的书不是藏的，而是用的。我在年轻时无知，曾治过一方"韩天衡藏书印"，以后从未刻过，因为我们不是书籍收藏家，而是用书者。书是最好的老师，我们要用好它。往往不是身边的资料太少，而是我们用得太少，研究得太少。

（原载《书法报》2006年2月1日）

学艺回眸四举

艺海学泳，甘苦千重，且其妙莫测，非言语可尽述，今择四题以应编者命。

立志与践行

也许是天意，我六岁的时候，无意中读到一则古语"人取之我弃，人弃之我取"，竟确立了一生的志向，即做一个书画印的工作者。因为在五十年前，当时这正是一门近乎被"人弃"的冷寂行当。

立志不易，而立志后有一个踏踏实实的践行，让志向演变为现实，这更重要。古人说"志当存高远"，然而一步一个脚印地践行，才能为立下的志向，装配上翱翔九天的翅膀，只有靠日复一日、年复一年地实践，才能接近于志向或实现志向。

践行一天不难，难在持之以恒，因为学艺的过程是漫长的，攻艺宛如弱水攻顽石，不计时日，不畏苦劳，才会有"水滴石穿"的近似神话的现实出现。

我人不聪明，但我知道攻艺要吃苦，贵持久，在年轻的时候，我能挤出一切时间来学艺，即使到了部队里，我夏日里不午休，节假日不玩耍，有电影不去看，争取种种的时间问学攻艺。如夏天要拉蚊帐，我就把要学习的字帖拆开，别在蚊帐里，以便随时观摩；我还养成了时时以手指在腿面上画字的习惯，熟悉新学的书体，思考一些字的结体，并加强训练肘、腕、指的生理与神经的协调。正缘于此，我成了一个不善娱乐、不会跳舞、不会烟酒、不会唱歌的往往被人认为是生活单调而贫乏的人，然而，我自有我自己的欢乐舞台在，我自有我丰富而多彩的营生。

人生苦短，即使对空闲时间挤而又挤，也还是"一个铜板不能掰成两个用"。在年轻的时候，我就琢磨出了"坐、立、卧、走"四字交错的学艺方法。即坐下来刻印，刻印累了就立起来写字、画画，立的时间久了有累感，就再换个姿势，卧下来读书或读帖，要上班，路上时间长，每天得走两个多小时，可以用来思考小结实践中的得失。用这"四字诀"来学艺，既调节了生理上的劳逸，又坚持了学业上的进取。因此，在很长的时间里我坚持这样做，人不感到太累，但每天可以攻艺十八个小时，在书画印诸方面都能有所长进。说来也有趣，我最近把刻刀刀杆重包羊皮，发现原先呈线状的刀杆下部的线居然都磨成光平面。以手指之柔，竟能磨平钢做的刀杆，这真是应了一句古话："只要功夫深，铁杵磨成针。"《淮南子》说："圣人不贵尺之璧而重寸之阴。"时间对圣人都那样金贵，对我们凡夫俗子来说岂不显得尤为金贵。我以为攻艺者，能抓到充分的时间，就是取得成功的一半。

鉴古与识己

学习书印，特别是书法与治印，离开了借鉴传统，等于是登岳关闭了山门，是别无他路的。认认真真地学习古来的优秀传统，成了初学者登堂入室的唯一途径。事实上，古来的优秀传统，是千百年、百十代艺术家的智慧结晶和成果展示，是初学者用之不尽、取之不竭的财富，承认不承认它，借鉴不借鉴它，是自己能不能入门并进而得道的关键。

面对丰富久长的传统，决不能奢望一天就面面学到、样样精通，有一个循序渐进的过程。如学行楷书，我先颜柳，继而虞欧，复又钟王，再则学习《嵩高灵庙》。向上追溯，又反过来向下浏览，先后又学习过米芾、苏轼，乃至倪元璐。在一步步的学习探索中，知道文字之长，也明白文字之短（当然长是主流，短是枝末），知道北碑之妙，也明白南帖之佳。这样逐渐入门，由约而博。又如，书法有正、草、隶、篆之体，也当一个时期主攻一门，一门有了心得，有了成绩，尤其是从中把悟到规律类的共性的东西，带着这种认识主攻另一门，往往可以获得事半功倍的效果。

把书画印作为一生追求的志向来研究，对它古往今来各家各派有一个全面的把握是重要的。但是这种全面事实上是做不到的，特别是全面得十八般武器件件皆精更办不到。所以，在借鉴传统时，既要一心一意，深探虎穴龙宫，又当在临习中时时不忘学艺者的责任不仅在于复古、忘我、无我，而更在于推陈出新，古为我用，有古更有我。即在咀嚼传统经典食品时，要敏锐地品评出自己的特别滋味来，洞察出自己的新鲜取向来。既不轻薄古人，也不淹没自身，鉴前人之所有，察前人之所无，明自我之出路。我们高呼传统万岁，但我们又有责任，要为以往的万岁，添上新的一岁。深入传统而忽视了古为我用的责任，短短几十年的艺术生涯，就会在鉴古、恋古而在长而又长的历史长河中耗磨掉，成为可悲的俘虏与牺牲。我为传统是出新不能或缺的跳板，但不是眠床，要进得去（这不容易），要出得来（这更是困难），由前山艰辛地冲进去，在其间摸爬滚打地取真经，然后从后山堂皇地走出来，这话讲来轻巧，而做来极难。一部《美术家大辞典》，列名家上万，而冷静地掐指一算，书画印之类相加，上下千载，天南地北，濯古开派的各家至多也仅几百人，其苦其难可知矣。

鉴古，学习你想得到的成果，不等于就可获得它。这里面有一个在鉴古中不断深化地识己的问题，即解决知彼与知己的问题。传统是客体，自身是主体，要学有所成，务必客主体协调一致，能一致则一拍即合，拥有收获；相冲突则油水不融，求之不得。这方面我有许多的教训。如少时学篆，初师李阳冰雅妍灵秀的铁线篆，但一直写不进去，貌近神远。后来，我琢磨出不是我方法不对，而是笔性不调。笔性相悖，即使磨穿铁砚、池水尽墨，也属徒劳。迷惘中领悟出这层道理，我即弃李阳冰的篆书，而改习邓石如，又借鉴汉人的碑额及缪篆，就感到有心领神会的知遇之感。从这件小挫折里，我懂得了借鉴传统客体的同时，了解自己主体的必要性、迫切性。知己知彼，才能百战不殆。回顾书史，若颜真卿字的雄遒壮伟，若米芾字的纵横恣肆，若赵佶字的厉拔峭劲……有古有我，自成径畦，这既要归功于对传统的成功借鉴，又要归功于对自我性情的精准把握。可以说一个有大成功的艺术家，正是他在主客体上融冶为一的成功。严格地说，古来攻艺者，注重传统，呕心沥血而一无所得，其症结不是对客体了解研究得太少太浅，而是对自己的主体从来就没有关注过、弄清过、把握过。所以，我认为鉴古不可缺、不可少，但攻艺者转个方向抽出精力来"识己"同样地不可缺，不可少。"人贵有自知之明"，弄明白了自己，有时比弄明白了对象，更接近于攻艺的成功。

眼高与手低

攻艺是关乎一生的事，其由浅入深的过程决不能像乘直升电梯，步步高、节节高。没有对前路有充分折腾的心理准备，他就不可能把学艺坚持下去。半途而废，乃至起步即废都是常见的事。

最初学艺的一个阶段，由于决心大、热情高、劲头足，克服着技能上的不熟悉和不熟练，往往有一个风正帆轻的过程，自己可以感到明显的进步，甚至"春风得意"飘飘然。可是好景不长，在接下来的一个阶段就出现了曲折，看看自己的习作，今不如昔，越想搞得好些，而越是感到丑陋不堪。这时候，就会心绪萎靡、吃饭不香、睡觉难眠，甚至竟对自己下结论：我不是搞艺术的料，不如趁早歇手为好。这种经历，我经历过许多，而且有周期。学艺初期，一年有那么一两次。初通艺事后，一般两三年也有一次，可谓是接踵而至，没完没了。好在我面对止步不前，乃至回流倒退，并不只从"我不是搞艺术的料"的角度上想。气馁是有的，苦闷是有的，但是我总还想到，自己一个时期上不去，从积极的角度去讲，是手技跟不上眼光的问题。因为在学艺时，越是深下去，接触的面就越广，其中高、精、尖的作家、作品也就见得越多。事实上，眼睛远远地走到了手的前头，换言之，眼高手低是一个真实的存在。眼虽是自己的，手也是自己的，但对艺术的理解和操作绝不是同步的。眼高了，认识提高了，要求苛刻了，对跟不上去的手，即自己的实践，自己的习作就会不满意，就会有严肃的挑剔。所以从辩证法认识论的角度讲，学艺中途出现的自我否定不是一件坏事，它正反映和暴露出艺术实践中眼领先于手、手落后于眼的客观状态，它表明了业已提高了的眼力对一时跟不上去的手找出了差距，并昭示要用手的提高以合拍于提高了的眼力。在这一关卡前，盲目地认为自己不是这块料，自暴自弃，往往就扼杀了或可造就的好苗子，实在是冤枉且可惜。反之，清醒地意识到进进退退是学艺过程中的必然，意识到这正是一次向新的目标前进的动员，努力以手高来适应眼高，那么越过一个山坎，前面就又会出现一段平坦向上的通途。

事实上，眼高手低是规律。而手高眼低是不存在的、不可思议的。以手高去追逐不断升华的眼高，正是学艺者登堂入室、成名称家的台阶。当然这个过程是坎坷曲折的，是无尽止的，是足以考验人的识见、胆量、毅力和真诚的。

诚然，在眼高与手低的差距超出极限时，清醒地看到这差距，不等于能缩短这差距。我在这个关头，往往不做无益的患得患失，而是要硬着头皮一如既往地搞下去。此外就是读些相关的理论书籍，读一些名家的经典作品，去接触一些往日视为异端的名字及其作品，乃至放松一直绷紧的心绪，到清闲的所在去荡青山、踩绿水，散心做尽日游。说来也奇怪，这样坦然地在战术上做两到三个星期的"转移"，往往就会度过这个苦恼的关卡，又感觉到自己的脚步轻盈地迈上了新的征程。

在学艺中，以眼高指导手低，是正途，是学艺由生到熟、由会到精的过程。然而，在学艺，特别是成为里手后，思路的走火入魔，也会把自己引入误区，这类因眼偏而导致手偏，以致使自己的艺术滑坡的例子也是屡见不鲜的。但归纳地说，眼高手低的矛盾激化时，自信是克服矛盾的法宝；眼偏手偏的症结出现时，过分的自信，恰恰是酿成矛盾的根源。

褒奖与贬挞

没有什么比学艺之人更需要褒贬了。可以说，没有褒贬就没有艺术。古人说，"当局者迷，旁观者清"。以清者之论而醒迷者之误，这的确是件要事、好事。

学艺的人恰如采矿，金沙与砾石相杂一并接受的情况是难免的。要汰砂留金，既得靠自己的分辨，更要靠别人的指点，这种指点，就因正是纠非而分别成了表扬与批评。一般说来，表扬能激励自己的进取，然别人即使不表扬自己，自己的长处依然存在，它绝不会因为别人的不表扬而消失。然而，批评则不同，缺陷往往是自己察觉不到的，没有别人的指点，它就不会自行跑掉，就会影响进步。因此要有勇气去倾听别人的意见，要有剖析和吸收有益意见的真诚。我在儿提时学艺喜欢表现一种放浪不羁的野性。有一次，被一位有名望的戈老劈头劈脑地批评了整整一个钟点，言辞异常激烈，我直觉得浑身在火烧。但事后我还是吸取了他对我有用的意见。一年后，我再把习作请他指教，居然得到了太多的表扬。可见批评，包括态度强烈的批评，只要能体会到对方的善良用心，接受于己有补的部分，就会使自己获益匪浅，由弱而强。因计较态度而无视对方批评中的正确成分，这对于初学者是务必要克服的通病。

"虚怀若谷"是求艺者的箴言，只有怀虚，才有装得下批评的仓库，才能使自己壮大起来，丰厚起来，成长起来。

是否经得起批评，并真正接受批评，是检验一个学艺者修养和肚量的标尺，也是衡量他是真的要人批评还是装装样子的分水岭。记得在十几年前，一位画家当着许多朋友包括外宾的面，说："侬又不会画画！"当场有几个朋友就愕然地看着我，怕我会不开心，甚至会发生争执。其实这怎么可能呢，当时，我习画不久，他讲的是实况，是不错的，或许可计较的也只是其讲话的场合不妥。但讲的是实况，又何必计较场合呢。正因为他是在这场合上讲的，他的话则更激励我要去努力钻研，把画画得好一点。十几年过去了，我的画有了些进步，也得到了一些画家的肯定，赢得一些好评，但我首先要真挚地感谢那位画家在宴会上当众的批评，正是他给我增添了进取的动力。

在几年前有位化了名的作者，把我的所谓"草篆"狠狠地批评了一通，言辞很是严厉。一些朋友及学生都为我打抱不平，有的还写了反驳文章。然而，我很平静，天下原没有十全十美的艺术，也没有万口皆碑的艺术，被人批评是正常的。我劝为我打抱不平的学生说，为啥自然界有春天，又要冬天？一直过春天，春风习习，庄稼茁壮，但也会生害虫；寒风冽冽，对庄稼来说却可以杀虫。可见，春天冬天都要得。严厉的艺术批评，对攻艺者是一味很好的杀虫剂。诚然，艺术批评纯属别有用心也无妨。谁人都不是绝对的权威，艺术界和读者群是最有水平的法官。批评者不完全是当然的"原告"，挨批评者也不是天生的"被告"，尺寸出入过大，或出于其他的目的，"原告"也会在大庭广众下成为尴尬的"被告"。其实，旨在损人的攻评，只会激励意志坚强者呼啸前进，取得更好的成绩。要之，对批评动肝火，甚至采用"对着干"的方式，是不值得的。有人说我胆小，我以为不是胆大胆小的关系，真这样干，一是中了对方企求的"计谋"；二是无谓地消磨了自己的精力，干扰了攻艺。更有大者，它势必会影响艺术界的团结平和来之不易的气氛。

我常常这样想，几十年来，我不是本事大，而是机遇好，获得了些名声。自己务必摆正位置，尊重同行，虚心向别人学习，扎实地提高本事。对听到的批评尤要正确对待。我好有一比，是机遇，把我们这些砖头，给放到了宝塔的上端，看塔的人总是眼睛向上，这样放置在上端的那些砖头当然很风光。其实，这上端的砖头，其分量都吃在下面的砖头上，没有那么多的砖头铺垫，你岂能凌空其上？因此，被批评，乃至被责怪，都是无可厚非的。没有批评，都不责怪，那才是不正常的、不可思议的。然而，艺术的宝塔并不是凝固不变的。自贵、自满了，艺术上不进取了，就会被搬移下来，这是必然的、合理的。因此，只有戒骄戒躁，待人以诚，求艺以诚，才能使自己在艺术上不断地取得些长进。

1997 年 1 月 10 日客南京成

（原载《书法鉴赏》1999 年第 1 期）

豆庐独白（一）

艺途无捷径，不走弯路，免堕歧路，可谓捷径。艺途即使真有捷径在，换取的代价依旧是"诚实"两字。

漫不经心的佳作，是经心至极的必然；出人意想的妙构，正是深察人意的必然。学艺者当机警地捕捉偶然，而务必扎根于必然。

"像蜡烛般地照亮别人"是一句美谈。如果艺术家真是一支蜡烛，似乎不应该在照亮别人的过程中匆匆将自身熄灭。须知，只有自身不灭才能久远地照亮别人。自身不灭的良方唯有自爱、自修、自强、自塑。汲取新能源，永葆光不灭。

艺术是思维支配四肢的劳动。想法决定技法，而不是技法支配想法，更不是技法甩开想法。失去想法的技法则是灵魂逃遁后的一具骨架。

艺术家需要中肯的乃至于尖刻的批评。"闻过则喜"不易，也不必。闻过不怒则可。要能闻过则思，思而改之，其艺必进。

有醉己之激情，始有醉人之力作，己不能醉，何以醉人？

艺术讲比较，艺术家也爱比较。比较者，务必有比有较。"较"者艺术性（非人事）之竞争也。不"较"则"比"乏意义。艺术家倘出于整个事业而勇于比较，较而复比，比而复较，持而久之，相信在这伟大的时代，定会造就出一大批伟大的艺术家来。

"狂妄"一词，组合久矣，然"狂"非"妄"也。古谚称"狂者进取"，无可厚非，而妄者无知，目空八极，势必由自傲而自毁。

司艺如用兵。"兵不厌诈"，艺也若此。"诈"者神出鬼没、变幻莫测之谓也。试想，"诈"非容易之事而能"不厌"，则司艺岂能重复故道，常弹老调？故吾乐以"艺不厌诈"为座右铭。

勤奋的艺术创造是一种实力的储蓄，储蓄必有利息，但并非为了利息。利息不足贵，不足求，可贵的是一如既往地储蓄，为时代的艺术事业做全心身的储蓄。

为不同画风的艺术家刻印，好似在不同式样的服装上配搭纽扣，宜融洽和谐。和则双美，离则两伤。吾为程十发治印尚奇，为李可染治印尚重；为谢稚柳治印尚清丽华贵，为陆俨少治印尚峻厚浑穆。

在娘胎里育儿，养料终究有限，要长得硕大，还得出来。同样，在艺术作品上要产生出类拔萃的新面，也得从画内求画、书内求书、印内求印的"娘胎"里走出来！

古人作画讲究"九朽一罢"，时人作画多尚"一挥而就"，风气使然。要者"九朽一罢"之作，宜有"一挥而就"之气韵；"一挥而就"之作，宜有"九朽一罢"之意味。

"种瓜得瓜，种豆得豆。"以此句移用于习艺成果之大小，由于苦学、深思、天赋诸因素，种豆者固然不会得瓜，而种瓜者却往往得豆。

在艺术家的领奖台上，不存在，也不必去赛出第一名。但必须有真正的第一流。

吃了猪肉长猪肉，吃了人参长根须，世人必奇而怪之；而习艺者原封不动地抄袭古人、他人之风格，即使乱真，世人多不以为奇，不以为怪。此实为可深思之奇怪现象。古人云："师心而不蹈其迹。"学习传统贵在消化、转化。化者，化古为今，化陈为新，化为古昔未见、今时独具的新面。

艺以新为贵。不必为恋于守旧的成功者欢呼，应该为勇于出新的失败者鼓掌，因为艺术的新曙光总在这一方。艺以新为贵，又当注重贵在新有艺。舍弃艺术属性，单纯地以怪异为新，犹如将分娩的怪胎误以为是传宗接代的新品种，则也难免贻笑大方。

创造时髦者是伟大的，赶时髦者是平庸的。创造者始终透露着思想之光。

子女有那么一点义务——脸蛋儿至少要有些像父母，而求艺的学生却没有在风格上一辈子像老师的义务。"像"是艺术创新的大忌。须知，不像老师的学生中，正有艺坛的巨子在。

创新包含新鲜，新鲜并非创新。"人人穿白，我则穿黑；人人西服，我则中式。"新鲜即出。而此新鲜远非创新。艺术的创新犹如科技上的发明，是"不可无一，不可有二"最高层次的创造，此创新非新鲜可同日而语。新鲜不难，创新难，千万别把一般意义上的新鲜抬举为创新。

优秀的艺术传统是通向出新的跳板，但也只是跳板。视跳板为眠床睡过去是可悲的；有跳板踢开不用，一味凭蛮劲硬蹦也是可笑的。传统是一笔遗产。对遗产你尽管可以不理不花，但也不必把它火化。其实传统不可丢，也不必丢的，要丢的只是抱残守缺、不思进击的陈腐保守观念，同样要丢的是对优秀传统采取简单粗暴、一概否定的民族虚无主义观念。传统始终是出新之母，我们必须理直气壮地为民族的优秀传统和脚踏实地的创新正名——传统万岁！出新则是万岁加一岁！

历劫不磨的传统是往昔之新，今日之新势必成为明日之传统。传统客观存在，出新势之必然。我们当不薄传统思出新。事实告诉我们，传统和出新，将作为一对敌手和诤友，在厮打和拥抱中永久共存。

对古贤和师友，宜敬佩而不宜崇拜。因为敬佩包含清醒，而崇拜意涉迷信。对于他们的才学，我赞成站着去学，坐着去学，而不能也不必跪着去学。

水墨大写，不难于有笔墨处见笔墨，而难于无笔墨处有笔墨。有笔墨处见笔墨，仅能者可为之笔墨，无笔墨处有笔墨，乃神者始有之笔墨。

魂在艺存，魂丧艺亡。

艺术的传统，是一种粮食，而不是一件衣服，它只能吃而不能穿。吃则长精气神，穿则为"优孟衣冠"矣。

"眼高手低"一语，是实录而非贬词。眼高方能指导手高，合乎规律。"眼"者，非视觉之眼，乃泛指学养、见地。

随意，是艺术表现中的上乘境界。去年在衡山之麓，因书法完毕待钤印，奈何印章未带，友人好事，递上刀石令我立就，时以两分钟成之，主人搬来凳子也已晚矣。诸友称：这种不经意的随意印不是也很有水平？并引申为艺术不必事事经意，只消随意即好。其实，这随意正是长期刻苦经意的必然产儿。或换言之：可以把成功的随意作品，解释为广义上的经意的必然。

常闻人曰"破旧立新"。新，唯有"破旧"始能"立"？非。破旧固然可立新，然而存旧也无碍于立新，鉴旧也无碍于立新。"破"者，窥破、突破之意也，而非浪子之无视祖产，以一味砸破为痛快。

中国画的最神秘高妙处在于线条。一根线条，囊括了整个中国的哲学，也展示了艺术家的整个心态和水平。

艺术作品越具有区别于往昔的独特个性，也就越显示出它鲜明的时代感；从而，也就更加奠定了它不灭的历史感。

艺术作品妙在有实有虚。实者满也，虚者空也。而须知，实非板实，实中寓虚；虚非空虚，虚中寓实。计虚为实，计实为虚，始出奇趣。初为者重实而轻虚，有成者重实更重虚。境界递进，学者不可不知。

创作，贵在"创"而非贵在"作"。能"作"者不一定能"创"；能"创"者，必有出新的惊世之作。

一为少，万不为多，此就观察论之；万不为多而以一为多，此以概括表现论也。万取一收，以一寓万，宇宙间，大莫过于心，小莫过于心，攻艺者当深察之。

模拟，只是艺术创作的基础，而不是创作的艺术。一辈子模仿别人为能事、乐事是可悲的。吾以如下二语清醒灵台：宁可要不模拟前人的失败，也不要模拟别人的成功。

秦印姓秦，汉印姓汉。或问吾印，理当姓韩。

同为一粒豆种，豆芽就根须单一，细秆寸身；豆萁却茁壮茂密，果实累累。结局之迥异，非豆种之此劣彼优，而在于一以水为命，以日为年，薄积却图厚发；而一以根扎沃土，浴光饮露，春华秋实。豆芽、豆萁，喻之学艺，不也可深鉴乎？

学艺之路先得由生到熟，妙在由熟返生。初学者生不能熟，是未入法门的"真生"。就此而言，熟是生的进步。可是，艺有所成者，务必由熟返生。"生"者，若愚，若拙，若忘我，若无法，若无心，是艺术的至高殿堂所在。熟不能返生，是未脱法门之"真熟"，熟必烂，熟必败，其艺其名总难久存。综观千秋艺坛，由生到熟者，百可得其九成；由熟返生者，百中难得一人。故吾尝曰："由生到熟如登山，由熟返生如登天。"

对于篆刻艺术，我素以"奇中见平、动中寓静"及"雄""变""韵"的两言三字为探索目标。强调"奇""动"能给人以不凡的第一印象，强化不雷同于人的清新感和写意画情趣。但"奇""动"务必以"平""静"垫底，奇能见平则不怪诞；动中寓静则不轻浮。印作"雄方能壮伟劲迈"，有气势，拒小派，自有时代气息；"变"则力求篆法、章法、刀法、意趣上区别于古人、他人和故我，常变常新，使艺术生命长青；"韵"是在"雄""变"的基础上求韵致，要有一种令人玩味爱恋的鲜美劲。但离开"雄""变"去求"韵"，则像用味精泡白开水当汤喝，其味必欠醇郁。

"0"，对于起步者来说，是渺小且容易突破的数字；"0"对于陶醉于艺有小成者来说，却是伟大得难以突破的数字。"0"是一个神奇得平凡的数字。

友问，君何以如此喜作水墨画？余曰：人来世间，眼睛一睁，方知有红、黄、蓝三原色。而闭眼窥去唯黑之一色。黑色是那样神秘、深邃，不可穷尽，故吾偏爱水墨之挥运。

俚语曰：隔行如隔山。非也。社会、自然、人文之千百行当，实乃蜂巢一只，各类各行则是其中的蜂穴点点。智者只屑打通蜂穴之间一纸相隔的薄壁，即可消息相通、手段相借、功能相补，所谓触类旁通、左右逢源者也。习艺者明乎此，于诗、书、画、印，之外求诗、书、画、印往往满多发现、震动、反思、引进，使这一行当的平庸成为那一行当的神奇；那一行当里的俗套成为这一行当的新腔，从而生发出全新的意念和佳作来。

古训：行百里者半九十。吾谓，抵达百里者当知行千里者半九百。

往昔吾海居瓯水，每每窥渔人摇橹，其势绸缪盘屈，而轻舟飞发，曲直如意。由此，渐悟线条直生于曲、曲生于直，曲直互为表里、互为形质的妙理。妙理之机关所在，全在一个"摇"字。吾尝以摇橹于水之法摇笔于纸，线条似有异趣。童衍方兄谓吾作字为"摇字"，引为知音。

（原载《文汇月刊》1987 年 11 月）

豆庐独白（二）

诗书注入画面，滥觞于北宋而风行于元明，诗妙字佳，读书平添立体的艺术享受，锦上添花者也。清以降，庸俗画人视此为陈式，拙辞劣迹，玷污画面，佛头著粪，犹自鸣得意。吾厌恶之，故矫枉过正，无清新语，奇怪想，极少于画面加以诗题，非不能也，实不屑也。坡公有言：诗中有画，画中有诗。古人又云：书画同源。解人当能在原本应含诗书的画图中品味出诗滋味、书三昧，令人更有驰骋遐想之余地，更有纯正丰厚之回味，此乃真诗境，好画图也。

世事纷呈，社会繁杂，节奏飞快，环境喧嚣，吾身不能静而求静心，故常于笔底楮面，寻觅与创造恬静冷寂的环境氛围以自娱自适。奋力多年，似有所获，友人常论吾画，酷暑挂置壁间，有冷意顿生、心地清凉感，极类八大。吾告曰：吾画清冷，不同于八大之凄冷。八大画冷心益冷，而吾则画冷心不冷，此中差别，明人当可察之。

八大看破红尘，安于寂寞，故所作淡泊凄冷。青藤生性疯癫，故所作激越苦涩，此所谓"境由心造"者是也。以心造境，迹由心出。故我辈造境写物当先炼心、造心，心能独造，则境亦何愁不能独造？

近今水墨写荷，以雄恣浑朴取胜者众，而以清奇剔透表现者鲜。

我赞佩于斑驳秦权般的凝重，更倾心于洁莹墨晶般的透明。凝重、透明原非天生的对头，我期待秦权与墨晶的热恋和拥抱。对于植根于淤泥，沐浴于清涟，抒怀于碧塘的荷花，似乎更应作如此想。

笔墨取舍，八大山人善用减，妙在除；石涛上人善用加，妙在乘。加减乘除，个中消息，解人知之，才人运之，吾不才唯兴叹而已。又，加减乘除，手法虽异而一以攫神索魂为上。

吾临摹文湖州竹，由泥工刷浆甩出之叶状形态，鉴以写叶；吾画粗杆，由粉墙映出之树影，解其聚散参差之术；吾尝见雷雨遽落地面，点着沙开，去皮三分，借作点垛之法；又尝于万里高空黄昏之际观苍穹千里阵云群，或近或远，既开既合，间黑而白，百般奇诡，故借天为地，用写太湖三万六千顷；近复偶睹月照梧桐枝叶黑影于泥壁，兴来，旋画墨葡萄一撮著其中，凝视良久，似有异情别致……由是悟出，造型艺术，是则不是，非亦不是，似则近是，若画里苦索，画外巧取则可近神似矣。

欣赏个老近五年别开径畦的艺术成果，以绘画论，笔墨由遒劲而趋于恬淡，造型、构图益弃形攫神，老笔纷披，放浪形骸，纯可作秦汉古碑观，且能别出心裁地以笔墨节奏描绘鸣禽的啼叫，绘声绘色，想象奇妙，古所未见，令人叫绝；以书法论，运笔若不精心而生气洋溢，笔似断而意益连，达到了下笔忘我、字中有我的至高境界；以篆刻论，所作不多，每每刀锋犀利，脱头落擘，稚拙生涩，得前人未曾有。创新是可贵而美妙的字眼，可是，任何创新在历史时钟面前，它又将成为过去，成为传统，传统与创新将作为一对敌手和好友永远地存在！伫立在个老新作面前，我不由得发出以上的感想。

（原载《澳门日报》1992 年 12 月 25 日）

品收
说藏

兰室长物话文房

文房，泛指文人书斋文化中的器物，除却书画屏风挂轴，大多是案几间袖珍玲珑的小件物品。其物虽小，却承载、记录、传承、弘扬着中华民族五千年灿烂的文明史，功绩可谓大矣。

民间素有文房四宝之说：笔、墨、纸、砚。其实不然，文房的品类实在丰富多彩、满目琳琅，品类岂止百千之数。远在南宋赵希鹄所撰《洞天清禄集》中就列入了古琴、古砚、古钟鼎彝器、怪石、砚屏、笔格、水滴、古翰墨笔迹、古画等九项内容。然当时流行的实用和装点的文房器物远远不止这些，足见风气之盛。

到了明末文震亨著的《长物志》，洋洋万言的十二卷，综合概述了明代文人清居生活的境况，在卷七《器具》中，列入的文房用具，计有砚、笔、墨、纸、笔格、笔床、笔屏、笔筒、笔船、笔洗、笔掭、水中丞、水注、糊斗、蜡斗、镇纸、压尺、贝光、裁刀、剪刀、书灯、印章、文具等。这些都仅仅是实用的文房用具，述其大概而未及详介。

此外，还记录有文房清玩雅物，如香炉、袖炉、手炉、香筒、如意、钟磬、数珠、扇坠、镜、钩、钵、琴、剑等。另外在卷三《水石》、卷五《书画》、卷六《几榻》、卷十二《香茗》中，还表述了大量的文房清玩，如灵璧石、昆山石、太湖石、粉本、宋刻丝、画匣、书桌、屏、架、几、沉香、茶炉、茶盏等。对这些文房器物标新立异的创作、别出心裁的布置和极尽个性的刻意追慕，体现了彼时高层文人"于世为闲事，于身为长物"的立异炫奇的悠游心境。

文房之所以受到历代文人的普遍钟爱，不仅是因为其有实用价值，而且将其作为载体，千百年来殚精竭虑的文人赋予了它丰赡深厚的文化的、艺术的、史料的内涵。同时，也显示出充满智慧的工匠，在文房器物的构思和制作上的非凡的想象力、变通力和创造力。曼妙精致的文房是大匠巨擘的心力结晶，也是文人雅士相伴一世的挚友和伴侣。如砚台一属，文人墨客皆宝爱有加，昵称为砚田，乃作文遣词，笔歌墨舞，是有关仕途、生计之重器。砚台或端，或歙，或红丝，或洮河，或松花，或澄泥，必先严选其质，由砚工妙构巧作，或精细入微，或浑然天成，继而选上好硬木制匣，匣上或嵌玉，或镶金，或髹漆，极尽奢华。往往又在其上赋诗题记，抒发情怀，记述故事，复有金石家镌刻上石，嵌绿填金。若是古器，则每每书画文辞，积玉缀珠，文采斐然，平添史实，内涵满溢，此等尤物怎不令人欢喜无尽，珍若球图。

文房者贵在有"文"，足令文人痴迷，逸事趣谈，车载船装，传颂千古。若苏东坡之好砚，米襄阳之好石，项子京好书画，毛子晋之好古籍，毛奇龄之好印石，丁日昌之好墨，陈介祺之好吉金，汪启淑之好印谱，张鲁庵之好印泥，秦康祥之好竹雕，陆心源之好瓦甓，不胜枚举，堪称百代艺苑佳话。附带地谈点常识。在文房书斋里，张挂书画是必不可少的。然而，画之张挂则早于书法，书法轴的挂之壁间，当是元末明初际事。这与纸张制作的大张化有关，也与习俗的拓展有关。而对联的张挂则是明代中期以为滥觞。

文房种类繁多，流传有序。虽出现有早晚，成熟分先后，而至清代堪称无物不有，无饰不精，包罗万象，出人意表，蔚为大观。上下数千年的绚烂文房文化艺术，是我国独有的文化见证、艺术瑰宝，是先民中能工巧匠与文人雅士才智共融的智慧结晶，弥足珍贵。

然而，在 20 世纪中叶的一段时间里，文房一属冷落寂寞，且一切趋于简约，甚至无奈地被归为"四旧"，并被打上"封、资、修"的印记，可悲可笑。好在，否极泰来，改革开放这三十余年，祥和宽容的氛围，传统优秀文化的被重视，人民生活质量的大提高，以及审美意识的进步，文房的制作和收藏日新月异地在迅速复苏，同时也彰显了文化自信的回归和拓展。文房实用性似有减退，但是赏玩性却在递增。无论是能工巧匠还是受众乃至藏家都对文房器物有着求美、求巧、求别致、求个性化、求现代性的高尚追求。

这次由我策展的"兰室长物——历代文房具特展"汇集了海内外十位藏家的庋藏。参展藏家的无私支持，令我感动。此展书画、石墨、杂件达六百件，其中不乏孤品、珍品、妙品，蔚为大观，足资观赏。

然而收藏对于藏家永远是留有遗憾的乐事，"家有万物，犹缺一物"。对于展事也是如此，"十全十美""一网打尽"显然是不现实的。好在这只是一个开始。相信以后一定会有同道能人，以更精美的展示来弥补我力不从心而存在的不足。期待着。

（原载《文汇报·笔会》2017 年 3 月 9 日）

注：本文为韩天衡先生为"兰室长物——历代文房具特展"
撰写的导言。

砚文化说略

砚文化博大精深，所谓说略，是因为只能择其一二，以管窥豹，仅以下几点来谈，分为五个方面。

一、砚说

砚台的"砚"字，是到汉代才出现的。中国最早的一本字典叫《说文解字》，解释这个"砚"字，左边是石头的石，旁边是它的读音"yàn"。《说文》里解释："砚，石滑也。"意思说这个字是"磨"的含义。到了嘉庆年间，著名的文字学家段玉裁对《说文解字》做了注解，他讲："石滑而不涩。"实际上段先生搞错了，"石滑"并不是说砚石像玻璃一样光滑，因为砚台恰恰是滑又涩的。我觉得如果要准确地讲，许慎本来的意思应该是讲砚台的面，"滑"应该理解成"平"——平滑之平，平了才能磨墨。汉以前的砚台绝大部分都是平板砚，旁边没有沿，没有砚堂。这也证实了许慎讲的"石滑"是砚面的平整。苏东坡讲得好："涩不留笔，滑不拒墨"，砚台必须涩，才有黏着力，才能磨墨，才能利于笔，不伤笔。苏东坡这八个字是用砚行家的话，也是我们检验砚台好坏的最重要的标准，既要"滑"，也要"涩"，滑涩兼具，两者缺一不可。

任何文具到了文人手里就开始雅化了。像毛笔，它的别称为"毛颖"，是拟人的，还叫"管城子"。砚台也有别称，唐代就开始有了，叫"即墨侯""石虚中"，这是文人的文字游戏。我们现在称呼为"文房四宝"的笔墨纸砚，在过去叫"文房四器"。最早出现这四材合一的称呼是在东汉末年。时人刘熙写过一本叫《释名》的书，里面就已经谈到了笔砚纸墨四材的合一。这四样东西对我们中华文化贡献巨大，为什么四大文明古国之中唯有中国的五千年文明能延续不断，从某些意义上讲，也是因为我们有文房四器，它们既是文化流传的工具，也是文化本身的载体。文房四器中，墨易磨耗，笔不耐用，纸是文字的载体，唯有坚硬的砚台可留驻于千秋，所以文房四器中真正能够伴己一生，既能用也可供持久赏玩的，也就是砚台，它功劳是显赫的。

文人都特别喜欢砚台，这点今天的人可能没有概念了。在我小时候，学校从一年级开始就有毛笔字课，砚台天天背在书包里带到学校，对于我来说是非常亲近而宝贵的。在古代，文人对砚有"砚田"的比喻，因为就像庄稼人的生计要靠种田，读书人想要功名和富贵，一辈子就离不开这块砚。所以古人讲："我生无田食破砚。"砚田对文人来讲，是他的生命所系，也是他一生的寄托。古人常讲："人磨墨，墨磨人，磨墨人"，文人的一生就是在研磨当中消费，所以砚台对文人来讲，是画案上面的一件宝，是心头的肉。

而四器的"辈分"是大不一样的，砚台出现得最早。书中有一件五千五百年之前的红山文化时期的研磨器，有一个像擀饺子皮的棍子。我们现在所知的最早的文字甲骨文，只有三千多年的历史，甲骨文里也没有砚台的"砚"字，所以当时的这件发明是没留名字的。五千五百年前，中国还没有出现文字，所以这个研磨器就不是用来磨墨的。"砚"字到汉代才出现，但是早它三千多年，我们的祖先已经在用了。我们看到仰韶文化中很漂亮的上色图案，应该就是由这种研磨器作为砚台，研磨颜料的。所以"文房四器"中砚台是"老大哥"。我们写字用的毛笔和墨出现在三千多年前的商代。现在所能看到的最早的完整的毛笔，是1953年长沙楚墓里出土的，制作工艺非常粗糙。四器里的"小弟弟"是纸，纸张的出现是四器当中最晚的，大致出现在一千八百年之前的东汉末期。

二、砚史

我对砚台的认识进行分期，大致为以下五个阶段。

第一阶段是新石器时期晚期到两汉，这个漫长的阶段，我命名为"初发延伸期"，砚以质朴实用为主要功能。

第二阶段魏晋隋唐，是"发展成熟期"。虽然纸张出现得很晚，我们的老祖宗却以他们的聪明才智留下了汗牛充栋的文字。商代的时候，我们是以龟甲、牛骨、兽骨等作为文字的载体；春秋战国的时候，我们是以竹简、帛绢，也有青铜器来作为载体记录文字；东汉末年，中国发明了纸，这对中国乃至世界文明的进展起到了极大的推动作用。隋唐时期，竹简被淘汰了，纸张普及了，用来研磨写字的砚台就随之得到了很大的发展，所以魏晋时期到隋唐，是我们砚史的发展成熟期。

第三个阶段是宋元到明末，是"艺化的提升期"。宋代是文人生活沙龙雅集化、审美追求极致化的开端。既然砚台是案上之宝，那就不能让它是简简单单的一块石头，要有许多艺术的元素与之匹配。宋代是古代艺术文化的鼎盛期，也是砚文化的提升期。我们读一点文化史就会知道，宋朝重文抑武，有好几位文化修养非常高的君王，所谓"上有所好，下必甚焉"，所以无论是作为文化大宗的诗词书画，还是作为"杂件"的像砚台这样的小玩意儿，都产生了文化审美意义上的"质"的飞跃。宋朝文人生活的雅致化，有一个表现就是"文会雅集"，大家聚在一块儿，吟咏酬唱之际，就会将自己收藏的珍稀砚台晒出来共赏。所以宋代形成了考证砚石、砚台，玩赏、收藏砚台，包括在砚台上书写铭文的"赏砚"文化。同时，宋代的文人对当时的砚文化还有所总结。北宋写《醉翁亭记》的欧阳修写了迄今能看到的第一本关于砚台的著作《砚谱》。清朝的《四库全书》里还保存了宋代的苏易简的《文房四谱》、米芾的《砚史》以及无名氏的一些著录。所以一个是艺术化的升华，一个是理论上的总结，宋朝砚文化里开始了比翼双飞。从宋到明的历史中还有辽、金、元这些时期，不同地区、不同民族的文化背景和审美是不一样的，所以砚台艺化的同时风格也呈现百花齐放的状态。在这一阶段，制砚、用砚、考砚、赏砚、玩砚、制谱等方面达到了前所未有的高度。

第四个阶段是从清初到民国，这是砚艺的"鼎盛期"。砚文化在宋、明艺化的基础上，推陈出新，更加美轮美奂。文人制砚、书刻铭文之风日盛。"扬州八怪"中，高凤翰就先后刻有一千多方砚台；金农自称"百二砚田富翁"，可见他的砚收藏也颇为丰厚。

第五个阶段是民国以来到如今，由于时代的发展，人们书写习惯的改变，砚进入了"式微期"。从全社会发展的角度看，这是因为科技的发展，人们生活得更加便捷，选择也更加多样化，是一件好事，不必悲观。虽然今天，砚台的制作和使用都进入了式微，但中华五千多年灿烂的砚文化，以及它对整个中国文化的贡献是不朽的，是令人敬畏的，作为文物的砚台，至今还有着广泛的知音。

三、砚品

前面提到的砚要"不涩"，要利于发墨，这是我们选择砚台最重要的标准。宋代大书法家米芾也是"好砚之徒"，他讲："器以用为功"，器具是拿来用的，好用不好用决定了要不要这件器具。他又讲："石理发墨为上，色次之；形制工拙，又其次。"砚台基本是石头做的，发墨不伤笔的才是好的，不发墨的总是不好的；"色"就是材质的漂亮，这是次要的；至于雕工的好坏就更次要了。这就是米芾出于实用而产生的审美，其实，他也只是说说而已。但砚台作为文人案头之宝，他们会赋予其更多人为的艺术含量，所以就在他过世后不久，审美观念就变了，就从他讲的"为上""次之""又次之"，转为发墨、品相和制作上都追求极致，这是他所不能预料的。

砚台最主要的材料是石材，"砚"字左边的"石"说明了其材质，但是不是所有的石材都可用来制作砚台。晋唐因为越窑瓷器的发展，砚材不乏陶、瓷这类的砚台。到了唐代，在经过长期的摸索、比勘后，古人终于总结出了最适合做砚台的理想材料，所以才有了广东肇庆的端砚，安徽徽州的歙砚，甘肃的洮砚和山西，河南的澄泥砚这"四大名砚"。我们中国地大物博，能制砚的石材不少，但真正上佳的也不多，除了以上四种以外，山东的红丝、鼍矶，山西的角石，吉林的松花，苏州的嶍村……这些石材也都不错。

我们讲砚品，是讲一个地区的材质；如果深化的话，这些材质里也分三六九等的。在端砚里公认最好的石品是大西洞。大西洞的坑口在羚羊峡河床的下面，我们叫它"水坑""老坑"，一直是皇帝拥有的，只有皇帝下令才能在枯水期下去开采，所以也叫"皇坑"。大西洞之所以珍贵，因为它的采石坑口在河床下，低于水平面，必须等每年十一月份的枯水期才能进去开凿；开凿时水淋不断，开采的时候有一排人专职将水不断地舀出去，不像现在有抽水机；坑洞最高一米二，最矮七十厘米，但并不是整个坑洞都是大西洞佳材，就只有一条石脉属于大西洞的砚材，其上下都是坚硬的岩石，枯水期十一月到次年三月，河水上涨就得歇工。历史记载这四个月能手工凿石三万斤，三万斤听上去很多，但做成三十二开书本大小的砚台，只有四十方，这些全是进贡给皇帝的。所以古代要获得大西洞这样的砚材，是很艰辛且不易的，真正体现了物以稀为贵。

比如清代肇庆的地方长官吴兰修，曾送给老师阮元一方大西洞砚台，仅巴掌般大，题铭称它足以传给后代。两广总督祁墳，现在来说就是两个省的最高长官，买到一方大西洞砚台，只有巴掌大，是椭圆的，反面且是破损的；他在砚边书写了四行小字，大意是用这个砚台磨了墨写字，简直是享受，一派得意之情。可见大西洞是何等珍稀。砚台跟瓷器不同。

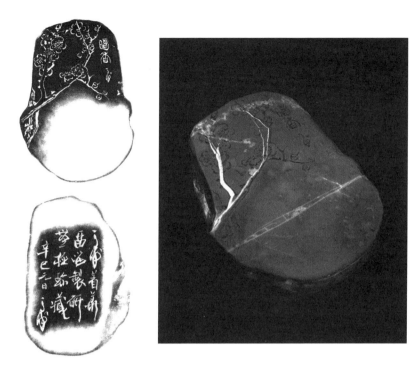

当代 大西洞暗香端砚 杨留海制 韩天衡绘并铭 韩回之刻

官窑的斗彩、粉彩，流光溢彩，现在拍卖动辄就是几千万，还有过亿的。可是景德镇的官窑一年四季都在烧制，而大西洞砚要若干年，才能奉旨去开采一次，所以若要论产量、论珍稀度，大西洞要远远超过官窑。它唯一的弱点，就是颜值不够，相比之下，一个是妩媚美女，一个像质朴农夫。但是文人有学问，看东西不单看表象，若是文人有一个好砚台，那就是"此宝难得，性命可轻"。此外，端砚的佳材另有一种叫坑仔，还有一种叫麻子坑。麻子坑里特别有一种"水洞麻子坑"，与大西洞同等珍贵。它在紫色上有翠绿的颜色相间，高明的砚雕家在上面巧施技艺

清 麻子坑罗汉洗像端砚 程十发、韩天衡铭

的话，就成为一种很少见的艺术珍品。这种石材能鉴别的人不多，有人就拿湖南的祁阳石来冒充，而质地与价格相去太远。

谈到端砚，还有一个品种叫黑端，史说唐代有，很少见，是端砚里名贵的品种。再比如歙砚，也有非常珍贵的名品"金星金晕虎皮"，其外表像一束强烈的阳光射在海面上，所以我在其侧刻了一句杜诗："万里波涛堆琉璃"。这块砚台近三十厘米，两面都那么炫目地漂亮。我收藏砚台六十年，在各大博物馆或是私人收藏家那里阅砚无数，见到

清 大西洞带眼圭型砚 白蕉、唐云、谢稚柳、韩天衡铭

元 金晕虎皮纹平板歙砚 韩天衡铭

如此漂亮者也就此一方。歙砚里的名品可以说比端砚还要妖艳，天生的尤物，更让人动心。比如还有一种叫"玉带"的，我有一方收藏，请制砚家将我20世纪80年代画的《秋江游鸭图》摹刻上去，这当然是一种再创造。此外还有"眉纹"，也是一种很好的品种，其中的"枣心眉纹"在眉纹中有一个心。此外还有传说中的"庙前青"，已经绝产。我想结合端砚和歙砚这两个最重要的品种，再谈几点知识。端砚从唐代中期开始一直有开采，其中大西洞是最稀有的品种。歙砚从唐代开始使用，其好处是比端砚硬实，所以歙砚更耐用。但在元朝1277年，龙尾山开掘歙砚时发生了一次大的塌方，死者几百人，于是开采停止，这一停就停了五百年，一直到乾隆中期的1777年才又继续开采。宋元的歙砚，真的是老坑，现在再讲"老坑"，其实都是清代中期的东西，或是近几十年挖掘出来的。另外端砚的整体色调是紫的，李贺写诗称它"紫云"；而歙砚整体基调为黑色。我们玩砚台的时候，除了各种各样的名目，还要注重手感，比如端砚，用手背触摸它，就好像新生儿肌肤脂润细腻的感觉；还要听声音，端砚敲上去是木声的，那是名品，敲上去金属声音的，不是名品，反之，歙砚敲上去发出金属声音的，那是名品。

除了端歙之外，砚台还有很多稀罕、有趣的品种。比如商代的玉鳖改制成的砚台，它不是用来磨墨的，是用来研朱砂的，研朱砂不需要涩，滑即可。这是清代苏州官员沈秉成旧藏的砚台。比如汉代的陶砚，平板砚占大部分，其中四沿有砚渠来储墨的我们通称其为辟雍，在汉代是少见的品种。书中有一方收藏的辟雍，是用青铜先制成一个架壳，然后陶体烧成后嵌在里面，下面有一方印章，叫"侯宗之印"，制作很别致。

清 虾头红黄易小像背花澄泥砚 钱坫（1744—1806）、韩天衡铭

书中还有一方比这个还古老的平板砚,反面就刻了一个人的名字"程耐"。所以汉代砚铭最早是从刻名字按印章开始的。还有翡翠砚、水晶砚,以及明代用紫檀、黄花梨等材质做的木砚。在今天从日本回流的文物中,我们甚至还能看到竹子做的砚台。明代还有瓷砚,今天流传下来的真品极少,瓷砚四围涂釉,砚面则不施釉。今天如果你能看到一方古瓷砚上面还有款,一般就是国家一级文物了。再比如漆砂砚。这是康雍乾时期兴隆的新品种,它是木胎,比石头轻,便于携带,当时的人采用了一种新工艺,将细砂和油漆拌在一起,涂在砚板上面,就可以用来磨墨。它的砚盖上面图案镶嵌的都是宝石,所以既有艺术性,又有实用性,这种砚台一般是达官贵人玩赏的。再比如山东的红丝砚,黄的底上面有绛红色游龙般的丝纹,这种形式是清末的雕工,越复杂越珍贵。除了以上这些,铜做的砚台、锡做的砚台,以及金属和陶镶嵌在一起的砚台,此外还有虞山的赭石砚、淄砚等,不胜枚举。

四、砚艺

记得鲁迅在一篇文章里谈到，任何艺术之初都是出于实用，这个话是非常正确的。实用性满足之后，随着制作技艺的提高、使用者审美意识的发展等种种因素的杂糅，艺术性必定会在其中发酵，慢慢滋长壮大。砚台就是从纯实用转化为实用与艺术兼备，同时更发展出一类专注艺术的表现。砚艺若加以考察，大致可分为四类。

其一，造型的艺术。试以几方砚台举例。第一方是秦末汉初的龟形四足陶砚。为什么当时平板砚居多？就是从实际出发，当时没有人写大字，都是写在竹简上，小平板砚足够受用。第二方是晋代的多足辟雍瓷砚，这就与越窑的发展有关。第三方是唐代的十一圈足三彩陶砚，这是明器。唐三彩烧的温度不高，但色彩灿烂斑斓，从审美上讲是进了一大步。第四方是宋代的葫芦形歙砚。这方砚材是歙砚里的名品"玉带"，不然古人不会花大心思做成别致的葫芦砚，以取吉祥之意。第五方是宋代的镶嵌式行囊歙砚，用来研磨的这块面板是珍贵的砚材，下面的槽可以置水。第六方是辽代的三彩竹节牡丹蹴鞠纹暖砚，非常少见。最后一方是乾隆时期的玉砚，是真正的和田料，雕成了花瓶形状，背面饰以大象，取"太平有象"的好意头。这七方砚在造型艺术上清楚呈现了一种递进的关系。

第二点是雕工的艺术。美器必然会施以艺，能工巧匠更会别出匠心，比如书中的唐忍冬纹箕形端砚，砚里面有一个"眼"。这是珍贵的水坑端砚，上端像唐僧的帽子，还雕刻了很细腻的忍冬纹，与彼时金银器上的图饰类似。那么好的材料，那么别致的雕工，在当时一定是王公贵族所用。我国博物馆的藏品中，材质这么好的南唐砚台很少见。这是几年前，我去湖州讲学，逛地摊时看到，两千块买下。所以盗墓很可恶。如果不是盗墓，考古发掘就能知道它的来历，就能获得重要的史料价值。盗墓的人不懂文物，你买来了，却不知其出处，真是让人庆幸又惋惜。

　　书中还有一方宋代的玉兔拜月纹抄手歙砚，砚堂里有一个圆形，刻了一个可爱有趣的玉兔，这纵然跟中国传统崇拜月神的观念有关。用几根简练的线条来表现兔子，婉畅生动，有神韵。还有一方元代银星纹鱼化龙歙砚，这题材也是神话故事演化的，雕工属于安徽工，跟肇庆的端砚不同。再举一方鹅砚，也是来源于"书圣"王羲之喜欢鹅的故事。我在砚背写"黄庭换来"，因为有传说王羲之爱鹅，想买一群鹅，鹅的主人却让他书写《黄庭经》交换。书中还有一方砚，是我们嘉定籍的嘉、道时期诗书画印全能的名家程庭鹭刻的背花砚。这方砚特别之处就在于嘉定雕刻的工艺，浮雕线刻结合，里面的山水云岚非常别致。这方砚也是我几经辗转，从日本买回的。再举一方砚是名匠梁仪雕的，麻子坑高浮雕人物端砚，砚台上有位文人在悬腕写字，对面有个童子在给他拉纸。在砚台的落潮处雕人物情节的不多，而此砚还雕有书房的博古文案等，很稀有。再介绍这方砚，我定名《水洞麻子坑蕉林佳人端砚》。材质是端砚里的名品，麻子坑里的水洞，它细腻不逊于大西洞，但是大片的绿色却是大西洞所没有的。雕刻者拿紫绿相间的这样一块石材，雕成一位女子在清风吹拂的蕉林下避暑，并将蕉叶在风中飘忽的动感都表现出来，堪称巧夺天工，只可惜没有留下名字。这方砚台如果能留下款，是完全可以辑入能工巧匠录的。

再如安徽的雕砚名家汪复庆的作品，这种将图案雕在背面的，有个专有的名词叫"背花"。这方背花砚气息非常空灵斯文，一看就是高人。又如这方是张太平仿青铜提梁卣的博古砚，张太平大家可能不熟，但若说起陈端友，大家应该就比较了解了，他的雕砚多是国宝级的，上海博物馆就曾经集中收藏了一批陈端友的砚台，而张太平就是陈端友的老师。陈端友还有一类自己创造的古所未有的新品类，比如仿夔龙铜镜纹背花端砚，雕工非常复杂，精美繁复，美轮美奂。陈端友培养了一位非常好的学生张景安，是解放后在上海工艺美术研究所专门雕砚台的大师级人物。他从刻制、仿造砚到自制砚盒都充满了巧思。这三代传承人，都是雕技了得而妙在很有想法，名师出高徒，作品风格都各擅胜场。艺术这种东西，照搬别人，只继承不出新，不能成大师。整个中国艺术史，讲到底是少数名家的艺术史，是少数名家从新理念到新技法的推陈出新史。再看这方清代中期的背花砚，它从刻制仿造砚到自制砚盒都充满了巧思。下面是浩瀚海水，上面是自由翱翔的仙鹤，细腻空灵，诗意盎然。

雕艺的第三点，我认为是铭文和书画砚，这也是砚中最有文人气息者。笔者从十几岁开始收藏、玩赏砚台，此类砚是我非常重视的一类。刘勰在《文心雕龙》里讲："题于器为铭。"砚台成为文人的砚田，他就在其上有了很多寄托。可在此感怀，可在此诗文，可做多方面的抒情述事。再介绍一方砚台，非常特别，砚的正反面都刻满了字。这个砚台的主人画了幅画给道光皇帝，皇帝接见了他，并赏赐给他很多礼品。他觉得荣耀无比，就记事刻在砚台上，知道这样可以流传得很久。我再介绍一些特别的铭文砚，比如南宋绍兴十八年（1148）的一方砖砚，这上面的文字应是跟当时的一场改革有关，我还没有进行详细的考证。再比如这方谢稚柳师在盒盖上写竹，白蕉、唐云题侧铭的端砚。我在福州购得后又在背面题了一段文字。砚就是在玩的过程中积累起日益丰赡的文化内涵。下面要介绍的是清代初期词界领袖朱彝尊的铭文砚，这是他给一位朋友垂虹亭长题的，是一块非常好的水坑料。他那时候在文坛地位极高。接下来介绍清代初期大画家吴历的砚。据说，嘉定的天主教堂里还存有他的东西，他是做过牧师的。砚盖上有他自撰的一首诗，砚背有一个他自己的绣像，这是一块珍贵的澄泥砚"蟹壳青"。我曾开玩笑说吴历可能留下一千张画，但可能就留下这么一方砚台，可谓是"千金不易"的。

下面这方是乾隆时期大才子袁枚的端砚。他懂得享受人生，也颇有正气。砚铭写得很有深意："大道之公吾是之，背公为私吾耻之。"下面的砚是黄小松的，他找当时嘉定有名的文人钱坫旁侧题了四行篆书，砚背画了自己的小像。这方砚属于澄泥砚里的"虾头红"。下面是吴昌硕给他好友沈石友题铭的包袱砚。再下面这方袖珍的砚台就很稀奇，由大文人冒广生、民国四大公子之一的溥侗及周炼霞、徐孝穆四位名家共同完成，一方小砚有一群"名士啦啦队"真是少见。下面我来介绍一块不着一刀的平板砚，和汉代的平板砚不同，这方是宋代的眉子谷浪纹平板歙砚。最后一方，银晕雁湖歙砚，呈现的是月色下波涛汹涌的一种美景，上面开一个浅浅的墨池代表月亮，饶有诗意。

五、砚藏

文人既然将砚看得那么重要，又将其看作是最好的伴侣或是挚友，所以砚里有乾坤，有故事，有寄托，有情趣。文人藏砚有记载的是从宋代开始，大盛于清代与民国。历史上记载苏东坡收藏有三方砚台，数量虽不多，但要考虑到当时好品种是不容易得到的。到了清代和民国，关于砚台收藏的著录就很多了，如乾隆时期的《西清砚谱》、大书画家高凤翰的《砚史》。当然收藏家就更多，我就藏有高凤翰一方铭文上佳的砚台。到了近现代，好砚、玩砚、藏砚已是读书人的人生一乐。数方砚台在案上一放，就是我们与古人的雅集，赏玩半天兴味十足，是非常有情趣的。

砚台作假比书画作假难，但亦颇多。首先是材质，以假以次充好。其次就是要当心铭文砚，如果你对历代名家的书法和刻镌的方法不甚了解，那就得慎之又慎。所以藏砚有学问，如果对砚文化缺乏深刻的了解，藏好砚、真品是一件困难的事情。刚刚介绍过黄小松的一件砚台，清末有名的砚台收藏家周梦坡编的《周氏梦坡室藏砚谱》就有同样的一方，但那方是假的。你要看得懂，这方砚的字真不真，画好不好，年份、型制、包浆到底对不对……一大堆的问题需要把握弄清。

赏砚、藏砚多年，有趣的故事也是颇有些可以拿来说说的。1992 年，我去日本收砚，一位日本大书法家陪我去逛古董店，看到一方大西洞砚台，只要日币五万块，相当于人民币四千，就买下来了。这时店主，一位八十开外的瘦瘦老人，问翻译我是哪国人，我就让他猜，结果他猜到新加坡、马来西亚等，我说都不是，老人说不猜了。于是我告诉他我是中国上海的，他忽地激动得又跳又吼。我问翻译他为什么这样抓狂，店主说"从来只有日本人到中国买古董，还没有中国人来日本买古董"。我回国后写过一篇文章：我只花了五万日元，没想到为中国人挣回了脸面。因为当时确实还没有什么中国人到日本去买古董，而现在国富民强，日本拍卖会上都讲中文，世道真的大变了。

第二个故事，就是这方葡萄纹翡翠砚。这方翡翠颜色非常好，而且属于冰种，我是在上海一个日本人开的古董店里看到的。20世纪90年代时做假古董的人做了不少翠绿的玻璃砚台。这个砚台摆在他店里，他是当作玻璃卖，并不知道这是翡翠。所以说"知识就是金钱"，这话讲起来不够雅，但是知识至少是隐形的金钱。如果这方砚台按照翡翠价格来卖呢？所以说玩艺术品，眼力重要。

第三个故事是丁敬收藏的明代名家的一方坑仔抄手端砚。砚的一侧就刻了一个"敬"字款，另一侧刻了两个字款"龙泓"，都是很陌生的字号，我才花了两千八百元购入。如果现在拿到拍卖行，一炒又是天价。再介绍一方我收藏的宋代对眉子。1960年我母亲去世，家里发电报到部队，领导让我赶快回家。当时从温州到上海，先要坐车走九小时的盘山公路，从温州、青田、丽水到金华，到金华我一看最近的一班是四个小时之后的，于是就去逛古董店，这是从小的爱好。那时金华只有旧货店，我看到玻璃橱里面有一块砚台，式样是宋代的，但是周身都粘着墨胶，看不清质地。当时我穿的是一身海军装，60年代初，大家对军人非常敬重，于是我问售货员能不能拿出来给我看一下，他说"没问题，解放军同志"。我用门口的水龙头洗了一个钟头，洗净一看，是歙砚中的眉子，好东西。问价，回答：一元五毛钱。60年代，四块钱可以买一副吴昌硕的楹联，都便宜。那个时期买古董玩字画，对今天来说都是不可思议的神话。

我再讲讲吴昌硕的大西洞包袱形端砚。吴昌硕曾给他的好朋友，一个专门给他推敲诗文的小友，常熟的沈石友，前后铭砚一百二十方，传下来《沈氏砚林》四册，这是其中一方。1917年沈石友去世，日本人付了一大笔钱将一百五十多方砚全部运到日本，部分在一个大画家桥本关雪手里。所以砚台里还有他写的朱砂字，粘盖的印章"白沙村庄"，钱瘦铁刻的。一百年间，他的东西也在陆续散出，这方砚在东京的收藏家处，我于是三年间去了五次，还让一位学生一两个月就到他家里做做疏通工作。第四年，他打电话给我的学生说：有生意人要来买我这方砚台，他们出的价钱很高，但我知道你老师是收藏家，不做买卖，放在他那里，等于我的一个儿子过继给他，我要探望都能看得到。学生通知我，我赶去将其买入。所以玩收藏，眼力之外，要有财力；财力之外，还要毅力。

最后一个故事，是关于一方非常巨大的砚台。大西洞历来没有大料，因开采条件恶劣，人工手凿，宫廷里最大者不超过三十厘米。清代末期，皇坑出来的东西有些没有进贡给皇帝，被私吞了，但也没超过三十五厘米，三十五厘米以上都是解放后机器切割的。最后一次开采大西洞，出采了一些大的砚石，因为石材采完之后，剩了中间一点原来支撑岩洞、避免塌方的石柱。这些大西洞石柱被机械切割后卷扬机拉了出来，其中最大的那几块也制成了一块史无前例的巨型砚台。1975年"文革"期间，中国最缺的是外汇，这个砚就到了日本，被放在一个百货店里，几十年没卖掉。我的一个日本学生专门做文房四宝生意，他对我讲："老师，在××城市里，有一方很大的大西洞砚台。"我一听觉得不可能，哪有这么大的大西洞？于是他就带我去看，车开了两个多钟头到了，我一看，真是大西洞！一百二十厘米乘六十八厘米，厚十二厘米，约六百斤的砚，廉价购下，打包，做木箱，运输，五个月以后抵达上海。我的一些砚友都怀疑说，比这般大的砚台是有，但大西洞不可能。就我所知，全国似乎未见比这更巨大的大西洞砚了，因而显得特别珍贵。

作为传统书画印文化的后继者，砚不但总有三五件置放在我的画案上，更是依恋地留驻在我的心地里，砚的故事可是诉说不完的。

雅石汶洋

地不爱宝，混沌入世，奉献于民。就在 20 世纪末，寿山石区频传资源枯竭之际，在柳岭矿脉，竟新出了一种前所未有的佳材——石以村名，被称为"汶洋"。汶洋石，色泽以粉白、米白为主，内里多为俗称的"冻"与"晶"，时或分别点缀以黑、赭、紫、黄、红等色界明显而呈小片的色块，宛若夏塘白莲，淡淡的，静静的，靓而不妖，文而不火，古韵天成，故而我以"雅石"誉之。汶洋中也偶有通体色泽深沉的印石，这可称得上是千不得一的罕品，但气质也颇宁静致远。

大约在二十年前，我曾将四大候选国石比为古代四大美人：青田封门乃是清纯脱俗的西施；昌化鸡血石是妖艳夺魂的貂蝉；巴林石的冷苍野逸则可与王昭君有得一比；寿山诸石则七彩流光，雍容华贵，足以媲美贵妃杨玉环。其实，比喻只是比喻，它至多只是贴近于实际，而其内核是一打比喻都无法点明道透的，况且事物还总有一般外的特殊呢！这不是，你看，这汶洋石现身于寿山，它有冰清玉洁之姿，无哗众邀宠之态，分明是我在赞颂杨贵妃之美时，却倏地从幕帘中步出位青田浣纱女。总之，汶洋石，它是那般文而雅，恬而淡，古而朴，的确是人见人爱的绝妙雅石。

前人无缘一见的汶洋，除却相貌的洗尽铅华，温妍纯净，别于寿山诸品，质地也是特别的。它相柔而性刚，不像熟知的那群寿山石，性温顺，好侍候。在汶洋石材初出时，好利者睨视是石，不由得勾起了20世纪80年代中期，收购新出荔枝醉，不知不觉间，若山溪遽涨般生财暴富的美事。天公厚爱，好梦来续，岂非石缘，财运不浅。遂有出巨资大批搜罗囤积者，然无奈不谙汶洋别类的石性，保养无方，呵护无能，眼看着大宗的汶洋石无情地碎化、冰裂……"石不能言最可人"，然而也自有"最伤人"的一面。据闽中友人告我，最初的那几位做美梦的仁兄中，哀叹晦气的有之，举债累家的有之，丧魂落魄的有之，据说还有为这恼人的汶洋寻短见殉身的。雅石汶洋是有生命的，谁能说这不是它跟唯利是图者开的一个苦涩而有代价的冷玩笑呐。

曾令人胆寒而惧的汶洋，其养护的秘笈还是为智慧的寿山人所破解。这一度被视为娇嫩得"弱不禁风"的雅石，终究以其姣好的不败之身，继田黄、荔枝之后，堂而皇之地成了寿山石品中的新宠，篆刻家刀下的佳石，收藏家斋馆里的逸品。记得在十多年前，汶洋石入市时，狡黠的石商，往往冠以"芙蓉石"之名推销之，因其品相有近似处，又因芙蓉石挟三百年之盛名，也便于牟利。不过，解人若以刀入石，则知其与芙蓉石是无涉的。汶洋的石性倒是与都成坑石为俦，脂润、凝结、细腻、坚紧，适宜受刀，刀落石开，得心应手，镌刻出的线条，无论是朱是白，皆具爽挺峻俏之妙，这得天独厚的禀性，怎不叫印人们青睐？

现代化的开采，令人振奋令人愁。汶洋石问世，其来也汹汹，其去也匆匆，仅短短几年的光景，这有限的坑藏，已空剩四围巉岩。雅石汶洋，后出而先亡，喜抑或悲，何堪评说？但是以身价论，它正以凌"芙蓉石"

之强势，步"荔枝醉"之后尘，雄赳赳、气昂昂地扶摇攀升。此外，当初托名"芙蓉""婢作夫人"的那段往事，倒也是堪咀嚼和玩味的。

汶洋石，天生丽质，品格高洁，笔者以为大可祛躁、涤尘、洗心。故而在十几年里，先后收集甚夥。继三年前西泠印博会邀我出芙蓉印百钮作特展，这次又受邀办展，并告主题为寿山之汶洋，故翻箱倒柜觅得部分列于案头。可是，这低调的汶洋集结列队，那态度显得平和羞怯了些，甚至有些冷漠。吾唯恐因姿质相近而生视觉疲乏，仅遴选同中稍异者七十四钮，供同好观瞻。也正是基于避单一的考虑，又添加了其他品种的佳石五十九钮，聚于一堂。其中可述者一组为荔枝醉；一组为清代的水坑石六钮。水坑石与山坑、田坑为寿山三大类石种，因其开采之艰难，且格高、量少、材小，是一种远远稀罕于田黄的品种，故在三百年前的康熙时代，即为好石的文人所击赏，虽小若枣粟，也视若珍宝，或行文咏诗赞美之，或锦囊贴身呵护之。而对如今的藏印家而言，它确实属于凤毛麟角、求之不得的。我们不能因其小而小看了它。

世有美石，养眼怡神，兼有佳雕，美轮美奂，使之过于目，蓄于心，不能相忘于百载千秋。但愿这一特展能给好石的朋友奉献一个由清赏白莲到兼览百花的多元体验。

2011 年 7 月 26 日晨起于豆庐

美石芙蓉

翻拣旧箧，抹去微尘，一而十，十而百……不多时，我的画案上尽是各呈特质的俏妍美石。它宛如姣好、纯真、无邪的孩子，在与我的心灵嬉戏交流、物我两忘、清空超忽的心境油然而生。换个视点去玩索，它又如五色祥云升腾，流光溢彩，如起伏山峦叠嶂，气局瑰伟。美哉、妙啊、壮矣，总之，它会令我老眼顿明、五内俱爽，呈现出别样的一个大千世界。这是我把玩寿山佳石独有的甜蜜滋味。这滋味无法抗拒，更不能忘怀。

芙蓉石，亦偶称"白寿山"，采自福州寿山村的月洋加良山。它宁静而不张扬取宠，圣洁而不孤傲妖冶，我视其为众多印石中之逸品。古来将它与田黄、艾叶绿并誉为"印石三宝"是实至名归的。

芙蓉石是印品中老资格的名牌，在明代即已开采。彼时为井式矿洞，架木携燧，促狭而深邃，自上而下，凿采艰险，且顽岩伴生，采挖不易，量亦稀少。今日为我们艳称的"将军洞"芙蓉，即是用这般落后而艰辛的劳作所得。

"将军洞"又名"天峰洞"，位置在加良山的峰峦，出石最佳。其附近有上洞，又名"天面洞"，此外尚有半山腰"花羊洞"所产的，世称"半山"芙蓉，品皆次于"将军洞"。如今电气化、机械化操作替代手工，化难为易，矿洞大小有三十余处，颇见繁荣，产量尚丰。

旧时的"将军洞"芙蓉，以白色洁润者居多，也还有少量的黄、红色，所谓"贵则荆山之璞、蓝田之种；清则梁园之雪、雁荡之云；温柔则飞燕之肤、玉环之体"，是雅致的古文人对它中肯而全面的品评。而那些花斑芙蓉且少了些脂性的则是上洞和半山的出品。由于芙蓉石多是与僵硬的岩砂伴生，一石上手，减而除之，往往十去其七，故极少大料，如册中明代这件古厚淳穆的辟邪章，硕大且凝结，堪称是不二的极品了。

芙蓉石虽然色有艳素，品有文野，形有大小，质有润燥，出有先后，而从镌刻的角度去观察，却一样地刚柔相宜、适刀达意，不粘不鲠，不涩不隔，天生是篆刻的良材。若是任意地取一钮芙蓉石刻印，奏刀之际，刀落石开，皆具音乐的爽利节奏，满是驾驭良驹的快感，给人以心手双畅、得心应手的创作愉悦。佳石助兴，意惬心恬，艺心激越，故所作多有事半功倍之效。我想，古今刻家对于印石品性的感知当是相同的，至少是接近的。难怪在康熙之世，杰出的石雕家大都乐于取如脂如膏如腴的芙蓉石来施艺。若周彬（字尚均）的太平有象、双童嬉凤，杨玑（字玉璇）的东方朔献桃，魏汝奋的观音和伏虎罗汉等，这些作品，岂止是"不能言"而"最可人"的"石头"，它能令人感动震撼，生情动心，勾人魂魄，实实在在地赋予了石头以生命——艺术化了的永恒而鲜活的生命。先前杰出的石雕家，较少在作品上署款，即是去今不远的巨匠林清卿也少有在作品上署款。而如今雕刻作者，有作必留其名，注重知识产权是一种进步，这中间有推陈出新、身怀绝技的名师大家，名实相符（杨留海雕顽童），然也不乏技艺亟待提升者。拙以为面对上述这些大师的杰作，后来者自觉且努力地补好文化和传统这门大课，提高作品的格调、技艺、内涵，创作出足以能匹配如今时代的佳作，当是刻不容缓的使命。

人见人爱的芙蓉石，可谓石脉不断，源远流长。在20世纪末叶，加良山又慷慨地向我们奉献出了可人的石品，给了我们新的惊喜。这类新出的芙蓉石，赤、橙、黄、绿、青、黑、白、紫，或一色为主，或多彩交融，色泽斑斓，变幻莫明，并偶有结晶性的奇品，如红白双色芙蓉晶，桃红晶，黑白巧色芙蓉冻，五彩芙蓉，皆为古来所未曾见、未曾有。如果说，传统审美意义上的芙蓉石以冰清玉洁的白纯为贵，而今则以绚灿俏丽的华贵为上。谚曰："黄金易得，佳石难求。"这原先夸张的词语，如今似乎已挤掉了内中的水分。国强民富，温饱足，钱袋鼓，思收藏。这堪称小不点的芙蓉奇品，其价值在近十年内竟增值百倍，若以"文革"前之值相较，则何止千倍之数。故我尝谓石友，收藏是一种文化，是一种学问，是一种寄托，更是一种"费"而不"消"的"消费"，何乐而不为呢？诚然，月有圆缺，潮有涨落，有石癖，又能理性地去收藏，则是千岁不败的营生。

吾自髫年即好石，寿山印石为我玩赏之大宗。而于寿山诸品中又尤爱芙蓉，前后所得甚夥，明清旧品亦百数有奇。至于赏玩收罗之标准，或论品、或论类、或论刻、或论雕、或论色……前后几十年间，对芙蓉石的集藏也是趣事多多，若称青田者，实为藕尖芙蓉；有称连江者，实为鹅黄芙蓉；或称巴林者，实为五彩芙蓉；或断为山东粉石者，实为羊脂芙蓉；或断为白高山者，实为瓷白芙蓉……诚然，也有称芙蓉佳石而非是者。穷年数十，迹遍南北，去伪存真，搜珍猎奇，怀瑾握瑜，乐此不疲，此类故事则不赘述矣。笔者虽刻石之余，每每留意于斯，但神奇高妙的芙蓉石岂是庸常如我者所能网罗其万一的？天地之大，愈爱愈馋，愈收愈缺，求百得一，感慨系之。

今应西泠印社第二届全国印石博览会之邀，故不揣浅陋，开匣盘点，避其品之重复者，去其名家篆刻者，择百十之数，作一专题陈列。由摩挲自玩，而布公共赏，独乐之乐远不如你我共乐，诚赏心之乐事也。或有力者嗤我"如此平平物，居然扎堆现世，真不知深浅高下者！"然能耐仅此，奈何。吾复自忖，或谓"佳石非我有，每不敢久视，恐相思也"这点心绪，想必好石的同道也是会有的吧。在遴选展品之际，遽然有感，援笔著小文以记之。

2008 年中秋风雨无月时于海上豆庐

（原载《寿山石》2009 年第 1 期）

魏关中侯金印

此三国魏的纯金印，重一百三十八克。魏晋前的纯金官印，至今仅见六十钮左右，少量早先流出海外，大多在重要的博物馆。如两岸故宫也均阙如，足见其珍贵。金不为他物侵蚀，一如新出，故能知彼时工匠凿印之法，于吾等篆刻大有裨益。

1995年，友人介绍有此关中侯金印，细审是国宝级物。物我两望，欢喜无量。再一思忖，此该是出土物，购入恐不妥当。我告售家心思，并加了一句："如是仿品我倒是可买的。"对方说，他请某大省的博物馆专家鉴定过，他们言之凿凿，说是假的。我告其，能请该馆出一证明否？两周后，售家捎此金印及定其为伪品之字据来沪，一切妥帖，时以一万多美金归我豆庐。七年前我一并捐给国家矣。今在韩美馆三楼展出，可一睹其金灿灿的真容。也许是金灿灿如新出，我在巡馆时，就听到过几次议论："这么新，一定是假货！"

（原载《藏杂·杂说》，荣宝斋出版社 2019 年 10 月版）

《唐人写经卷》谢题陆画本

　　唐人写经，先前说过，在1900年甘肃敦煌莫高窟藏经洞未发现之前，唐人的一小段写经都寥若晨星，视同拱璧。藏经洞发现后，唐前后之墨迹开始涌出。西东方歹人的盗运，上下不少官吏的私吞，终究还是珍稀之物。以出洞墨迹论，残蚀的居多，首尾贯一完整者毕竟少数。

　　此卷为唐人书《大智度经》二段，《卷八十二》的完整件。卷长十八尺，稚柳师审定为初唐人书。后有张运1930年题记，知为徐作哲、

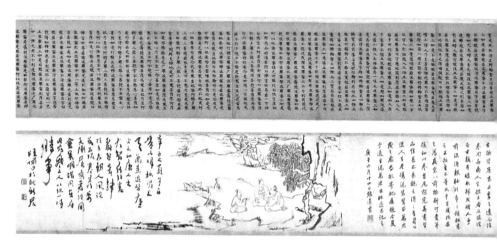

李眉公递藏。

　　世间事，往往踏破铁鞋无觅处，得来全不费工夫。友人告我，其亲属有此物，送文物商店求售，只得了三个字"不收购"。的确，这唐代的长卷是不可外销牟利的。旋来问我：侬一直喜欢这类旧东西，要哦？我说要啊。第二天即取来，见其上还有隐显的几只鞋底脚印，知是"文革"劫后余生之物，索价二十元。迅速付款。后遂请稚柳师题引首，又请陆宛翁于卷末拖尾处作水墨读卷图。这是发生在 1978 年的旧事，也是那年最值得庆幸且不可去怀的一件乐事。

　　　　　　（原载《藏杂·杂说》，荣宝斋出版社 2019 年 10 月版）

宋双凤穿莲剔彩盒

我多次说过，由于本人纯为以创作书画印挣点稿费的"手工业者"，能收藏些较珍稀的文玩，多半是"从差的里面觅好的，从便宜的里面觅精贵的"，凭眼力、学力，而多了些"捡漏"的机会。所以我一直认为：知识就是机会，知识就是隐性的金钱。

此盒盒面剔刻了翩翩起舞的神兽凤凰，造型生动，神采奕奕，饰作

黑彩红底，辅以同调的缠枝香莲，构图巧妍而饱满，并以黄彩雷纹作地，如此的雅驯，依旧不能掩盖当初的堂皇富贵气质。从剔刻技法看，深刻、浅刻，直刀、斜刀，施刀精准、生辣、遒丽，是典型的一流宋人器。

此盒经八百年，上下竟然弥合无隙，一如新出。此中自有后人不晓的工艺上的奥秘。即其本胎，不同于后世求简便快捷的车拼手段，而是别出心裁采用细密而窄的，似竹篾般由内心向外地盘绕，再制成盒胎。加以由大漆的黏合，如此木纹横直面的交织，保证了胎骨的经久不变。此后，反复以黄、红、黑三色做间隔的髹漆。这特殊的工艺，保证了此盒历经岁月的沧桑而不易走形，足见古人的智慧。

2017年秋，此盒见于东京，店主方自外地购得，然不知其乃世所罕见之品，经我多次纠缠商请，可谓精诚所至，金石为开，以极低廉的价位购入。

物虽易主，而店主似乎感觉到了什么，以高清的照片，请教了日本几位古漆器专家，方知此乃宋代稀奇的法物。然为时晚矣。店主不无后悔地说："你厉害，又吃'仙丹'了！"

（原载《藏杂·杂说》，荣宝斋出版社2019年10月版）

明何震"芳草王孙"印

在明清流派篆刻印章史上，我们往往将文彭与何震并称为"开山鼻祖"。文彭刻石印是在中晚年，存世作品极罕，为世公认的那方"琴罢倚松玩鹤"石印，也还有学者提出过质疑。同样，何震则纯刻石印，我还读到过他自编的《何雪渔印存》的残册，而如今存世的作品也仅二三十方，可谓寥若晨星。

　　2018 年春，有赴日本的文化交流活动，适逢一拍卖行预展，顺便浏览一过。见有一堆破旧石章，计十六方。取出睇视，其中居然就有雪渔（何震）款的一方老青田石印，印面刻"芳草王孙"，篆法师汉，用刀峻劲，线条之起讫处多是何氏惯有的燕尾习气。款作"丙申夏日制于滌砚庭中。雪渔"，纯是何氏特有的以切刀转石而不转腕的手法为之，且款字之特性也与其存世的印作一致。诸端细审，的确是何氏真品。也是百年来所发现的唯一一方何氏所制闲章，极为珍罕。再看其标牌，注明是"无底价"，价廉至极。

　　这可是天赐的印缘。我告学生：这一堆印请你去为我拍下，价格是"势在必得"，学生茫然。两日后学生电我，以十八万日元（约一万两千元）拍下。我喜出望外地告诉他，一堆破石印只为了这方"雪渔"印，未先告你原委，怕走漏风声故，拍场诡谲，不可不防也。"丙申"为 1596 年，时何震六十二岁。"芳草王孙"的受者似为滌砚庭主人，后考正此人为明末无锡首富安绍芳，兼有大藏家及文人的身份。著有《芳草集》等，滌砚庭则是其私家园林中之一憩息处。尤可叙说的是，为世人所知的元代大画家黄公望剧迹《富春山居图》卷，彼时即是他宏富的书画收藏之一。

　　天下没有"万宝全书"式的鉴家、卖家，只要有交易，"漏"总是有的"捡"的。

　　（原载《藏杂·杂说》，荣宝斋出版社 2019 年 10 月版）

明吴彬《晋阮修人物图》

　　1980年，"文革"中被抄没的物资发还，外地友人携大堆旧书画请我辨其真伪，多为大资本家、新中国成立后任江苏省副省长的刘国钧旧藏。我从三十余件中挑拣出十四件，告友，其余为不足存之物，不妨处理给文物商店，换点小钱也好。数日后拜谒稚柳师，师谓："小韩，你眼力不错噢，那批东西，别人拿来看了，的是如此。"不几日，此友又携画两件来沪出让，一为明吴门四大家之一的精妙手卷，一即此明末怪才吴彬的《晋阮修人物图》，诗塘为何绍基楷书阮修传。两品俱妙，一呈师尊，此则自留，并乞壮暮师鉴题。20世纪80年代初，对我辈平民，是收藏书画最值得怀念的时段，真东西多，价位极低，如张大千、吴昌硕的画多在十百元之内。如师得之手卷价四百，此轴价两百，今则溢价何止千百倍。

　　故我每告友人，在所有的消费品中，唯艺术品是"费"而不"消"的，花钱买张好书画，张之素壁，怡心养眼，日积月累，十年八年过去，其值却出乎意料地涨了十百倍。此岂非"费"而不"消"，稳赚不赔的买卖？当然被忽悠的赝品、普品，同样是"费"而不"消"、但难有意外的惊喜。甚至会有太多的懊丧。诚然，艺术品的价格也是随市场而波动的，好在我玩艺术品素来"入而不出"，奉行"藏品不做商品"的宗旨，

不敏感于市场的行情。所以在 2011
年将一千一百多件历代艺术品捐赠
国家时，记者总是追问我值多少钱，
我也实实在在地回答："我捐的是物，
不是钱。"

（原载《藏杂·杂说》，荣宝
斋出版社 2019 年 10 月版）

明董其昌临《兰亭集序》

　　这是长十米高一尺半的高头大卷，作者为明末杰出的书画家董其昌。1966年深秋，"文革"突发，上海街头有很多扎堆烧"四旧"的景象。所谓"四旧"，泛义地讲是"封资修"的书画文玩，乃至不符合无产阶级革命思想的东西都可视为"四旧"。烧"四旧"，表示拥有者与"封资修"的决裂了断，是革命的表现。我父亲的藏品也已付之一炬。一天，我经过成都路，见到一位老者在向火堆里扔书画，观察到他有一大手卷要扔，我上前说，能看下否？老者见我一身海军装，不像造反派，也非"卧底"的，遂打开一看，竟是董其昌书在早他二百年"宣德内府监造"的乌丝栏上的《兰亭集序》，哇，极品啊！我随即提出给他五十元，可否让给我。这钱当时不算少，烧了则一文不值。老者慨然同意，我又说，一下子付不出，先给十五元如何，

我三天里来付钱。他也应允，但表示这东西窝着不好，你早点来取走。因平时一直在收些书画文物，手无余钱，只得卖掉些心爱的物事去换此手卷。记得当时公家收购文物的是工艺品公司，两方大红袍鸡血章给十元，一本十二开的张子祥大册页给两元，两支清代的玉笔筒给两元，共计十四元，还差一元。无奈又取了两部明版书，让给古籍书店收购处得五元，凑得了十九元。这可是我一生中唯一一次拆东墙补西墙的尴尬经历。赶紧找到老者，他见我守信用，还多交付了四元钱，就将手卷先给了我。我又跟他说明，平时手头钱不多，尚欠的三十一元，在接下的十个月里付清。一切妥帖，抱着手卷回家，像抱了个大元宝似的高兴不已。

此卷曾给启功、邦达先生寓目，皆称稀有。稚柳师更是称：董氏代笔、伪作太多，此卷当是鉴定董其昌书法作品真赝的标准件。1975 年，则请陆俨少先生在拖尾处绘《兰亭修禊图》。今此卷长期陈列在我们美术馆，也算是镇馆重器之一。

（原载《藏杂·杂说》，荣宝斋出版社 2019 年 10 月版）

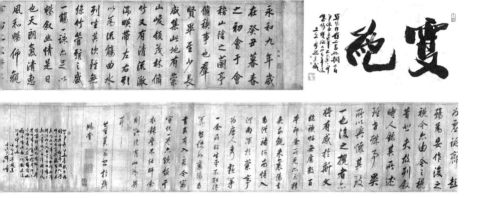

明黄道周诗卷

　　此黄道周先生六十岁在家乡漳浦建成明诚堂时所书诗十首。官场屡屡失意而痴心不改的他，半年后，为南明所召，决意复明抗清，结果以卵击石，为清兵掳获而被杀。吾以为尽忠南明事小，而为后人平白少贡献了法书，则其憾大矣。此图为卷末一截，所书沉重冷刚、遒丽峻峭，翻新晋贤书格，是成熟期的代表作，曾被多家出版社出版。

购入此卷当在1995年，时其故里一画商携卷及一梁同书字轴示我，要价七万五千元。因梁轴为伪作，我称只要黄氏手卷，询价，商人果然精明，说黄卷七万五千元，梁轴是搭送你的。故只能两件均归豆庐。由此推及明清一些知名藏家，珍藏里也颇有一些赝品，人参搭配萝卜，姑且作资料入库，想必也是一种原因。

（原载《藏杂·杂说》，荣宝斋出版社2019年10月版）

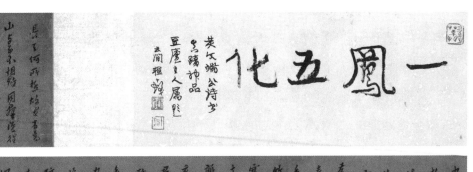

清汪启淑《飞鸿堂印谱》

汪启淑是乾隆时期的印痴，祖籍安徽，寓居杭州。做个闲官，既有闲钱又有闲空，一辈子的心力都用在集藏古玺印和流派印上。他痴得真诚、执着，不跟金钱挂钩的痴，是真痴，是可爱的。他一生先后将藏印钤辑成二十七种印谱，为古今之冠。但今天我们能读到的仅剩下一半而已。痴人方有惊人壮举，他辑藏的《锦囊印林》，小到可放在手掌心里（高七点八厘米，宽五点八厘米）；他辑藏流派印人的印作《飞鸿堂印谱》，大到史无前例的五集，二十册，四十卷，辑同时代的大批印人印作，收印三千四百九十六方。小或大，至今皆无人突破。这本印谱编纂周期达三十一年，其中的曲折、繁杂，非痴人是无以坚韧不拔地完成的。前人将此谱纳入"三堂印谱"，实至名归。

此谱为丁敬、金农校定。然细加考订，谱中所收入的丁敬印作竟有伪品。此谱成书于1776年，丁、金二人已先一两年前去世，此中或可悟到些不可言说的消息。

此谱1988年得于天津，厚厚的两大函。在印谱类里，按国家给西泠藏谱的评定，"三堂印谱"可都是国家一级品噢，其珍贵毋庸多言。

（原载《藏杂·杂说》，荣宝斋出版社2019年10月版）

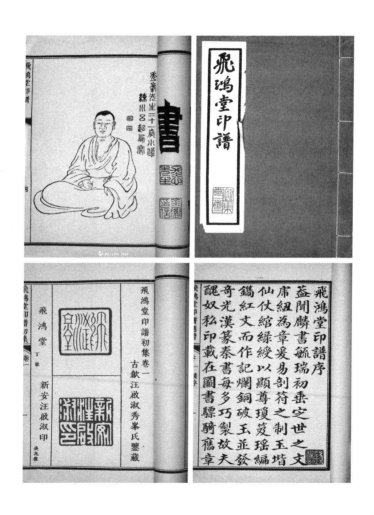

飛鴻堂印譜序

蓋聞麟書毓瑞初垂定世之文
席紐為章爰易剖符之制玉措
仙伏絢綵以顯尊瓊菱編
鑴紅文而作記爛銅破玉並發
奇光漢篆秦書每多巧製故夫
醜奴私印載在圖書驟驕舊章

清任伯年《松鹤图》

海派绘画这种叫法有异议，似乎也难有更好的概括词。总之不以独造风格并影响深远的画人来个别定名，统括地称"海派"，总是"蹩脚"的。试想，崛起于19世纪下半叶的海上三大家，虚谷、任伯年、吴昌硕，径畦独辟，风貌迥异，界限分明，一家一派，岂能以皆寓居沪渎，即以"海派"统括？同样，20世纪中叶，上海涌现出一大批风格独特、自成一派的杰出画家，如今也多统称为"海派"，欠科学、欠合理。故我常答外地画友：海派，不是一个派，而是一个海，一个浩瀚的海。神仙千百，神通各显，不是以一个"派"字可统括的。当然，这是小可一家之言，纯属妄议。记得20世纪80年代，上海举办虚、任、吴三大家展，一友问："任伯年跟吴昌硕比，谁好？"我说："艺术可不是打乒乓，咋比？"花好稻好，各具法宝，各有绝招。赏者也口味不同，各有所好。艺术只

讲第一流，不宜评第一名。

任伯年是天才型画家，单说他的人物肖像，神形兼备、笔精墨妙、中西交融，就无人可比，一时无双。

这是任氏因定制所作的大幅《松鹤图》，当为达贵祝龃之用，珊瑚红绢本，以金粉绘出，撇开润笔，这等纯净的朱砂和浓厚的纯金粉，就已是很可观的开销。朱地金绘，一百三十三年，至今依然堂皇绚灿。足见超好的材质，就是经得住时光的耗磨。以古论今，我等对当下的国画材质，尤其是颜料，的确是有着太多的期盼。

（原载《藏杂·杂说》，荣宝斋出版社 2019 年 10 月版）

帝石田黄

在今天的国人中间，犹如知道空气、阳光与水分一样，无人不知田黄的存在。田黄作为一种高贵珍奇的石材，非但在国内，而且在国际上都是享有盛誉的。什么金银玉珉这些常规中的珍宝，都在田黄的面前黯然失色，且显得身价低贱了。

田黄让人瞩目倾倒，已有三百多年的历史。在明代的著录中，以我的孤陋寡闻，似乎并没有读到过这个名词，能接近它的是一种被称之为"蜜蜡"的石材。到了清初，"田黄"之说，可艳播四方直至宫廷内府。

叶蜡石科的石材，明清以降，产地多在江南，而以昌化、青田、寿山为最。

昌化属浙江临安，出有名品"鸡血石"，此品在石璞上呈现的艳若鲜鸡血的红色斑块，绚烂醒目、光彩可人。然一般的鸡血是中看而不中刻的。论观赏它是极品，而用以镌刻则是非其所长了。浙派"鼻祖"丁敬身即直言不讳地称："红者，人尤珠玉定值，不知日久色衰，曾顽石之不若矣。"又称："此等石嫩于闽粉，使千里马行败絮上，不骋意气，惜也。"这是篆刻家务实的评论。对于鸡血石的优劣是不能一概而论的。其佳者通体剔透，足以欺玉，血若旦霞而呈活色，行刀于石，轧轧有声，充满着美妙的音乐节奏，是一种过瘾的感官享受。可惜的是，鸡血石的形成是汞的功绩，汞惧光，见光则渐暗黑，恰如丁敬身所云。故鸡血石的保存是重要的一环。也缘于此，我们就很难欣赏到既旧且佳的鸡血石了。

青田属浙江丽水，古称处州。流派印章的开山人物是明代的文彭，他是将石材引入篆刻领域，并首先形成气候的有功之臣。他彼时在南京采用的石材即是青田的灯光冻和质稍次的老坑石。周亮工在《印人传》中称："金陵人类以冻石作花枝叶及小虫嬉，为妇人饰，即买石者亦充此等用，不知为印章也。"这一事实，说明了石材的开采在当时也是很久远的事，只是作为大规模印章用材始自文彭而已。

青田石虽也有黑白赤黄灰绿诸色，却以青色为主。灯光冻、兰花青都是青色中的上上绝品。青田石论色泽品种较之寿山石是显得淡和单调些，然而青田石的妙处在于易镌刻，无论是名品或低廉者，都有信手纵横、方圆自如的性格。清印人黄易尝称："求其坚刚清润，莫青田若也。"他还说："青田有五色，惟红色者尤为罕睹，近日为石工采伐殆尽，求一细腻可玩者十不获一，新坑直顽石耳。"可见青田石为篆刻家所赏爱是事实，而青田佳石在乾隆时已乏佳者也是一个事实。而今在石乡青田，每每所见都是由万里北疆的巴林石充斥其市，这就不能不令人搔首称憾了。

寿山属福建福州，古为稷下里，故也有稷下石之名。寿山石储量大，品种多，一般达一百五十种左右。佳者皆剔透如玉，且色泽胜于玉，赤橙黄绿青蓝紫，外加黑白灰，是应有尽有的。大自然造化的鬼斧神工，对这类色彩又做了神奇的调配组合，华美、富丽、温润、晶莹的丽质，即使不加雕饰，这等尤物都够达到审美上的高品位了。而且从镌刻的角度考察，寿山石材佳者都妙于受刀，即使一般的品种，也是足可应用的。

倘使以寿山石与青田石相较，喻之美人，寿山石是雍容华贵的杨玉环，而青田石则是淡妆素裹的浣纱女了。

寿山石如今能超越别品而以较大的优势蜚声中外，是有其特定条件的。

其一是名品多。寿山的名品信手可数的即有田黄、白芙蓉、艾叶绿、水晶冻、环冻、高山石、桃花冻、旗降、吊笕、月尾绿、牛角冻、太极头、鹿目格等。以田黄论，其中又有红田、白田、黄田、黑田、金裹银、银裹金种种之别。这些佳品，艳而骨清，质泽理疏，性情温润，是一种外表美与内在美的和谐结合物。或问，何以田黄等石要远贵于金玉？

文人又何以爱石远胜于金玉？

对此，明代印学家沈野早有表白，他说："金玉之类用力多而难成，石则用力少而易就，则印已成而兴无穷。"他从篆刻家的角度说明了爱石的理由。

是的，猛虎虽可爱而不能驾驭，良驹可爱且可骑之、友之。

印人足以表达艺术的襟怀，人石间足以产生情感的交融，因此，对石的情有所钟当然是合理的、会心的、真切的。此外，"物以稀为贵"，若田黄之产地仅一箭之遥的范围，原本少有，且自明清探掘至今，几成绝响，其量较之金玉稀少何止千万倍，故其远贵且远胜于金玉也是理所当然的了。

其二是雕工精。古谚称"玉不琢不成器"，石也如此。

与他地产石相比，能辅以佳刻，达到天工加人工、雷震复鼓鸣之艺术效果的，非寿山石莫属。石之美，雕之精，乃至化疵为优、弄拙成巧的神奇手段，都无可争辩地确立了寿山石，特别是在印章方面独占鳌头的地位。

实物告诉我们，在南朝，寿山石已被用来雕刻艺术品，虽粗拙简练，却开风气之先。至宋代，以寿山石镌刻石俑以及龙、虎、鱼、雀、鸡、羊、鼋、猪等，已蔚为时尚。诚然，彼时的石质都是属于不起眼的青灰色，这或许是使用表皮石的缘故吧。

随着明末清初佳石的迭出，镌刻之工愈演愈绝。清初高固斋曾记载了这方面的情况："石有络，有水痕，有砂隔，解石先相其理，次测其络。"又称："石理不一，相石为难，需黄中白，肤白中黄，肤苍中黄，中玄黄，肤黝然，不可以皮相。"可见因材而施艺，在当时已形成系统的理论了。理论的基础是实践，是现实。这时制钮镌石的圣手有杨玉璇、周尚均，及其一大群艺有大成的弟子。正是这些聪慧的实践者，赋予了寿山石质艺俱佳的双重生命力，并使它成为人类的瑰宝。彼时的文人毛奇龄曾如数家珍地谈到自己珍藏的四十九枚寿山石，钮制印有螭虎、辟邪、青羊原、天马、貅虓等二十余个品种，此外还有薄意雕的山水、人物、花鸟、博古等，可谓巧夺天工而美轮美奂了。

其三是完备的体系。这一特点也是他地石乡不可比拟的。

从现代意识上考察，论原材料，寿山有田黄领衔的丰富多彩的高品位矿床；论生产制作，寿山有历史悠久、代代相传的高层次的镌刻队伍，众多的传世和新出的艺术珍品；论宣传，寿山历来不乏文人自觉必要的鼓吹和扎实的总结，持久不断地向外扩大着寿山石的魅力。这的确是重要的软件工程。

谈到宣传寿山石的专著，自清初有高兆的《观石录》始，代不乏人。

这些专著对寿山石自身的艺术完善起到潜移默化的指导性作用，对寿山石走出八闽、走出国门、走向世界有着巨大的宣传鼓动作用。

科学的日益昌明使史料的积累和研究今胜于昔。若高兆、毛奇龄辈，为了用文字来介绍寿山佳石，搜断枯肠地做了七彩流光的文字描绘，以期让人们对寿山石有一个形象的认识，可谓是用心良苦，而其效果也许是求十得一。然而，以今天照相、制版、印刷术的先进，一张实物照片，即可无言胜万言，"百闻不如一见"地让读者获得明确的真情实感，乃至举一反三地扩充其欣赏的氛围。又如对寿山石的成因、坑口、质地等诸多古来之谜或讹传异言，在今天则凭科学考察论证，可以头头是道地一一加以澄清和揭示了。

（原载福建省寿山石文化艺术研究会正号 2017 年 10 月 3 日）